二見文庫

真珠の涙がかわくとき

トレイシー・アン・ウォレン／久野郁子＝訳

THE BEDDING PROPOSAL

by

Tracy Anne Warren

This edition published by arrangement with
New American Library, an imprint of Penguin Publishing Group,
a division of Penguin Random House LLC
through Tuttle-Mori Agency, Inc., Tokyo

レスリーへ――いつものように

真珠の涙がかわくとき

登場人物紹介

タリア・レノックス	スキャンダルで社交界を追われた女性
レオポルド(レオ)・バイロン	クライボーン公爵家の五男
ローレンス	レオの双子の弟
ゴードン・ケンプ	貴族。タリアの元夫
エドワード(ネッド)	クライボーン公爵。レオの長兄
ケイド	レオの兄
ジャック(ジョン)	レオの兄
ドレーク	レオの兄
マロリー	レオの姉
エズメ	レオの妹
フレッチャー	タリアの執事
パーカー	タリアの侍女
ミセス・グローブ	タリアの料理人
マチルダ(ティリー)・キャスカート	タリアの友人
ジェイン・フロスト	タリアの友人
ホランド卿	タリアをパーティに招待した男爵

1

一八一七年十月
ロンドン

「日曜日の説教よりも退屈なパーティだ」レオポルド・バイロン卿はため息をついた。

炉棚に無造作にひじをつき、ほかの招待客をながめまわした。どうして今夜の招待を受けてしまったのだろうと、またしても思った。唯一の楽しみは酒を飲めることだが、それならここでなくてもできる。それでもこのシャンパンは逸品だ。レオはそう自分を慰め、もう一方の手に持ったシャンパングラスを口に運んだ。

暖炉の反対側の端に、双子の弟のローレンス・バイロン卿が立っていた。瓜二つの顔の自分たちがならんでいると、さぞや目立つにちがいないとレオは思った。しかもふたりとも、黒いシルクの燕尾服とズボンに、糊のきいた白いシャツとベストとタイを身につけている。

ローレンスがレオを見て、片方の眉をあげた。あごの下まである黄金色の髪よりも、やや濃い色合いの眉だ。レオの髪も弟と同じく、少し長めだった。「ここは教会よりもましだろう」ローレンスは言った。

「教会だったら日ごろの睡眠不足が解消できる。ぼくはまぶたをあけたまま寝るのが得意でね。いつも教区司祭の目をあざむいている。しかも立ったままで」

「近くにもたれかかる壁があれば、ぼくだって寝られるさ。でも、前回はいびきをかいてしまった。オーガスタ大叔母に見つかって、頬を平手で打たれたよ」

レオは忍び笑いをした。「もうすぐ八十歳になるというのに、あのパンチ力は健在だもんな」

ローレンスはうなずいた。「あの偉大なトム・クリブもかなわないんじゃないか」

ふたりは大叔母が国内屈指のボクサーと対戦するところを思い浮かべ、にやりとした。

「この時期のロンドンは退屈だ」ローレンスは言った。「社交界の面々のほとんどが田舎の領地に帰っている。レオもみんなと一緒に、もうしばらくブラエボーンにいればよかったのに」

「きみをひとりでロンドンに行かせて？　きみがせっかく学んだ法律の知識を生かしたいと思っているのは知ってるが、開業準備をするために、みんなより先にロンドンへ戻るとはね。弁護士として独立するなんて、いくらなんでもばかげている」

ローレンスは小さく苦笑した。「とにもかくにも、ぼくたちのうち一方は、受けた教育を尊重しているというわけだ。法律はたまたまぼくの性に合っていた。とても刺激的だよ。きみだってぼくと同じように、法律を勉強していたじゃないか」

「法学の学位をとったからといって、その世界で一生を送るつもりはない。知ってのとおり、ぼくが法律を学んだのは、ほかの分野よりもまだましだと思ったからだ。戦争が終わったいま、軍隊には魅力を感じない。聖職者になるのは――」レオはことばを切り、おおげさに身震いしてみせた。「ぼくが司祭の恰好をして聖書を脇にかかえているところなんて、母上だって想像できないだろう」

ローレンスは声をあげて笑った。「だれだってきみのそんな姿は想像できないさ。思い浮かべるだけで神への冒瀆だ」

「そのとおり」レオは言った。「ぼくは公爵の息子にふさわしい人生を送りたい。ありがたいことに、義兄のアダムやジャック兄さんの友だちのペンドラゴンが投資に関する助言を授けてくれたおかげで、金には不自由していない。六人兄弟の五番めであってもね」

「たった二分の差じゃないか」ローレンスは言った。「前々から思っていたが、子守係が寝台でぼくたちを取りちがえたことがあって、ほんとうはぼくのほうが上だったということもありえなくはない」

「それはありえないな。ふたりでなにか大きなことをやるときは、たいていぼくが計画をたてってきただろう」

「計画をたててきた？　きみが生まれつき悪だくみに長《た》けていることは認めるが、厄介な事態になったとき、だれがその場をうまくごまかしてきたかを忘れてもらっては困るな」

「たしかにきみは話をすり替えるのがうまい」レオはシャンパンを飲んだ。「さっきのたわごとの件に戻ろう。きみもぼくと同じで、ペンドラゴンの知恵を借りて投資に成功した。だから金銭的には困っていないはずだ。なのにどうして仕事に就きたがる？　紳士は商売にたずさわったりしないものだ」

「商売じゃないさ。法律家は名誉ある知的職業だよ」ローレンスは懐中時計の鎖を指でいじった。身構えているときの癖だ。「それに法律の世界は退屈しないんだ――きみとちがって」

レオはあきれ顔をした。「やれやれ。そのうちぼくにも弁護士になって開業するよう勧めるんじゃないか。いや、きみのことだ、大義に目覚めて議員になれなどと言いだしかねない。新聞の見出しが目に浮かぶよ――〝レオポルド卿、故郷グロスターシャー州のために立ちあがる〟」レオは首をふり、ばかばかしいと微笑んだ。

だがローレンスは真顔で言った。「それもいいかもしれない。もう二十五歳だろう。なにかしっかりした目標を持つべきだ」

「ぼくの目下の目標は、ワインのお代わりだけだよ」レオはシャンパンを飲み干した。「それと、お楽しみを少々」

「女性のことか？　夏のあいだ付き合っていたかわいいオペラの踊り子と、あんなに早く別れなければよかったのに。きれいな娘だったじゃないか」

レオは渋面を作った。「たしかにきれいで体もしなやかだったが、二、三週間で飽きてきてね。寝室の外では、通じあうものがなにもないんだ。あの娘の話すことといえば、服や宝石、それにコベント・ガーデンの劇場の舞台裏でだれとだれがこっそり付き合っているとか、そういったことばかりだったよ。そういうわけで、だんだん足が遠のいた」

レオはしばし黙り、炉棚を指先で短くたたいた。「そのうち、踊り子をやめるからヨーロッパ大陸へ旅行に連れていってほしいとほのめかされて、もう限界だと感じたんだ。ふたりきりで何週間も過ごすなんて、考えただけでぞっとしたよ。そうするくらいなら、素っ裸で足かせをはめて通りを練り歩くほうがいい」

ローレンスはのどの奥で低く笑った。「そんな状況だとは知らなかった」

「そっちも忙しく色恋に励んでいたみたいだからな」レオは空のグラスをゆっくりまわした。「次に恋人を作るなら、そこらにいる平凡な娘じゃなくて、男ならどんなことをしてでも手に入れたいと思うような特別な女性がいい。たとえば――」

そのとき部屋の向こう側にいる女性にふと目が留まった。

上品に結いあげた冬の夜空のように黒い髪が、クリーム色のほっそりした首筋を際立たせている。シンプルな金のネックレスを首にかけ、先端のカメオを左右の胸がいつくしむようにはさんでいる。シルクのイブニングドレスの襟あきは意外なほど控えめだが、それがかえって豊かなふくらみを強調していた。あざやかなエメラルドグリーンのドレスの色合いも、官能的な魅力を引きたてている。

その女性がだれであるか、レオはすぐにわかった。今夜のパーティに顔を出すという話を聞いていた――かの悪名高いレディ・タリア・レノックスだ。

六年近く前、一大スキャンダルが巻き起こり、レディ・タリアの名誉は地に落ちて人びとから後ろ指をさされるようになった。当時まだ青二才で、社交界に顔を出しはじめたばかりだったレオでさえも、一連の騒動を知っていた。

最初にレディ・タリアが不倫をしたという噂が広がり、離婚訴訟がはじまってからは、蜂の巣をつついたような騒ぎになった。社交界では離婚はほとんど例がなく、成立させるのにひどく骨が折れる。公判を三回も受けなければならず、法的な障壁が高いのだ。それでも裏切られたケンプ卿は妻を訴え、離婚を勝ち取った。

あれから六年がたち、ケンプ卿にもまだ多少の噂はつきまとっているが、レディ・タリアは社会的なのけ者となった。かつての社交界の華が上流社会の隅っこに追いやられ、こうした集まりに招いてくれるのは、自身も不名誉にまみれているか、まわりからどう思われても気にしないという人だけだ――レディ・タリアの情事をいまだに話題にする面々はそう言っている。

今夜の晩餐《ばんさん》会を開いた侯爵は、妻と別居しておおっぴらに愛人と同棲し、周囲の意見などどこ吹く風だ。

正直に言うと、レオが今夜の招待を受けたのはそれも理由のひとつだった。そんな侯爵のパーティならきっとはちゃめちゃで楽しかろうと思ったのだが、いまのところその期待は裏切られている。だがタリア・レノックスが来ているとなれば、なにか起こりそうな予感がする。

「それで？　たとえば、だれだ」ローレンスがレオのことばを引き継いだ。

「彼女だ」レオはグラスを置いた。

ローレンスの目が部屋の向こうへ向けられた。「まさか嘘だろう」

「なにが嘘だって？」レオはタリアに視線を据えたまま言った。ろくでもない年配の男と話をしているが、相手は彼女の豊かな胸に目が釘づけになっている。

「ぼくの見間違いでなければ、あそこにいるのは恥ずべきレディ・Kだ。彼女に狙いを定めるなんて正気の沙汰じゃない」

「どうしてだ。目の覚めるような美女じゃないか。あんなに魅力的な女性はそうそういない。それにいまは旧姓のレノックスに戻ったんじゃなかったかな」

「名前がどうであろうと、男をおもちゃのようにもてあそんだあげく、冷たく捨てる女であることに変わりはない。しかもずっと年上だろう」

レオは唇にゆっくりと笑みが広がるのを抑えきれなかった。ローレンスに目を向ける。

「よく見てくれよ。結婚と離婚をへたとはいえ、そんなに年上だとは思えない。彼女にだったらおもちゃにされてみたい。いつでもどこでも大歓迎さ」

ローレンスは首を横にふった。「たしかに魅力的だし、きみが惹かれる気持ちもわからなくはないが、悪いことは言わないから新しい踊り子でも探したほうがいい。いっそ売春宿に行ったらどうだ。そうすれば後腐れなく欲求が満たせる」

「なるほど、でもそれじゃつまらない」レオは言った。「金で簡単に買えるような相手はいらない。ぼくが求めているのは、刺激的で手ごたえのある女だ」

「尻を蹴られてふられるのがおちだぞ。相手にされっこない」

レオは片方の眉をあげた。「そんなことはないさ。賭けるか?」

ローレンスは目を細くすがめた。「いいだろう。十ポンドだ」

「二十ポンドにしよう。十ポンドぽっちじゃ張り合いがない」

「では二十ポンドで」

ふたりは賭けが成立したしるしに握手をした。

ローレンスは後ろに下がって腕を組んだ。「お手並み拝見といこうじゃないか、ドン・ファン」

レオは上着の袖をなでつけ、すそを整えた。「待ちくたびれたら先に馬車で帰っててくれ。たぶん今夜は戻らないと思う」

そう言い残すと、獲物に向かって歩きだした。

来るんじゃなかったわ。レディ・タリア・レノックスは胸のうちでつぶやき、ティークスベリー卿の好色そうな視線にじっと耐え、懸命に平静を装った。会話をはじめてから、この人が視線をあげて目を合わせたことはない。

いやらしい人。売春婦を相手にしているみたいに、胸をじろじろ見るなんて。だがもう六年近く、男性のこうした失礼なふるまいに耐えてきたのだから、そろそろ軽く受け流せるようになってもいいころなのだろう。

社交界の女性たちからは、たいてい、透きとおった幽霊であるかのように見えないふりをされる。ときには、あからさまに無視されることもある。最近は冷たい態度をとられることにも、ずいぶん慣れてきた。

それでも今夜のパーティは、いつもとちがうかもしれないと期待していた。主催者のエルモア侯爵は、自身も心に傷をかかえていて、偏見のない公平な人と好んで付き合っている。だがやはりここにいる人たちも、タリア・レノックスの真の姿を見ようとせず、独り歩きしたイメージにとらわれているらしい。

タリアはふだん、社交の場への誘いをほとんど断わっていた。もっとも、いまはそれほど多くの招待状が届くわけではない。だが今夜ここへ来たほんとうの理由はごく単純だ。

寂しかったから。

離婚後も以前と変わらず仲良くしてくれるたったふたりの友だち、ジェイン・フロストとマチルダ・キャスカートは、田舎の領地に帰っている。ふたりともそれぞれ一緒に来ないかと誘ってくれたが、恒例の秋のハウスパーティに自分が顔を出せば、友人に気まずい思いをさせることはわかっていた。それにどちらの夫も妻がタリアと付き合うのを快く思っていない。だからふたりとはときどきロンドンで食事をとったり、手紙をやりとりしたりするだけだ。

そう、タリアは孤独で寂しかった。

考えてみれば皮肉なことだ。口さがない人たちや新聞のゴシップ欄は、いまだにタリアのことをおもしろおかしく取りあげ、愛人をとっかえひっかえしているなどと言っている。たくさんの男性が四六時中出入りし、屋敷の玄関扉が閉じる暇がないとでも思っているのだろう。あるいは、寝室の扉がきしむのでしょっちゅう蝶番《ちょうつがい》に油を差さなければならない、と。

レモネードのグラスを握る手にぐっと力がはいった。なぜ自分はこんな不愉快な思いに耐えているのだろうか。苦い後味が口のなかに残るだけなのだから、早く気分を切り替えたほうがいい。

熱いお風呂にはいり、好きな本を読むことにしよう。いつまでもいやらしい目で見ているこの人には、さっさとどこかへ行って別の相手を探すように言ってやろう。

今夜、このエメラルドグリーンのドレスを着たいという誘惑に負けさえしなければ、ティークスベリー卿のようなヒキガエルに似た気持ち悪い男性に、ぶしつけな視線を浴びせられることもなかっただろう。でも大のお気に入りのこのドレスは、長いあいだたんすの奥にかかったままだった。それになにを身につけてどうふるまおうとも、どうせ非難されるのに変わりはない。それなら、毒を食らわば皿までだと思い、タリアはこれを選んだ。そしていま、どんなに地味で野暮ったくても、いつもと同じ黒や紺のドレスを着てくればよかったと後悔している。

でももう帰るのだから、いまさらそんなことを考えてもしかたがない。

「それはすばらしいことですね」タリアは、口調だけは丁寧に相手の話をさえぎった。「そろそろ失礼いたします、ティークスベリー卿。閣下をあまり独り占めしていては、ほかのかたにも申しわけありませんし」

ティークスベリー卿は口を開きかけた。そんなことはないと言おうとしたにちがいなかったが、タリアはすでにグラスを置き、エメラルドグリーンのスカートをひるがえして扉のほうへ向かっていた。

出口までまだ半分も行かないうちに、長身の人影がとつぜん目の前に立ちふさがった。首を後ろに倒すようにして見あげると、ひとりの男性が立っていた。雄々しい顔立ちと金色がかった緑の目に、タリアは文字どおりはっと息を呑んだ。男性はにっこり笑い、まっすぐそろった歯をのぞかせた。無造作に整えた黄金色の髪がろうそくの光を受けて輝くさまも、なんとも魅力的だ。

タリアの心臓がひとつ大きく打った。こんなことは何年ぶりだろう――いや、こんなふうに胸がどきどきしたことなど、いままでにあっただろうか。

タリアはすました表情を浮かべて内心の動揺を隠し、礼儀正しく会釈をした。「ごめんなさい」そう言って相手が道をあけてくれるのを待った。

ところが男性はどこうとせず、代わりに優雅なお辞儀をした。「自己紹介させてください。わたしはレオポルド・バイロン卿と申します。もっとも、親しい人からはレオと呼ばれていますが」

なんて傲慢な人なのかしら。でも傲慢な男性なら、これまでにも数えきれないほど会ってきた。

タリアは冷ややかな視線で相手を見据えた。「そうですか。それはよかったですわね。あの、そろそろ通していただけませんか。わたしたちは正式に紹介されておりません。ご存じでしょうが、紳士は知り合いでもないレディに直接話しかけたりしないものですわ。残念ながら、共通の知人は近くに見当たりません。では、ごきげんよう」

タリアは右に一歩動いた。

男性は同じ方向に足を踏みだし、またしてもタリアの行く手をふさいだ。「この屋敷の主人を探してきましょうか」愛想よく言った。「エルモア卿が喜んでわたしたちを紹介してくれるでしょう。でもこうしてすでにお話をしているわけですし、わざわざそんな面倒くさいことをしなくてもいいのでは」

召使いがそばを通りかかり、男性はトレーからグラスをふたつ手にとった。「シャンパンをいかがです」あのどきりとする笑みを浮かべ、泡立つ金色のシャンパンが注がれたクリスタルグラスをタリアに差しだした。

傲慢なうえに厚かましい。そして、罪深いほどハンサムだ。

レオと呼ばれている、ですって？

タリアは怒っていいのかおもしろがっていいのかわからなかった。相手がこちらの感情を揺さぶろうとしているのはまちがいない。しかし気がつくと、差しだされたグラスを受けとっていた。飲み物でも口にして、乱れた気持ちを落ち着かせたかった。

「エルモア卿が同席していなければ、お名前を教えていただけないようですね」レオ卿はつづけた。「当ててみましょうか。レディ・タリア・レノックスでは？」

シャンパンが急に苦くなった気がした。

この人はただ暇つぶしをしているだけで、こちらの悪い評判を最初から知っていたのだ。いや、それを言うなら社交界じゅうがそのことを知っていて、自分との付き合いを避けている。「ご存じだったら、もういいでしょう」

「いいえ、まだ会ったばかりではありませんか。お互いのことをもっと知る時間が必要です」

「わたしのことなら、いやというほどお聞きになっているはずですわ。なにしろ離縁された女ですもの。ではこれで——」

「わたしはスキャンダルなどまったく気にしません。わたし自身、幾度も逆風にさらされてきましたから」

この人もスキャンダルを起こしたことがあるのだろうか。タリアはバイロン家の人たちが、たびたび社交界に衝撃を与えてきたことをぼんやり思いだした。だがそのうちのだれも社交界からつまはじきにされていない。それにレオ卿は男性だ。どんな騒動を起こしても大目に見てもらえる。

〝幾度も逆風にさらされた〟ほどの年齢には見えないが、いったいいくつなのだろう。男ざかりで自信にあふれているが、自分と同じ三十一歳でないことはたしかだ。

でも相手が何歳で、どんなスキャンダルを起こしたのであれ、見知らぬ男性と火遊びをする気はさらさらない。「あの……お目にかかれて興味深かったですわ、レオポルド卿。でももう帰らなくては」

「どうしてです？　まだ早い時間なのに。もう少しいいではありませんか」

「いいえ、失礼いたします」

レオ卿はタリアの心のなかを読むように、その目を見つめた。「楽しむのが怖いんでしょう。それとも、わたしがティークスベリー卿のように体をながめまわすのではないかとご心配ですか」

タリアは口をあんぐりあけた。

「あれは下品きわまりない目つきでした。無礼な御仁です。いまにもよだれを垂らすのではないかとはらはらしましたよ。ですがあなたのように美しい女性を前にすれば、そうなるのもわからなくはありません。それでもわたしならあんな目ではなく、心からの賞賛を込めてあなたを見つめます」

レオ卿は視線を落とし、まるで目で愛撫するようにタリアの体をながめた。

ふたたび視線をあげたとき、その目はあらわな欲望で輝いていた。「これほどすばらしい女性に会ったのははじめてだ。あなたには神でさえ心を奪われるでしょう」

タリアの顔がかっと熱くなった。両手をあげて頰を包みそうになるのを、かろうじてこらえた。われながら信じられない。赤面するなんて、社交界にデビューしたてのうぶな娘だったころ以来だ。

経験のある大人の女は赤面などしない。

でもレオ卿は心臓が止まるほど魅力的な笑顔となめらかな声で、胸の奥に埋もれていた感情を揺さぶり起こしている。

「どこかふたりきりになれる場所へ行きませんか。あなたのことをもっと知りたい。外に馬車を待たせてあります。わたしのことはレオと呼んでください。さっきも言ったとおり、親しい人はみんなそう呼びます」

それはつまり、ベッドの相手のことを指しているのだろう。

気がつくとタリアは、グラスの中身をレオ卿の顔に浴びせかけていた。シャンパンが床に飛び散った。

レオは目をしばたたき、濡れた顔に茫然とした表情を浮かべた。

「わたしたちが親しい間柄になることは絶対にないわ。ごきげんよう、レオポルド卿」

タリアはくるりときびすを返し、出口へ向かってつかつかと歩きだした。

歩いているとき、部屋の向こう側に立っているひとりの男性が目についた——レオポルド・バイロン卿にしか見えないが、本人はいま、どこか後ろのほうであごからシャンパンのしずくを垂らしているはずだ。タリアはわけがわからず、足もとがかすかにふらつくのを感じた。

双子？　同じ顔をした人がもうひとりいるというの？

その双子の片割れは、腹をかかえて笑っている。

好きに笑わせておけばいい。恥知らずの似た者兄弟だわ。

周囲の詮索するような視線を感じるが、もう慣れっこだ。

今夜のできごとの一部始終が明日の新聞に載るだろう。

でも別にかまわない。これまで経験してきたことにくらべたら、男性の顔にシャンパンをかけるぐらい、どうということもない。どん底を知っている人間にとって、たいていのことは取るに足りないものなのだ。

レオはベストのポケットから白いシルクのハンカチを取りだして顔をふき、タリア・レノックスが緑のスカートを揺らしながら視界から遠ざかるのを見ていた。

まもなくローレンスが、耳まで届きそうな大きな笑みを浮かべてやってきた。「上々の首尾だったじゃないか」こらえきれずに笑う。

「シャンパンをかけられるまでは、うまくやってたようだな!」また笑い声をあげた。「二十ポンドいただきだ。払ってくれ」

「家についたら払うよ」レオは濡れたタイもふこうとして、すぐにあきらめた。

「いったいなにを言ったんだ? こっぴどくふられたのはわかったけど、向こうはそれほど怒っているようには見えなかったな」

レオはしぶしぶ、ざっと説明した。

ローレンスは爆笑した。その場にいる全員がふりかえって見ている。

「いいかげんに笑うのをやめてくれないか」レオは低い声で言った。「きっと厨房《ちゅうぼう》にまで聞こえているぞ」

ローレンスは目尻の涙をぬぐい、なんとか笑いをこらえたが、唇の端がぴくぴく動いていた。「残念だったな」レオの肩に、慰めるように手を置いた。「きみの問題点を教えてやろうか」

レオはローレンスをじろりと見た。「ああ、教えてもらおうか」

「女性からちやほやされるのに慣れすぎていることだよ。最後にふられたのはいつだ？　何歳のときだった？　十五歳？」

「十三歳だ」レオはにやりとした。「ブラエボーンの屋敷で働いていたあの可愛いメイドを憶えているかい。一度だけキスをしたが、それ以上のことは許してくれなかった」

ローレンスの目が光った。「ぼくには二度許してくれたけどな」

レオはふたたびローレンスをにらんだ。

「だから言っただろう」ローレンスはつづけた。「元レディ・Ｋから相手にされるわけがないと。これからはもっと喜んで誘いに乗りそうな、口説きやすい相手を選んだほうがいい」

レオは一考した。「それはごめんだ」

「おいおい、まだ懲りていないのか」

「ああ」レオは言い、かならずタリア・レノックスを手に入れてみせると心に誓った。彼女は自分たちが親しい間柄になることは絶対にないと言ったが、絶対ということばを使うのはまちがっている。運命はときに思わぬ方法ですべてを逆転させるのだ。

「今夜はひじ鉄を食らったかもしれないが、また機会はめぐってくる。そのときは……」

「もうふられたんだぞ」ローレンスは言った。

レオは笑みを浮かべた。「かえってやる気が出たよ。それより、とっとここを出て、もっと楽しいことをしに行かないか。カードゲームかさいころゲームはどうだい？　まだ行ったことのない、いい賭博場があるんだ」

ローレンスは目を輝かせた。「いいとも、ぜひ連れてってくれ」

レオはローレンスの肩をぽんとたたき、先に立って歩きだした。

2

四日後の朝、タリアはこぢんまりした書斎で書き物机の前につき、ジェイン・フロストへの手紙を書き終えた。最後にもう一度、さっと目を通してから羽ペンを置いた。砂をかけてインクを乾かし、手紙をきっちり正方形に折りたたむと、そばにあるろうそくを使って蠟で封をした。そしてすぐに火を吹き消した。

むかしのタリアなら、ろうそくが燃えつきるまでほうっておいても、なんとも思わなかった。だがこの数年で、そうした日用品を倹約し、つましく生活することを覚えた。

たしかに楽な暮らしではないものの、こうしてロンドン市内のそれなりの地区に住める幸運には、いくら感謝してもしきれない。もしも母方の祖母から、抵当にはいっていないささやかな遺産を相続していなければ、いまごろは一文無しになっていただろう。遺産のなかには、この家具つきのタウンハウスとそれを維持するだけの金銭も含まれていた。祖母の遺産が奇跡的に婚姻財産設定の対象からはずれていたことは、運がよかったと言うしかない。

離婚のとき、ゴードンはタリアに一ペニーたりとも財産を渡さないようにはからい、六月のある日、グローブナー・スクエアにある先祖代々の広い屋敷から着の身着のままで追いだした。

侍女だったパーカーが同情し、自分に気がある従僕の助けを借りて、数日後にドレスのはいったふたつの大きな旅行かばんを届けてくれた。だがそれ以来、ハンカチの一枚も、もともとタリアのものだった宝石も戻ってきていない。

法律によって、タリアの所有物はヘアピンや裁縫道具にいたるまで、すべてゴードンのものとなった。悲しいことに、祖母がその母である曾祖母から譲りうけた百年前の真珠のネックレスも例外ではなかった。返してほしいと懇願したが、ゴードンは笑い声をあげ、タリアが屋敷に残していったほかの〝不用品〟と一緒に売りはらったと言った。離婚した妻の持ち物など欲しくもないくせに、いやがらせのつもりなのか、ひとつとして返さなかったのだ。

エルモア卿のパーティに着ていったエメラルドグリーンのドレスは、侍女が送ってくれた旅行かばんにはいっていたうちの一枚だ。思いだすのも忌まわしいあの夜も、同じドレスを着ていた。

〝レオと呼んでください〟

レオ卿のなめらかな声が頭のなかで聞こえ、タリアはぞくりとした。

まぶたがわずかに閉じかけた。ハンサムで驚くほど魅力的な男性だった――あんなとんでもないことを口にするまでは。

でもどうしてレオポルド卿のことを考えてしまうのだろう。あの人にもう会うつもりはない。早く忘れて、いつもの生活に戻ろう。

タリアはしっかりするのだと自分を叱った。

レオ卿は道楽好きの生意気な若者で、火遊びの相手を探しているにすぎない。だったら、ほかをあたってもらったほうがいい。世間の評判とはちがって、自分は男性と情事を楽しんだりしていないのだから。

タリアは椅子から立ちあがり、デイドレスのすそをさっとなでつけてから、呼び鈴へと向かった。

十分後、扉をそっとノックする音がした。黒い仕着せをまとった猫背で年配の執事がはいってきた。白い髪はたんぽぽの綿毛のように薄く、骨が浮きでるほどがりがりの体形をしているが、毎日、使用人用の食堂で三食しっかり食べていることをタリアは知っていた。

「お呼びですか」執事は低くしわがれた声で言った。その声を聞くとタリアはときどき、ウシガエルを連想した。

「ええ、フレッチャー。手紙を出したいの。郵便配達人はもう来たかしら?」

「いいえ。でももうすぐ来ると思います。ほかの郵便物と一緒に渡しておきますよ」

「よかった」タリアは微笑んで手紙を差しだした。「それから今日の午後は外出する予定だけれど、帰ってきたら早めの夕食をとりたいから、ミセス・グローブにそう伝えてね。〈クリスティーズ〉の競売に出かけるの。ボグスに馬車を準備するよう言ってちょうだい。十一時ごろここを出るわ」

「承知しました」フレッチャーはぎこちなく会釈した。「いますぐ伝えます」

フレッチャーの〝いますぐ〟ということばを額面どおりに受けとることはできないが、別にかまわない。フレッチャーは老いた体で精いっぱいてきぱき働いている。タリアはそのことを見越して、ペルメルの競売会社へ出発する時間に余裕を持たせていた。

フレッチャーがいなくなると、机に戻り、午後に行われる競売の目録を手にとった。品目の一覧と、目玉となる品の説明や絵が載っている。

タリアはかつての自分の持ち物が見つかるのではないかと思い、ロンドンの競売会社につねに目を配っていた。もちろん宝石や銀器など、あまり高価なものは買い戻せないが、ごくまれに手の届くものが出品されていることがある。

これまでに、来歴に〝ケンプ卿所有〟とあるセーブルの花柄のティーポットと、そろいの四組のティーカップと受け皿を買い戻した。

それに籐の裁縫箱も取り戻した。ふたの部分に青い鳥とライラック、スズランの刺繍が施されたものだ。自分で刺繍したので、見た瞬間にすぐにそれとわかった。内側の右の隅に刺繍した小さなイニシャルもそのままだった。

それから小さな油絵も落札した。両親の田舎の領地近くにある村の風景が描かれたもので、タリアがまだ小さかったとき、自室の壁にかかっていた。予算よりもやや高かったが、背伸びして手に入れた甲斐があった。毎朝、目を覚ますたび、その絵を見ると自然に口もとがほころぶ。

そしていま、もうひとつ買い戻せそうなものがある。

最新の〈クリスティーズ〉の目録のなかにそれを見つけたとき、タリアは〝失った〟持ち物のひとつにちがいないと確信した。前世紀に作られたマイセンの小物入れで、籐籠にはいった白黒柄の二匹の子猫が、ふたに手描きされている。父が十五歳の誕生日のお祝いにくれたものだ。取りあげられたときは心臓が張り裂けそうだったので、手もとに戻ってくるかもしれないと思うと胸が躍った。

価格があまりつりあがらなければいいのだけれど。

前回の競売では、のどから手が出るほど取り戻したかった銀と象牙製の二本の櫛が出品された。ところが競売は高値ではじまり、あっというまにタリアの乏しい予算を大幅に超えてしまった。磁器の小物入れがほんとうに父の贈り物だとしたら、今日の参加者が全員そろって犬好きで、子猫の描かれた小物入れになど興味がないことを祈るばかりだ。

タリアは期待と不安の入り混じった気持ちで外出の準備をはじめた。

二時間後、レオ・バイロンは番号のふられた品物の列に沿って、ゆっくり歩いていた。正式な競売がはじまる前に、入札者がじっくり見られるように陳列された品々だ。右手には〈クリスティーズ〉の目録を丸めて持っている。扉をくぐるときには、すでに欲しいものを決めていた。

それでもレオは、人の言うことをうのみにせず、落札を考えている品物の状態や真贋《しんがん》をかならず自分の目で確かめることにしていた。〈クリスティーズ〉を疑っているわけではない。ここは美術品や骨董品《こっとうひん》をあつかう一流の競売会社だ。だが男はなにごとも自分で見極めなくてはならない。そうすれば万が一、失敗しても責任は自分にある。

今日の目当ては紀元前五世紀のアテネの赤い水がめで、トロイ戦争の一場面が描かれている。よく知られた作者が署名した、その時代の特徴的な美術品だ。踊るニンフを模した大理石の小さなギリシャ彫像も出品されていて、適当な価格であればそちらも競り落とすつもりだった。

水がめと彫像をためつすがめつしたあと、レオはほかの品物をながめながら歩いた。濃青色の地に深紅のバラが描かれたセーブルの花びんに目が留まり、姉のマロリーが好きそうだと思った。十八世紀中頃に作られたもので、骨董品というわけではないが、姉への贈り物にぴったりだ。

次に子猫の絵がついた磁器の小物入れを見つけ、すぐに十八歳の妹のエズメの顔が頭に浮かんだ。妹は無類の動物好きだ。白黒柄の愛らしい子猫が描かれたこの小さな入れ物を、きっとひと目で気に入るだろう。たいした品ではないので、値がそれほどつりあがるとも思えない。

競売人の机とたくさんの椅子がならんだ競売会場へ向かおうとしたとき、女性の帽子の白い羽飾りがふと目についた。全身の血が沸きたった。

レディ・タリア・レノックスだ。

相変わらず魅力的だが、今日は紺の梳毛《そもう》織物の地味なドレスに身を包んでいる。最初に会ったときに着ていたエメラルドグリーンのイブニングドレスほど似合っていないものの、その美しさは変わらない。すべすべした白い肌、花びらのような唇。アーミンの尾のようにつややかな黒い髪。

レオはその髪がふっくらした白い羽枕に波打ちながら広がっているさまを想像した。黄褐色の瞳が輝き、ばら色の唇がなまめかしく開かれる。シーツをめくってその隣りに横たわりたい。

この何日か、しょっちゅう彼女のことを思いだし、次はいつ会えるだろうかと考えていた。どうやら天は自分に味方してくれたようだ。しかも幸いなことに、どこにもシャンパンは見当たらないので、またかけられる心配はない。あんなことをされたのは、この自分でさえもはじめてだった。

レオはひそかに微笑み、タリアのほうへ向かって歩いていった。向こうはまだ気づいていないらしい。さっきまでのレオと同じように、競売にかけられる品々に見入っている。見たところひとりのようだが、じつは連れの男がいて、彼女がこうして品定めしているあいだに隣りの会場で座席を探しているということもありうる。

どちらにしても、レディ・タリアと話す機会をみすみすのがすつもりはない。もしかすると意外な展開が待っているかもしれない。

タリアは品物をながめながら、ゆっくりと進んだ。子猫の小物入れはすでに確認し、見た瞬間に自分が持っていたものだとわかった。そのことは胸の奥にしまい、小物入れを無事に取り戻して競売会場をあとにできることを願った。置く場所はもう決めている。二階の居間にある、祖母から譲りうけた前面がガラス張りのシタンの飾り棚だ。

もちろんほかにも、手に入れられるものならそうしたい品はいくつかある。ドーバー海峡の白い崖を描いたすばらしい風景画もそのひとつだ。本物そっくりで、見ていると潮のにおいがするようだ。けれども開始価格は目玉が飛びでるほど高く、タリアは分不相応な買い物をしてはいけないと自分を戒めた。絵画や宝石のブローチ、花びん、シルクの扇など、欲しいと思うものを片っ端から買ったりしたら、すぐにお金が底をつき、お気に入りのセイロン紅茶や紙やインクの代金も支払えなくなる。思い出の小物入れが手にはいればそれで充分だ。

タリアは凝った装飾の施された銀の大皿をうっとりとながめた。むかしだったら、なにも考えずに手に入れていただろう。そのときだれかの視線を感じた。ふりむくと、金で縁どられたあざやかな緑色の目とぶつかった。

忘れがたい美しい瞳だ。

レオポルド・バイロン卿が、魅力的な唇にかすかな笑みを浮かべて近づいてくる。

ああ、もう。タリアは胸のうちでつぶやいた。気がつかなかったふりをして歩き去るには遅すぎる。ひとつ息を吸い、気持ちを落ち着かせた。

「レディ・タリア」レオは立ち止まり、優雅なお辞儀をした。「ごきげんいかがですか」

「レオポルド卿」タリアはそっけなく言った。

タリアの気のない口調にも、レオの笑顔は曇らなかった。「こんなところでお目にかかれるなんて、今日は幸運に恵まれています」

「そうですか」タリアは片方の眉をあげた。「わたしは逆だと思いましたわ」

だがレオはそれに対してなにも言わず、目録をぱらぱらめくって口もとをさらに大きくほころばせた。「今回の競売は充実していますね。ミスター・クリスティーもほくほくでしょう」

レオポルド卿の言うとおりだ。競売会場は人でごったがえし、次から次へと新たな客がやってくる。大混雑だと言ってもいい。

「人が多いほど活気づきますものね。でも入札者が少ないほうが、個人的にはありがたく思います。価格が高騰しすぎると困りますから」

「ええ、競争相手が多いほど、入札者の懐は痛みます。今日のお目当てはどの品ですか、レディ・タリア」

どうということもない質問だったが、その温かな声に体がぞくりとし、タリアはふたりで秘密を分かちあっているかのような不思議な気分になった。人に知られたくない、ふたりだけの秘密を。でも先日、本人にも言ったとおり、自分たちが親しい間柄になることは絶対にない。

「それは自分の胸にしまっておきますわ、レオポルド卿。そろそろ失礼いたします」

タリアはその場を離れようとした。

「競売会場へ行くのでしたら、エスコートさせていただけませんか」

タリアは眉根を寄せた。「いいえ、結構です。開始まであと何分かありますし、まだ全部の品物を見ていません。わたしにはかまわず、どうぞ行ってください」

だがレオは立ち去ろうとしなかった。

「紳士のはしくれとして、あなたをひとりで置いていくわけにはまいりません。お連れのかたがいらっしゃるのなら別ですが。どなたかとご一緒ですか？」

レオは目を輝かせて返事を待った。

タリアはさらに眉をひそめ、嘘をつくべきか迷った。でも座席についたらどうせわかってしまうのだから、嘘をついても意味がない。

「いいえ、連れは侍女だけです。でもこの会場には慣れていますから、エスコートは必要ありません。どうぞお気遣いなく」

タリアはくるりと向きを変えて歩きだし、相手があきらめて引き下がることを願った。

当然ながらレオは引き下がらず、タリアの少しあとをついていった。

タリアは立ち止まり、中国の黒漆の花びんに興味があるふりをした。でも内心では、なんと醜悪な代物だろうと思っていた。

レオも足を止めた。

タリアはレオに目を向けず、いらだたしげなため息をついた。

「品がないと思いませんか」

タリアはもう少しでふりかえりそうになるのを我慢した。

「醜い花びんです」返事がないのを見てレオはつづけた。「まっすぐごみ箱行きにしなかったとは、クリスティーもどうかしている」

唇の端がぴくりとし、タリアは笑みを浮かべそうになるのをこらえた。

「見る目のない入札者がいることを期待してるのでしょう。ドブネズミでも身震いするような代物を買いたがる人間も、世のなかにはいるものです」

「たしかに趣味の悪い花びんですが、そこまでひどくないでしょう」タリアは思わず口を開いた。

レオはタリアの目を見つめ、金色の眉を片方あげた。

タリアは吹きだした。「おっしゃるとおり、どこがいいのかさっぱりわからない品物です。でも実用性はありますわ。バラの花束を活ければ映えるでしょうし」

「こんな花びんでは、花がしおれてしまいますよ」

タリアはまた笑わずにいられなかった。

レオは口もとからまっすぐな白い歯をのぞかせて微笑んだ。目がきらきら輝き、整った顔立ちがさらに魅力的に見える。「ではわたしたちのどちらも、これを競り落とす気はないということですね」

タリアはうなずいた。「ええ、そうですね」

「そろそろ競売がはじまります。一緒に会場へ行って座席を探しませんか」レオは腕を差しだした。

「侍女がわたしのぶんの座席をとっているはずです」

「ではそこまでエスコートさせてください」

タリアはためらった。ここまで言われて断わるのは無作法かもしれない。それに座席までエスコートしてもらったからといって、その先も一緒にいなければならないわけではない。どうせすぐに別れるのだ。

「わかりました、レオポルド卿」

「まいりましょうか」

タリアはレオの上着の袖に手をかけた。赤褐色の最高級のウール生地はやわらかく、その下に筋肉質の腕が感じられる。

ふたりはゆっくりと歩きだした。

「レディ・タリア、最後にお会いしたときの失礼なふるまいをお許しください」

「最初にお会いしたときでしょう」

「そうでした」レオはにっこり笑った。「ひとつ言いわけをさせていただければ、あなたの美しさにすっかり目がくらんでしまったのです。おまけにお酒をたっぷり飲んでいたので、つい口がすべりました」

タリアは帽子のつばの下から、皮肉めいた視線をレオに送った。「お酒は便利な言いわけですね」

レオは渋面を作った。「これは痛いところを突かれました。ですが、あなたもわたしに対して後ろ暗いことがあるのでは」

「わたしに?」タリアは歩調をゆるめ、レオの顔を見た。「なんのことでしょうか」

「シャンパンのことです」

「まあ。そのことね」

レオは笑った。「ええ。そのことです」

ふたりは歩きつづけた。

「でもわたしは気にしていません」レオはおだやかに言った。「とっておきのタイがだめになったにもかかわらず、です。染みがとれず、近侍《きんじ》も捨てるしかなかったようですよ」

タリアの口もとにかすかな笑みが浮かんだ。「それは申しわけないことをいたしました。請求書を送っていただければ、新しいタイを弁償します」

「それよりも、最初からやりなおしませんか。今日はじめて会ったことにして」レオは立ち止まってタリアに向きなおり、その手をとった。「自己紹介させてください。レオポルド・バイロン卿と申します。あなたは?」

「赤の他人ですわ」

レオの笑みが大きくなった。「お名前を教えてください」

「ご存じでしょう」

レオは期待に満ちた顔で返事を待った。

「レディ・タリア・レノックスです。さあ、これで満足なさったかしら」

「いいえ、でも近いうちに満足できることを願っています」

タリアは険しい目でレオを見た。「ことばに注意なさって、レオポルド卿。またシャンパンをかけられたくなければ」

レオは声をあげて笑い、洗練されたお辞儀をした。「お知り合いになれて光栄です、レディ・タリア」

タリアは首を横にふった。「あなたは変なかただわ、レオポルド卿」

「よかった、もっと辛辣なことばが返ってくるかと思っていました。これで一歩前進ですね」

「そんなことはないと思いますけれど」

「お許しもいただいたことですし、さっそく――」

「わたしは許すとも許さないとも言っていません」タリアは平静を装って言ったが、心のなかでは彼を魅力的だと思う自分に気づいて動揺していた。でも自分は男性に興味はない。男性なんて厄介の種でしかない。

「許してくださったとばかり思っていましたが」

「わたしはなにも言っておりませんわ。お互いのことをよく知らないのに、勝手に決めつけられても困ります」

「だからこそ、もっとよく知りあおうではありませんか。いますぐにでも」

「ご冗談を。もうすぐ競売がはじまります。座席につかなくては」

レオはふたたび腕を差しだした。

だがタリアは人で埋めつくされた会場のなかを示した。「侍女がすぐそこにいます。短い距離ですから、ひとりで歩いていけます」

「ならんですわりませんか。侍女の席は別に見つければいい」

「さようなら、レオポルド卿」タリアはどこか愉快そうに言い、騒々しい部屋にはいっていった。

レオはあとを追いたかったが、今日はこのへんにしておいたほうがよさそうだと思いなおした。それにしても、経験豊かで奔放なはずの女性にしては、不思議なほどよそよそしい態度だった。まるで慎重に築きあげた壁の内側に閉じこもり、ほんとうの自分をだれにも見せないようにしているかのようだ。

先週のエルモア宅での出会いは最悪だったと言ってもいいが、それでもレディ・タリアは誘いに乗ってくるだろうと思っていた。噂によると彼女は大胆かつ奔放で、愛人がおおぜいいるという。ただ、具体的な相手のことはだれもよく知らないらしい。

ともあれ、今日は男と一緒ではないようだ。レオはタリアのほうを見ながら、ひとつだけ空いていた椅子に腰をおろした。ほんとうに侍女だけを連れ、密会ではなく入札のためにここへ来ている。

だが、彼女が昼間なにをしているかはどうでもいい。問題は夜だ。近い将来、同じベッドで夜を過ごしてみせる。いまは左の数列後ろから、その姿をながめるだけで我慢するとしよう。

レオはタリアの横顔を見つめた。まばたきするたびに、長く黒いまつ毛が軽く下まぶたに触れる。麦わら帽子の下から、まっすぐな鼻と形のいい頬骨、きれいなあごの線がのぞいている。

今日はなにを手に入れるつもりなのだろうか。きっと装飾品かなにかだろう。

古参の競売人が壇にあがって小槌の音を響かせ、競売がはじまった。

タリアは椅子にすわり、次から次へと出てくる競売品に入札したくなる衝動をぐっとこらえた。食器に花びん、燭台、ランプから、机、鏡台、絵画、旅行かばん、物入れ、装飾品まで、ありとあらゆるものが競売にかけられている。小さいけれど見事な骨董品もいくつか出品され、価格は天井知らずでつりあがっていった。

レオ卿も高額な品の落札を競いあう、ごく少数の紳士のなかにはいっている。落札のこつを熟知しているらしく、しばらくゆったり椅子にもたれかかってなりゆきを見守り、競売が成立しそうになると、競合相手の望みを打ち砕く価格をおもむろに提示する。

タリアは、なめらかで深みのある声を聞いた瞬間にレオ卿だとわかった。首をめぐらせると、何列か後ろにすわっているのが見えた。でもそれからは一度も後ろを向かなかった。すぐ近くにいるとわかっていても、こちらが意識していると思われたくなかった。

最初にレオ卿が驚くべき額を提示したとき、タリアだけでなく、全員がそちらをふりかえった。だがレオ卿はタリアが自分のほうを向くのをずっと待っていたかのように、まっすぐ彼女の目を見つめた。

そしてタリアに視線を据えたまま、落札を競いあった。競売人の小槌が打ちおろされ、落札を宣言されると、うれしそうに微笑んだ。勝利の喜びと満足感と自信に満ちあふれたその顔に、タリアは胸がどきりとした。

前を向き、ひざの上で指をからみあわせた。

幸いなことに、侍女は女主人の様子がおかしいことに気づいていないようだった。競売そのものにはまったく興味がないらしく、頭をかがめて縫い物をしている。

レオ卿が今度は大理石の彫像に入札したが、タリアはふりむかず、黙ってその声に耳を澄ませた。やはり今回もレオ卿が落札した。

競売がつづき、新たな品物がどんどん登場するなか、タリアは子猫の小物入れが出てくるのをひたすら待っていた。やがてそのときがやってきた。椅子の上で背筋を伸ばし、全神経を集中させた。

「次は一〇八番、猫の絵が手描きされたマイセンの磁器の小物入れです」競売人はよく通る声で言った。「二十ポンドからはじめましょう。どなたかいらっしゃいませんか。二十ポンド。いかがです？」

だれも声をあげず、タリアも黙っていた。いきなり飛びつくのは得策ではない。

「では五ポンドではいかがでしょう。愛らしい二匹の子猫が描かれた、すばらしいマイセンの小物入れです。五ポンドのかたは？」価格が四分の一になった。

二列めにすわった男性が番号のついた札をあげた。

「ありがとうございます。五ポンド五十セントはいらっしゃいませんか？　五ポンド五十セント……五ポンド五十セントは？」

別の男性が手をあげた。

だんだん価格があがっていった。それでもタリアは黙ったまま、ここぞというときを待った。胸の鼓動が激しく打っている。

「十ポンドです……十ポンド……十ポンド――」

タリアは札をあげた。「十五ポンド」

競売人は微笑んだ。「十五ポンド！　お目が高いですね、マダム。十五ポンドです。十五ポンド五十セントのかたはいらっしゃいませんか？　十五ポンド五十セント……」

タリアはかたずを呑んで椅子の上で身を乗りだし、だれも札をあげないことを祈った。予算は二十ポンドまでだが、安ければそれに越したことはない。

すでにふたりの競合相手があきらめた。残るもうひとりは――女性だ――いらいらした表情を浮かべ、赤い丸顔をますます紅潮させて、赤い眉をきつくひそめている。もっと高値を提示しようかどうしようか、迷っているにちがいない。

「十五ポンド、十五ポンドでよろしいですか――」

「十六ポンド」

新たな声が加わった。男性の声だ。顔を見なくてもそれがだれであるか、タリアはすぐにわかった。それでも首を後ろにめぐらせずにはいられなかった。

レオ卿がまっすぐこちらを見ている。

「そちらの紳士から十六ポンドの提示がありました」競売人が大きな声で言った。「ご婦人がた、十七ポンドではいかがです？」

赤毛の女性は顔をしわだらけになるほどしかめて首をふった。

勝負をおりたのだ。

タリアはいったん間を置いてから札をあげた。「十七ポンドで」

「十八ポンド」レオ卿が言った。

タリアはあごをこわばらせた。あの人はどうして子猫の小物入れなどを欲しがっているのだろうか。そんなものを手に入れても、使いようがないだろう。そのとき、あることが頭にひらめいた。まさか、この前の仕返しのつもりだろうか？　つれない返事をして、シャンパンを顔にかけたことへの？

さっきは最初からやりなおしたいと言っていたが、気が変わったらしい。

「十九ポンド」タリアは険しい口調で言った。

競売人が口を開く前にレオは言った。「二十五ポンド」

会場がかすかにざわめき、人びとの目がタリアとレオに向けられた。

タリアは愕然とした。
二、十、五ポンド？　思っていた金額より高い。というより、完全に予算を超えている。もともと二十ポンドまでのつもりだったのだ。でもレオ卿に負けて、一度取りあげられたものをまた失うと思うと、くやしくてたまらない。
「二十五ポンドでよろしいですか——」

このままあの人に小物入れを渡していいの？

「三十ポンド」タリアは残っていた分別を捨てた。

ふたたび場がざわめいた。それから人びとはしんと静まり、ことのなりゆきを見守った。競売人までもが一瞬、黙りこんだ。

「いかがですか、閣下。三十一ポンドは？　どうでしょう？」

レオ卿がふたたびタリアを見た。その目は謎めいた強い光を宿している。子猫の小物入れをめぐって競争しているとは思えない、激しい表情だ。

タリアは彼の目が欲望で燃えているのに気づいてぞくりとした。レオ卿はそれが磁器の小物入れであれ女性であれ、欲しいと思ったものはかならず手に入れてきたのだろう。

「五十ポンド」レオ卿が朗々とした声で言った。

タリアはがっくり肩を落とした。

もはやこれまでだ。自分の払える金額を大きく超えている。五十ポンドという額は、雇っている料理人の一年ぶんの給料や、秋から春までのあいだ暖房と調理に使う石炭代、一年間の食費と雑費を合わせたものよりも多い。

「五十ポンド、五十ポンドでよろしいですか——」小槌の音が鳴った。「落札です」

タリアはうつむき、ひざの上で握りあわせた両手を見つめた。父からの贈り物をまたしても失ったことへの怒りと失望がこみあげた。

レオポルド・バイロン卿のせいだ。

どういうゲームをしているつもりかは知らないが、あの人の思いどおりになどならない。男性からチェスの駒みたいにあつかわれるのがどういうことであるか、自分はいやというほど知っている。それだけは二度とごめんだ。

タリアは立ちあがって侍女に合図をした。屋敷に帰るのだ。

レオ卿のほうを見ずにまっすぐ前を向き、あごをあげて部屋を出ていった。

相手が追ってきていないことを知って、ほっと安堵の息をついた。だがこれで終わるとは思っていなかった。レオ卿がまたなにかしかけてくるのは、時間の問題にすぎない。

3

「あれを見てくれ」二日後の午後、ローレンス・バイロン卿が言った。

ローレンスとレオは書斎で遅い昼食を終えようとしているところだった。ローレンスは日光の差す窓際に置かれたお気に入りの椅子にすわり、レオはすぐそばのテーブルについていた。

ふたりは数カ月前、キャベンディッシュ・スクエアの屋敷に移り住んでいた。以前の屋敷よりもずっと広くて設備も整っている。互いの生活にふりまわされることなく、それぞれがより自由に暮らせるようになった。とはいえ、ふたりは仲のいい双子の兄弟なので、一緒にいても窮屈さを感じることはない。

「なにを？」レオは絶品のビーフパイを食べながら、気のない口調で訊いた。

「隣りの屋敷から、三人組のかわいこちゃんが――」ローレンスは炉棚の上の時計に目をやった。「――午後の二時に出てきた」

レオはナプキンで口をぬぐい、身を乗りだして窓の外を見た。

三人組の女性が——金髪がふたりと赤毛がひとり——笑いさざめきながら、色あざやかなドレスのすそをひるがえして馬車に乗りこんでいる。「たしかにかわいこちゃんだが、それがどうしたんだ。なにか気になることでも？」レオは言った。

「昨夜、三人が屋敷にはいっていくのを偶然見かけたのさ。そして出てきたのがこの時間だ」

「泊まったのか。三人とも？」レオは眉をあげて笑った。「ノースコートがパーティに招待してくれなかったから、へそを曲げているんだな」

「パーティだって？ 見たところ、招待客はあの三人しかいないぞ」

レオは口笛を吹いた。「ノースコートもたいしたもんだ。楽しむ方法を知っている」

「ぼくたちだって知ってるさ。でもノースコートは……その……完全に堕落している」

レオはまた笑い声をあげた。「完全に？ ぼくたちはどうだろう。やや堕落している程度かな」

「おもしろい冗談だ」ローレンスは言った。

レオはにやにや笑った。「おい、不安にさせないでくれよ。メソジスト教徒になれなどと言いだすんじゃないだろうな」

ローレンスはふんと鼻を鳴らした。「まさか」

「だったらなぜノースコートの家を見張ってるんだ。気をつけないと、レディ・ヒグルストンの婆様に、近所をのぞき見していると難癖をつけられるぞ」

「この近隣に、レディ・ヒグルストンほど詮索好きな住人はいない。通りに面した部屋のカーテンが、しょっちゅう揺れているじゃないか。いまだってあの三人組がノースコートの屋敷から出てきたのを見ていたにちがいない。きっとひと晩じゅう起きていて、近所で起きたことをトムとかディックとかハリーとかに手紙で知らせているのさ」

「あの婆様にトムとかディックとかハリーとかいう知り合いがいるとは思えないな。なにしろ、男というものに偏見をいだいている」レオはにやりとして椅子にもたれかかった。「ぼくたちに黙っているとはノースコートも水くさいな。贈り物でもしてみようか。避妊具はどうだろう？」

ふたりは目を見あわせて笑った。

「なぜノースコートを見張っていたのか、まだ答えてもらっていないが」笑いがおさまるとレオは言った。

「見張ってなどいなかった。まあ、きみが思っているような意味ではね。昨夜ここで仕事をしていたとき、あの売春婦たちがやってきたんだ。いやでも目につくさ」

「なるほど。それで来た時間も帰った時間もなにもかも、たまたまわかったというわけか」

ローレンスは目を細くすがめてにらんだが、レオは無視した。

「今度ノースコートに会ったら、隣人どうし、もっと仲良くしようと言ったらどうだ。それか自分で売春婦を三人呼べばいい」

ローレンスは椅子に背を預けた。「ぼくにふたり、きみにひとり?」

「いや、ぼくは遠慮しておく——三人ともきみのものだよ。いまはある女性を追いかけている最中で、ほかの女に興味はない」

ローレンスの金色がかった緑色の目が光った。「レノックスのことか。まだあきらめていなかったのかい」

「ああ。はじまったばかりなのに、どうしてあきらめなくちゃならないんだ。いま、ちょっとした贈り物を届けている」

「もうお詫びの品か。エルモアのパーティでのできごとだけじゃないんだな。今度はなにをして怒らせた?」

競売会場を歩き去るレディ・タリアの顔には、たしかに怒りの表情が浮かんでいた。ショックと憤りの色に加え、傷ついたような表情も見て取れた。

あんなことをするべきではなかったのかもしれない。競りあったりせず、レディ・タリアに落札させてやればよかったのだ。だがレオはもともとあのマイセンの小物入れを買うつもりだったし、生来の負けず嫌いな気質が邪魔をして、札をあげずにはいられなかった。それにああすれば、彼女に近づく絶好の口実ができるとも考えた。

「たいしたことじゃないよ」レオは言った。「怒らせたほうが、ゲームが楽しくなる」

ローレンスは笑った。「向こうもそう思うだろうか」

「まあ見ててくれ」レオはナプキンを置いて立ちあがった。「もう行くよ。これから領地の管理人と会うんだ。輪作のことや、来年春の種まきのときに南の土地をどう排水するのがいちばんいいか、話しあうことになっている。そろそろ来るころだ」

「ああ、ブライトベールのことか。カードゲームで勝ってあの土地を手に入れたとき、きみは領地の管理や小作人との関係や農業について、どれほどたくさんのことを学ばなければならないか、想像もつかなかっただろう。ネッドを尊敬する材料がまたひとつ増えたな」

「ネッドのことは心から尊敬している。公爵に生まれなくてよかったとつくづく思うよ。ぼくにはあんな重荷はとても背負えない。兄上には逆立ちしたってかなわない」

「きみだっていざとなったら背負えるさ」

「ぼくが？　この快楽主義のろくでなしが？　ぼくは根っからの放蕩者だ。そんなことをまわりに言いふらさないでくれよ。ぼくの評判が地に落ちてしまう」

「どんな評判が？」

レオはにっこり笑った。「いま言ったとおりのことだ」

「ほかになにかご用はありますか？」書斎の小さなテーブルにお茶のトレーを置き、侍女がタリアに尋ねた。

「いいえ、パーカー。なにもないわ」

侍女が部屋を出ていき、タリアはトレーに近づいて淹《い》れたての熱いセイロン紅茶をカップに注いだ。カップから湯気が立ちのぼる。ミルクを少し入れ、ミセス・グローブが焼いたバタークッキーを一枚手にとった。端をかじると、舌の上で甘いクッキーがとろけた。

家計簿や請求書や領収書が積まれた机には戻らず、紅茶のカップを手に窓際へ行って庭をながめた。

木々の枝がオレンジや黄や赤に色づき、砂利敷きの小道と芝生の上に落ち葉が散っている。きれいに刈りこまれた常緑の生け垣は冬に備えて休眠しつつあり、庭用の黒い鉄のベンチはもう冷たすぎてすわれない。

また庭師を呼んで落ち葉を掃除してもらわなければ。いまならそう懐の心配をしなくてもすむ。マイセンの小物入れを買えなかったからだ。

タリアはカップの取っ手をぐっと握りしめ、唇を固く結んだ。いくら自分に、あれはしかたのないことだった、だれかに落札されるかもしれないことはわかっていたはずだ、もう終わったことだと言い聞かせても、レオポルド・バイロン卿のことを考えるたびに怒りがこみあげてくる。

こちらがあの子猫の小物入れを欲しがっていることをわかっていながら、彼は勝利を確信した傲慢な態度で、金額をつりあげつづけた。

レオ卿が五十ポンドも払うはめになったと思うと、少し胸がすっとする。

もちろんあの人にとって五十ポンドは、なにも考えずに気まぐれで出せる程度のはした金でしかないのだろう。イングランド屈指の裕福で影響力のある家に生まれ、長男ではないもののの、かなりの財力を持っている。これまでも望んだものはかならず手に入れてきたにちがいない。

タリアは眉をひそめて紅茶を飲んだ。

そしてすべてを忘れようと決心した。いくら美しくても、あの小物入れはただの工芸品だ。お金に代えられない価値はあるけれど、父から贈られた日のこと、その後のすばらしい思い出を心に刻んでおけばそれでいい。思い出だけはだれにも奪えない。

それに自分はもっと大きなものを失った。小物入れとはくらべものにならないほど大きなものを。そのとき受けた傷は魂に達するほど深く、この先も完全に癒えることはないだろう。それを考えたら、思い出の品を取り戻せなかったことなど、たいした問題ではない。

ガラス窓の向こうから猫の小さな鳴き声が聞こえ、タリアの思考は中断された。視線を下げると、黒と茶の縞柄《しまがら》のふさふさした顔についた丸い緑の目がふたつ、こちらを見あげていた。

「ヘラ」タリアは微笑んだ。「また庭でリスを追いかけていたの?」

猫があどけない目で飼い主を見つめ、ふたたび鳴いた。

「さあ、はいって」タリアはカップを置き、掛け金をはずして窓をあけた。「寒かったでしょう」

猫がしなやかな動作で窓からはいってきて、音をたてることなく床に飛びおりた。タリアの足にまとわりつき、体をこすりつける。

タリアは窓を閉め、腰をかがめてつややかな毛をなでた。愛猫がごろごろのどを鳴らした。「スカートが毛だらけになってしまったじゃないの。パーカーが見たら、レモンをかじったみたいな顔をして、ぶつぶつ文句を言うでしょうね」

ヘラはまたタリアの足にまとわりつき、にゃあと鳴いた。

「でもいいのよ、気にしなくて」タリアは言った。「わたしたちは友だちなんだから、服に毛がつくぐらいなんでもないわ」ふたたびなでてやると、ヘラはタリアの手に頭をこすりつけた。「事務仕事があるの。手伝ってくれる?」

タリアは机に近づいた。ヘラがそのあとを追い、タリアが椅子にすわる前に机に飛び乗った。そして机の隅に置かれた、革装丁の二冊の本の上に陣取った。そこは主人が机に向かうときの、ヘラの定位置だった。

タリアは暗い顔で家計簿と請求書の束を見た。あきらめのため息をつき、一枚めの請求書に手を伸ばした。

一時間近くたったころ、扉をたたく音がした。顔をあげると、執事が入口のところに立っていた。

「どうしたの、フレッチャー」

執事はゆっくり部屋の奥へ進んだ。しわだらけの手に箱をかかえている。「贈り物が届きました」

「そう。めずらしいわね」クリスマスと誕生日以外、贈り物が届くことはない。「どなたからか、配達人は言ってた？」

「カードが添えてあるようです」フレッチャーは、金色のサテンのリボンが華やかな結び目を作っている贈り物を机に置き、静かに部屋を出ていった。

タリアは洗練された包装に見とれた。リボンの下に、紫のスミレの小さな花束が差しこんであるのも美しい。触れてみると、花びらはすべすべしてやわらかかった。

ふとある予感が頭をよぎったが、それを無視してリボンをほどいた。花束をそっと脇によけ、箱のふたをあけた。

丸めた羊皮紙と白いシルクの布に大切にくるまれ、それがはいっていた――マイセンの小物入れだ。布を全部とらなくても、子猫の小さな脚と赤い毛糸玉が見える。

タリアの息が一瞬止まり、心臓がひとつ大きく打った。

贈り主の名は見なくてもわかったが、カードを開いた。

親愛なるレディ・タリア

敬愛のしるしとして、どうぞお受けとりください。わたしよりもあなたのほうが、この品を大切になさることでしょう。

敬具

L・B

タリアはしばらくのあいだ動けず、カードに書かれたことばと、自分の小物入れが手もとに戻ってきたという事実に思いをめぐらせた。

カードを置いて箱に手を伸ばし、細心の注意を払いながら繊細な磁器を取りだした。競売のときはこうして自由に触れて、じっくりながめることができなかった。このあざやかな色合い、愛らしくてわんぱくそうな子猫の表情、すべてが記憶のなかにあるとおりだ。

子猫を指でなでると、思い出が一気によみがえってきた。タリアは大きなため息をついた。懐かしさのあまり胸が苦しくなる。ああ、二階へ持っていって形見の飾り棚に置けたなら、どんなにいいだろう。

しかし、こうした贈り物には対価がともなうものだ。このまま受けとったりしたら、レオ卿はなにかを要求してくるに決まっている。まずは食事に誘われ、その次は芝居を観るか、公園で馬車に乗ろうと言ってくる。それからこの屋敷を訪ねたがるだろう。最後はベッドだ。

そう、この贈り物がなにを意味するかはわかりきっている。レオ卿は五十ポンドを出してこの小物入れを買った。これを贈ることで、わたしをも買うつもりなのだ。

でもわたしは売り物などではない。

タリアは意思の力をふりしぼり、懐かしい小物入れを箱に戻すと、シルクと羊皮紙のクッションのなかにおさめてふたを閉めた。リボンをかけたが、届いたときほど見事な結び目は作れなかった。

立ちあがって呼び鈴を鳴らしに行った。

呼び戻されるのがわかっていたかのように、すぐにフレッチャーがやってきた。

「これをお返ししてちょうだい」タリアは箱を差しだした。「送り先はレオポルド・バイロン卿のロンドンのご自宅よ。住所は調べられるでしょう」

「かしこまりました。すぐに手配します」

「くれぐれも気をつけてね。中身は割れ物だから」

フレッチャーはうなずいた。「はい。充分注意いたします」

執事がいなくなってから、タリアはスミレの花束を忘れていたことに気づいた。これもレオポルド卿からの贈り物だ。花束を手にとり、ごみ箱に近づいた。捨てようとしてふと手を止めた。とても美しいスミレだ。この屋敷に最後に生花を飾ったのは、いったいいつだっただろうか。必需品ではなく贅沢品だから、ずっと飾っていなかった。

花ぐらいどうということもないだろう。タリアは花びらをなでながら思った。無垢な若い娘を持つ過保護な母親でも、花束にはなにも言わないはずだ。そもそも自分は社交界にデビューしたての無垢な娘ではない。

花束を受けとってもたいした害はない。

タリアはスミレを机に置き、花びんを探しに行った。

化粧室の窓の外に夕闇が迫ってきた。レオはタイを結び終えた。今夜は友人たちと、夕食とカードゲームの約束をしている。そのあとはほかのギャンブルにも興じ、酒を飲んでどんちゃん騒ぎをすることになるだろう。でも世間の評判とはちがい、レオは売春宿にはあまり行かなかった。そういう場所に蔓延している、口に出すのもおぞましい病気にかかる危険があるからだ。清潔で健康な良家の女性のほうがいい。それに正直なところ、手軽で無意味な情事にはうんざりしてきた。ベッドをともにするなら、相手のことをちゃんと知りたい。

レオは体の向きを変え、近侍の手を借りて黒い夜会服を着た。近侍が上着にさっとブラシをかけたところで、扉をノックする音がした。

召使いのひとりが入口に立っていた。「失礼します。たったいま、これが届きました」

ふたつきの小箱に目をやり、金のリボンを見た瞬間、レオはそれがなんであるかわかった。

「手紙は？」

「ありませんでした」召使いは言った。「この箱だけです」

「そこに置いてくれ」レオは小さなテーブルを手で示した。

召使いは命じられたとおりにし、部屋を出ていった。

レオは近侍がいなくなるのを待ってから、箱をあけてなかをのぞいた。

レディ・タリアが贈り物を返してきた。

喜んでくれるはずだと思っていたのだが。彼女がこれをのどから手が出るほど欲しがっていたことは疑いようがない。競売で負けて会場を出ていくとき、その顔には見間違いようのない強い失意の色が浮かんでいた。そこで当初は妹のエズメに贈るつもりだったのが、急きょ予定を変えてレディ・タリアに譲ることにしたのだ。

でも彼女はこれを受けとるのを拒み、冷たく突きかえしてきた。それでも今回はシャンパンをかけられなかっただけ、ましだと思うしかない。

もともと、レディ・タリアを口説き落とすのが簡単だとは思っていなかった。価値あるもののほど手に入れるのがむずかしい。そして彼女は、苦労してでも手に入れる価値のあるとっておきの獲物だ。

レオは箱から磁器の小物入れを取りだした。いまはいったん引き下がるのがいいだろう。いずれレディ・タリアが、レオポルド・バイロンとこの贈り物を受けいれる日がきっとやってくる。

4

「さあ、つきました」一週間後、御者が馬車の扉をあけて言った。

タリアはロンドン西部の静かで素朴な地域に建つ、ジャコビアン様式の大邸宅を見やった。晩秋の陽射しを受けて石材とガラスがきらめいている。もう秋も終わろうというのに、庭は美しく手入れされ、めずらしいダリアの花が見る者の目を楽しませてくれる。

ホランド・ハウスに来るのははじめてだが、ホイッグ党の政治家や知識人、芸術家などが集う場所であることは知っていた。その威光と優雅さは、ヨーロッパ大陸の有名な大邸宅にも匹敵すると言われている。

週末のパーティへの招待状が届いたときは驚いた。何年か前にも、ホランド男爵夫妻から一度、招待を受けたことがあったが、そのときは辞退した。スキャンダルのまっただなかで、とても人前に出る気分ではなかったからだ。それに自分にもプライドがあるので、同情で手を差し伸べられるのはまっぴらごめんだった。

でもいまにして思うと、ホランド卿夫妻が自宅へ招いてくれたのは同情だけが理由ではなかったのかもしれない。なにしろ夫妻もまた、世間から後ろ指をさされているのだ。タリアとレディ・ホランドには共通点がある。離婚を経験し、上流階級の人たちからつまはじきにされるのがどういうことであるか、ふたりともよく知っている。ただタリアとはちがって、レディ・ホランドはみじめな結婚生活を抜けだし、満ち足りた再婚をする幸運に恵まれた。たしかに男爵夫妻は、社交界でもとくにうるさい面々からのけ者にされているが、ふたりが愛情で結ばれていることに異論を唱える人はいない。

あのとき招待を受けていたら、親身になって話を聞いてもらえたかもしれない。きっといまでも夫妻は共感を示してくれるだろう。

だが今回、タリアがここへ来ることにしたのは、同じような境遇の人に会いたいからというよりも、好奇心からだった。

それと、退屈という手ごわい敵のせいでもある。

毎日、なかなか会えない友だちに手紙を書いたり、ソファで愛猫と一緒にくつろぎながらフーカムの図書館で借りてきた本を読んだりして過ごしているが、だんだん退屈で頭がどうにかなりそうになってきた。

そしていつも心につきまとって離れない、孤独という敵もいる。

郊外で興味深い人たちと週末を過ごせば、いい気分転換になると考えた。運がよければ、新しい友だちができるかもしれない。いまの自分にはだれか新しい友だちが必要だ。

そのときどういうわけか、レオポルド・バイロン卿のことが頭に浮かんだ。あれ以来、なにも連絡がない。小物入れを送りかえしたときは、どうせすぐに連絡してきて、考えなおして贈り物を受けとるように言うだろうと思っていた。でもちがった。手紙も新たな贈り物も届かなければ、本人が屋敷を訪ねてくることもない。きっとあきらめたのだ。

もちろん、あきらめてくれることを自分も願っていた。

それなのに、どうしてまだ彼のことを考えてしまうのだろう。

御者が待っているのに気づき、タリアは手を借りて馬車からおりた。男爵家の執事と、仕着せを身につけたふたりの召使いが屋敷から出てきた。

「ホランド・ハウスへようこそ」黒い服を着た執事がやさしい笑みを浮かべた。「どうぞおはいりください。女中頭がお部屋へご案内いたします。ホランド卿夫妻が、七時に居間でみなさまをお待ちしているとのことです」

「ありがとう」

最後にもう一度、美しい庭に目をやってから、タリアは執事のあとについて屋敷へ足を踏みいれた。

三時間後、タリアは豪華な内装の居間に立っていた。

ホランド卿夫妻には、居間へはいってきたときに会った。中年の夫妻はにこやかな笑みを浮かべて、やさしいことばをかけてくれた。レディ・ホランドは率直な物言いと鋭い機知で知られていたが、タリアはすぐに気持ちがほぐれるのを感じた。

「レディ・タリア」ホランド卿が言った。「あなたとわたしは、レノックス家ゆかりの遠い親戚のようです。もっと早くお目にかかる機会を持つべきでした」

タリアは微笑んだ。「ええ、そうですわね。申しわけありませんでした」

「気になさらないでください。今回こうしてお越しくださったのですから」

これから数日、親交を深める時間はたっぷりあるので、ホランド卿夫妻は別の招待客に挨拶をしに行った。たくさんの招待客のなかに、タリアの見知った顔がいくつかあった。元首相に、著名な芸術家や作家も何人か来ている。

「シャンパンをお飲みになりますか」召使いが言った。

タリアは銀のトレーからグラスを受けとった。召使いが立ち去るのを見ながら、夕食まであとどれくらいあるだろうかと考えた。朝から小さなサンドイッチと紅茶を一杯口にしただけなので、空腹で目がまわりそうだ。タリアは青いベルベットのイブニングドレス越しに、みぞおちに手をあて、お腹が鳴って恥をかかないことを祈った。

「ご挨拶をしても、シャンパンをかけないと約束していただけますか」背後から澄んだ男性の声がした。

ふりかえると、レオポルド・バイロン卿の金色がかった緑の瞳とぶつかった。

「予備のタイを持ってくるのを忘れましたので」レオ卿はことばを継いだ。「三日ぶんしか用意してきておりません」

タリアの心臓が激しく打った。どうしてこの人がここに？　まさかこんなところで会うなんて。

だが目の前に立っているのはまぎれもなく、黒と白の上品な正装をまとった長身のレオ卿だった。金の刺繍が施されたベストが、黄金色の髪によく合っている。一瞬ののち、その顔に晴れやかな笑みが浮かんだ。

タリアはみぞおちを打たれたように、はっと息を呑んだ。

なんてハンサムなのだろう。そしてそんなことを思ってしまう自分は、なんて愚かなのだろうか。

とつぜん相手にも自分にも腹がたった。「ご挨拶を拒むわけにはまいりませんものね。それとシャンパンのことですが、守れるかどうか自信のないお約束はできません」

ところがレオ卿は、前回と同じで気分を害した様子もなく、笑い声をあげてくぼんだ目を愉快そうに輝かせた。「それでは、いざとなったらさっとよけることにします」

「何度も経験がおありなんですね」

「いいえ、不思議なことに、あなたがはじめてでした」レオ卿はいたずらっぽく微笑んだ。

「タイを弁償すると約束してくださいましたが、あいにくまだ届いていないようです。よろしければ、ここにいるあいだに、別の方法で弁償していただけませんか。たとえばダンスとか」

「舞踏会があるのですか？　それならダンスカードに空欄を作らないようにしなければ」

レオ卿はにっこり笑った。「先週、休戦したものだとばかり思っていましたよ。時間をかけて少しずつ仲良くなりましょう」

「あなたの思っている時間は、わたしが思うよりずっと短いみたいですね」

「わたしはマイセンの小物入れを贈りました。それなのに、あなたは送りかえしてきた」

「そもそも、あんな贈り物をなさるのは不道徳です」

レオ卿はふたたびいたずらっぽい笑みを浮かべた。「レディ・タリア、わたしがどれほど不道徳な男であるか、まだ気づいていなかったのですか。その気になったらひとこと声をかけてください。一緒に不道徳になりましょう」

タリアはしばらくのあいだ、相手の顔をまじまじと見た。またシャンパンを顔にかけるべきか、それとも笑っていいのか、よくわからなかった。

ふいに口もとがゆるんだ。

タリアは苦笑交じりに言った。「驚くほど楽天家なんですね、レオポルド卿」

「それに運命論者でもあります。天がわたしたちを引きあわせていると思いませんか」

「天はなにもしていないと思いますわ」

「そうでしょうか。では、なぜここで会ったのでしょう」

「ホランド卿夫妻が招待状を送ってくださったからです」

「これは一本とられたな」レオ卿は負けを認めた。「でもせっかくこうして再会したのですから、お互いのことをもっとよく知りましょう」

「わたしがあなたのことをもっと知りたがっていると、どうして思うのですか？　口説くなら別の女性にしてください。あなたに夢中になる女性なら、ほかにいるでしょう」

レオ卿はタリアの目をじっとのぞきこんだ。「厄介なことに」低い声でささやいた。「ほかの女性には興味がありません。欲しいのはあなただけです」

心臓の鼓動が速くなり、肌がぞくりとしたが、タリアはそれを表情に出さないようにした。

「それから」レオ卿はつづけた。「あなたはご自分が思うよりずっと、わたしに惹かれている」

「度を過ぎた楽天家であるばかりか、妄想癖もおありのようですね」

レオ卿は、タリアが思わず首を後ろに引くほど体を近づけて言った。「しばらく一緒に過ごせば、どちらが思いちがいをしているかわかりますよ。いまからでも試してみましょう。晩餐をともにして、お話のつづきをしませんか」

タリアは首を横にふった。「あなたが自信家であることはよくわかりました。でも残念ながら、晩餐をご一緒する相手はもう決まっています」

レオ卿は目をすがめた。「だれですか。話をして代わってもらいます」

タリアはふたたび首をふった。「そんなことはレディ・ホランドがお認めにならないでしょう。あら、噂をすれば影だわ」

ありがたいことに、レディ・ホランドはあらかじめタリアの晩餐のパートナーを決めていた。ひとりでパーティに出席するなら、信頼できる男性のエスコートが必要になる。最初から相手が決まっているほうがなにかと好都合だし、レオポルド卿が出席しているとなればなおさらだ。

「ミスター・ヘットフォード」タリアはことさらに明るい声で言った。「ちょうどいま、閣下とお噂をしていたところです」

ミスター・ヘットフォードは面食らった顔でタリアを見た。その丸い顔ともじゃもじゃした茶色の眉が、ライチョウを連想させる。「いい噂でしょうか」

「もちろんですわ」タリアがにっこり笑いかけると、ミスター・ヘットフォードは太陽を直視したかのように、まぶしそうに目を細めてまばたきをくり返した。タリアはその腕に手をかけた。「レディ・ホランドが招待客をダイニングルームへ案内しているようです。そろそろまいりましょうか」

「ええ、そういたしましょう」ミスター・ヘットフォードは満面の笑みを浮かべた。

少しはしゃぎすぎているようにも見える。

タリアはため息を呑みこみ、ミスター・ヘットフォードに勘違いをさせないよう注意しなければ、と思った。この人にまでつきまとわれたらたまったものではない。

視線をあげてレオポルド卿を見た。てっきり不機嫌な顔をしているかと思ったが、レオポルド卿はおもしろがっているように見えた。まるでこちらの考えを見透かしているようだ。タリアの心がかき乱された。これなら嫉妬の表情を見るほうがまだよかった。

「失礼いたします、レオポルド卿」タリアはわざと陽気に言った。

「ごきげんよう、レディ・タリア」レオ卿はタリアに身を寄せて耳もとでささやいた。「またあとで」

タリアの背筋がぞくりとした。

それをふりはらってくるりと向きを変え、ミスター・ヘットフォードと腕を組んで居間をあとにした。

「まだ彼女を口説いているのか」レオは自分とそっくりの声を聞いた。「レディ・タリアを愛らしいヨークシャーテリアみたいにそばに置きたいんだな。彼女はヨークシャー州の出身だったっけ?」

さっと後ろを向くと、ローレンスが立っていた。「からかわないでくれ」

「尻尾をふってだれかのあとを追いかけている男が、この部屋にひとりいるようだ。そしてそいつはいま、ぼくの目の前に立っている」

「手鏡を見るといい。同じ顔が映ってるぞ」

ローレンスは笑った。「きみがホランド・ハウスに行くと言ったとき、レディ・タリアが関係していると気づくべきだったよ。やっと政治に興味が出てきたのかと期待していたのに」

「晩餐がはじまる」レオはローレンスのことばを無視して言った。「行こう」

ローレンスがうなずき、ふたりはダイニングルームに向かって歩きだした。

「レディ・タリアはきみにまったく気がないようだし」しばらくしてローレンスは言った。「今度はぼくが口説いてみようかな。双子の一方がだめでも、もう一方ならうまくいくかもしれない」

レオは立ち止まり、ローレンスの腕をつかんだ。「ふざけるな。絶対ちょっかいを出すんじゃないぞ。彼女をきみと分けあうつもりはない」

ローレンスは目を丸くした。「おいおい、どうしたんだ。冗談だよ」

レオは手の力をゆるめた。どこからこの激しい怒りが湧きあがってきて、稲妻のように全身を貫いたのか、自分でもさっぱりわからなかった。自分は嫉妬深いほうではない。しかも相手は双子の弟なのだ。

「わかってるさ」レオは硬い声で言った。

「よかった」ローレンスは上着の袖をはたいてしわを伸ばした。「きみを傷つけるようなことをするつもりはないよ」

「そんなことができると思ってるのか」レオはふんと鼻を鳴らした。「十歳のとき、ぼくに殴られて、目のまわりに青あざを作ったのを憶えているだろう？」

「お返しに脇腹を殴られたのを忘れたのか？」

そのときの記憶がよみがえり、レオの脇腹がかすかにうずいた。もちろん忘れてなどいない。ローレンスとは取っ組み合いの派手なけんかをしょっちゅうやった――もっとも、たいていは悪ふざけの延長のようなものだった。

「どちらにしても、タリアがきみを相手にするもんか」レオは言った。

「ほう、ついにタリアになったのか。もしかしてぼくが思うより、きみたちの仲は進展しているのかな」

「もうこの話はやめよう。女性を口説くのには時間がかかる」

「そうだな。でもあとどれくらい辛抱するつもりなんだ？　この調子だと、一生かかっても無理なんじゃないか」

レオはローレンスをこづいた。「何日か家をあけることを、きみに言わなければよかった。こっそり荷物をまとめて、置き手紙などせずに出かけるべきだったよ」

「兄弟なのにそれはないだろう。黙っていなくなったら心配するじゃないか」

「いや、きみは心配なんかしないさ。一週間ぐらいまでなら」レオは言った。

「四日間だ。酒を飲んで遅くなるときだって、きみはかならず連絡をくれるじゃないか。四日も音沙汰がなかったら、捜索をはじめるよ」

「それはぼくも同じだ。でもぼくなら、二日たった時点で捜索を開始するな。人一倍責任感が強いきみが、書き置きすら残していかないわけがない。なんたって法廷弁護士だもんな」

ローレンスは歩調をゆるめて片側に寄り、まだ席についていない何人かの招待客を先に通した。「もうひとつ訊きたいことがある」

レオは片方の眉をあげた。「へえ、ひとつだけか」

ローレンスはレオの皮肉を聞き流した。「今回のパーティにレディ・タリアを参加させるために、だれに頭をさげたのかい」

レオは一瞬黙った。「ぼくがなにかしたと思っているのか？　最初から招待客のリストに載っていたんだろう」

「ぼくを甘く見ないほうがいいぞ。ホランド卿夫妻が招待する客はいつも決まっているが、レディ・タリアはそのなかにはいってない。きみが一枚嚙んでいることはあきらかだ。本人はこのことを知っているのかい？」

「いや」レオはあごをこわばらせた。「彼女には言わないでほしい」

「口止め料は？」

「きみの目のまわりに二度と青あざを作らない。さあ、黙っていると約束してくれないか」

ローレンスは肩をすくめ、胸の前で腕組みした。「どうしようかな。もっといい口止め料をくれるなら、考えてもいい」

「きみはとんでもない悪党だ」

「ぼくが悪党なら、きみもそうだろう。なにしろぼくたちは、母上のお腹に一緒にはいっていたんだから」

「わかったよ。あとでなにが欲しいか言ってくれ」

ローレンスはにやりとして腕を脇におろした。「そのことばを忘れないでくれよ」

レオはローレンスをにらんだ。「行こう。遅れると迷惑をかける」

「迷惑ならさんざんかけてきたじゃないか」ローレンスは忍び笑いをもらし、レオにつづいてダイニングルームにはいった。

5

離婚をあいだにはさんで何年にもわたり、タリアは数えきれない人びと、とくに男性からじろじろ見られることに耐えてきた。しかし、これまで生きてきて、まつ毛の一本からえくぼにいたるまでそっくりの男性ふたりから見つめられるのははじめてだ。しかも、しぐさまでよく似ている。

バイロン家の双子の兄弟が、美しく飾られた細長いテーブルの向かい側で、それぞれ左右の端の席にすわっている。ふたりともタリアを凝視しないくらいの礼儀はわきまえているようだが、それでもあまりに頻繁に視線を送ってよこしている。

兄弟そろって失礼な人たちだわ。タリアは皿に載った絶品の牛ヒレ肉の料理にフォークを刺した。こちらをちらちら見るのは、いいかげんにやめてほしい。

だがもうこれ以上、バイロン兄弟のことを気にするのはやめよう。こうしたことに――というより彼らみたいな人たちに――気持ちをかき乱されるなんて、自分らしくもない。

ミスター・ヘットフォードがなにかを言い、タリアはうなずいた。ミスター・ヘットフォードと会話をつづけるのはむずかしいことではなかった。なにしろ彼は息継ぎをするとき以外、ひとりでずっとしゃべっているのだ。

でも左隣りにすわっている男性は、ミスター・ヘットフォードとは対照的だ。それなりに有名な詩人だが――タリア自身、彼のソネットの最新刊を持っている――ほとんどしゃべらない。もしかすると、作品にすべてを語らせることに決めているのかもしれない。

そこでタリアは、バイロン兄弟の視線が自分に向いていないとき、ふたりをさりげなく観察した。

最初はどちらがどちらか、わからなかった。なんといってもふたりは瓜二つの双子なのだ。だがしばらく見ているうちに、だんだん区別がつくようになってきた。

もうひとりのほうは――名前はまだ知らない――レオポルド卿にくらべると口数が少ないようで、自分が話すよりも周囲の人たちの話に耳を傾けていることが多い。料理と料理の合間に、テーブルの端を指先でなぞるという変わった癖もある。だが、いちばんのちがいは目だ。レオポルド卿ほど緑がかっておらず、獲物のあとをこっそりつける猫のような金色の目をしている。そしてレオポルド卿とはちがって、こちらを見る目に浮かんでいるのは、欲望ではなく好奇心だ。

一方のレオ卿の目は情熱で輝いている。タリアは彼に見つめられるたび、その瞳の奥に激しい欲望の炎が燃えているのを感じた。まるで料理ではなく、タリアを味わっているかのようだ。

タリアの肌がぞくりとし、フォークを握る手に力がはいった。

「レディ・タリア、こういうことを尋ねるのは失礼かと存じますが、その……ええと……あなたとレオポルド・バイロン卿は、なにか関係がおありなのですか？」そのことばに、タリアはふとわれに返った。

さっとミスター・ヘットフォードを見た。「いいえ。どうしてそんなことを？」

バイロン兄弟がタリアを見ていることに気づいたのだろうか。もしそうだとしたら、ほかの人も気がついているかもしれない。

「あの、つまり……」ミスター・ヘットフォードは言いよどんだ。

「なんでしょう？」

ぐずぐずしないではっきり言えばいいのに、とタリアは思った。ひどく不愉快だ。

「わたしはレディ・ホランドから、あなたを晩餐にエスコートするようおおせつかりました」

「ええ、それがなにか？」

「それで……その……」

タリアはいらいらした。「なんでしょうか」

「あなたをここへ招くのは、レオポルド卿たっての願いだったと聞いています。先ほどおふたりが話しているところを見て、もしかしたら——ああ、なんと言えばいいのでしょう——約束をしていらっしゃったのではないかと思いまして」

「なんですって？」

「わたしが耳にはさんだところによれば、レオポルド卿はホランド卿の親しいお友だちに近づいて、あなたをぜひ今回のパーティへ招くよう頼んでほしいとおっしゃったそうです」ミスター・ヘットフォードはつづけた。「そのことをわたしに教えてくれた友人からは他言無用だと言われましたが、あなたご自身のことですから、お話ししても差しつかえないかと」眉間にかすかにしわを寄せる。「お気を悪くなさったでしょうか？」

タリアがにっこり微笑むと、ミスター・ヘットフォードはまた目をしばたたいた。「いいえ、そんなことはありません。話してくださってよかったですわ」タリアはテーブルの下で、爪が手のひらに食いこむほど強くこぶしを握った。

つまり今回のことは、レオポルド卿が仕組んだというわけだ。なんて厚かましくて傲慢な人だろう。しゃあしゃあとこんなことをするなんて。笑いものにされるのも好奇の目で見られるのも、自分はもう一生ぶん味わっている。

長年の鍛錬のたまもので、タリアはかろうじて平静を保っておだやかに微笑み、胃がねじれそうな感覚をこらえた。そっとフォークを置き、召使いに皿をさげさせた。

レオポルド卿のほうは頑《がん》として見なかった。さっき話をしたとき、またシャンパンを顔にかけてやればよかった。

あるいは、のぼせあがった頭から浴びせてやってもよかったかもしれない。

これでようやく合点が行った。ホランド卿夫妻からとつぜん招待状が届いたことを、ずっと不思議に思っていた。夫妻がどうして急に自分を招待する気になったのか、もっとよく考えるべきだった。

いや、レオポルド卿がどうして招待させたのか、と言うべきだろう。

こちらにはわからないとたかをくくっていたのだろうか。それとも、わかったところで別にかまわないと思っていたのか。人の口に戸は立てられないことぐらい、彼だってわかっていたはずだ。ひょっとしたら、それも計画のうちだったということもありえる。もしみんなが自分たちを恋人どうしだと思いこんだら、こちらが観念して折れるとでもと思ったのだろうか。

あいにくだが、そんな手に乗るつもりはない。パーティのあいだじゅう、ずっと他人行儀にふるまうことにしよう。

でも、それだけでは腹の虫がおさまらない。その気はないと何度も断わったのに、あの人はまったく意に介していない。やはり、ちゃんと思い知らせてやらなければ。こちらも相応の仕返しをしてやろう。彼に後悔させてやるのだ。

けれどどうやって？

ミスター・ヘットフォードが椅子の上でもぞもぞし、タリアのほうにわずかに身を寄せた。

「つまり……その……あなたとレオポルド卿は……いわゆる……お友だちなのですね」

〝愛人〟という意味だろう。

「いいえ」タリアは冷たく言った。「ちがいます」

「なるほど」短い沈黙があった。「それでは、わたしとお友だちになっていただけませんか。お互いのことをもっとよく知りましょう」

タリアはまた手のひらに爪を食いこませた。微笑んで言った。「そうですね。でもあなたはご結婚なさっているんじゃありませんでしたっけ」

「ええ、しかし気になさることはありません」

今度はミスター・ヘットフォードの顔にワインをかけたくなった。

「奥様のお耳に噂がはいるかもしれませんわ」

「妻はいま、子どもたちと一緒に田舎の領地におります。噂が届くことはないでしょう」

タリアはいっとき間を置き、迷っているふりをした。「でも噂というものは、好むと好まざるとにかかわらず広がるものでしょう。だれかが匿名で奥様に手紙を書いて、あなたがロンドンでなにをなさっているか告げ口しないともかぎりません」

ミスター・ヘットフォードは眉をひそめた。

「それに義理のお父上のこともありますし。あなたが庶民院の議員になるのに、かなりお力添えなさったとか。奥様とお父上は仲の良い親子ですわよね」

ミスター・ヘットフォードは落ち着かない様子になり、指で頬をさすった。「ええ、とても」

「万が一、わたしたちのことを聞いたら、どう思われるでしょうか」タリアは嘆息して首をふった。「もうこの話はやめましょう。それからほかの人の話も。よろしいですか？」

ミスター・ヘットフォードは渋面を作った。肌が赤と白のまだらになっている。しばらくして小さくうなずいた。

タリアは微笑んだ。「よかった。あら、チーズとデザートが出てくるようですわ」

だがミスター・ヘットフォードの顔には不機嫌な表情が浮かび、どちらも食べる気分ではないようだった。わざとらしく体の向きを変え、右隣りの人に話しかけた。

タリアは無意識のうちに視線をあげた。レオポルド卿があざやかな色の瞳でこちらを見ている。タリアの全身で脈が激しく打ちはじめた。視線をそらしたほうがいいとわかっていたが、急に負けん気が起こり、その目をまっすぐ見返して片方の眉をあげた。

レオポルド卿は唇の端をあげ、ゆっくりとグラスを持ちあげて口に運んだ。タリアも同じようにした。ふと、あることが頭にひらめいた。冷たいワインが舌からのどへと落ちていく。目を落としてまつ毛をふせ、表情を隠した。いいことを思いついた。

レオはテーブル越しにタリアを見ていた。さっき視線が合ったとき、向こうがすぐにそらさなかったのには驚いた。あのときの彼女の目はとてもなまめかしかった。

それにしても、なんて美しいのだろう。

レオは椅子にもたれかかり、タリアの透きとおった白い肌と、結いあげられたつややかな黒い髪に見とれた。唇は熟れたサクランボのようにふっくらしている。テーブルについた瞬間から、あの唇を味わいたくてしかたがなかった。ふたりきりになれるなら、どんなことでもするだろう。

召使いが次の皿を運んできた。

テーブルの向こうで、別の召使いがタリアの前に皿を置くのが見えた。果物とチーズが載っている。下を向いて確認しなくても、自分の皿にも同じものが載っているにちがいない。

新しいワインが注がれ、レオはグラスを口に運んだ。

タリアがフォークを手にとり、ブドウの粒に刺した。だがすぐに食べようとはせず、時間をかけて口もとへ持っていくと、ブドウで下唇をなでた。

レオの下腹部がかっと熱くなった。

彼女がこちらを見ている。温かで官能的な褐色の瞳が、最高級のミンクの毛皮を思わせる。

タリアが舌を出してブドウをなめたかと思うと、今度は唇にはさんでもてあそびはじめた。

レオの体が即座に反応した。自分の硬くなったものを唇で愛撫されているような錯覚にとられわれ、テーブルの下でこぶしを握ってたくましい太ももにぐっと押しつけた。

タリアは目をそらさずにそのブドウを食べ終えてから、新しい粒にフォークを刺した。そしてまた思わせぶりに唇をなでた。

レオの股間がうずいた。

彼女はセイレン（美しい歌声で船人を誘い寄せて難破させたという海の精）だ。男を身もだえさせるこつを心得ている。早くこのお返しをしてやりたい。かすれた甘いあえぎ声が聞こえるようだ。

レオはグラスに手を伸ばした。タリアに視線を据えたまま、グラスを掲げて乾杯のしぐさをし、ワインをひと息に飲んだ。

タリアは目をしばたたいて一瞬、動きを止め、それからブドウを口に入れて食べた。

まもなく十人以上の召使いがやってきて皿をさげた。すぐにデザートが運ばれてきた。

レオは目の前にならべられた菓子に目をやった。ふわっとしたなめらかそうなチョコレートムースもある。タリアがスプーンを手にとるのを見て、もう少しでうめき声をあげそうになった。

もっとワインでも飲まないと、とてもやっていられない。

6

思った以上にうまくいっているわ。タリアはスプーンを手にとりながら、胸のうちでつぶやいた。

少しうまくいきすぎかもしれない。

レオ卿がまるで目で愛撫でもするように、タリアの顔にゆっくり視線をはわせている。隠しきれない欲望で瞳をとろんとさせ、無造作に椅子にもたれかかってワインを飲みながら、じっとこちらを見ている。

軽い気持ちではじめたことなのに、あっというまに危険なゲームに変わってしまった。でもいまさら引き下がるつもりはない。レオ卿にはせいぜい満たされない欲望に悶々としてもらおう。ところが、腹のたつことに、あの人はちっともいらだっているように見えない。これだけおおぜいの人がいるなかで、むしろこの状況を楽しんでいるようだ。

見てなさい、これでも落ち着いていられるかしら。

タリアはチョコレートムースをスプーンですくって口もとへ持っていくと、舌を上下に動かしてなめた。チョコレートの風味を味わったのち、おもむろにスプーンをくわえて頬をすぼめるようにした。やわらかな甘いムースが口のなかで溶けていく。スプーンをすべるようにして口から出し、舌の先で唇をなめた。

レオ卿がわずかに目を見開き、ごくりとつばを呑みこんだ。タイの下で喉仏が上下する。椅子の上でかすかに身じろぎし、獲物を狙う獣のような表情を浮かべた。いまにもテーブルを飛び越えて襲いかかり、タリアを部屋の外へ引きずりだしそうだ。

ふいにタリアの肌がぞくぞくし、体が熱くなった。

じつのところ、これほど簡単にレオ卿を挑発できるとは思っていなかった。奔放で身持ちが悪いという世間の評判とは裏腹に、自分が女の魅力で男性を誘惑するのはこれがはじめてなのだ。ゴードンとは一度もそうした男女の駆け引きを楽しんだことはなかったし、離婚してからは、近づいてくる相手と面倒なことにならないように用心してきた。男性のいいようにされるのはこりごりだ。もう二度と人生を支配されたくない。

レオポルド卿には手痛い教訓を与えてやらなければ。パーティが終わってこの屋敷をあとにするとき、彼はようやくレディ・タリアから解放されたとほっとするだろう。それはこちらも同じだ。

タリアはふたたびスプーンでムースをすくい、ゆっくり時間をかけて味わった。レオポルド卿の視線を痛いほど感じる。

スプーンを置き、テーブル越しに微笑みかけた。計画は順調だ。

レオは椅子に背を預けてくつろいでいたが、周囲の会話はほとんど聞いていなかった。女性陣がいなくなり、男だけが残ってポートワインと葉巻を楽しんでいる。いまはこのほうがよかったかもしれない。あれ以上、レディ・タリアのなまめかしいしぐさを黙って見ていられる自信はなかった。

レディ・ホランドが女性陣に居間へ下がろうと合図したとき、自分もついていこうかと思った。そして機会を見つけ、レディ・タリアを人目につかない場所に誘いだすつもりだった。それが上階の寝室ならば言うことはない。

そうすればいまごろは、やわらかなシーツに包まれて、一糸まとわぬ姿の彼女をこの腕に抱いていたはずだ。秘められた部分に分け入ると、彼女の唇からかすれた喜悦の声がもれる。長い腕と白い太ももがこちらの体に巻きついている。

もっとも、それはレディ・タリアが考えを変え、自分の誘いを受ける気になっていればの話だ。レディ・タリアがゲームをしかけてきているのはまちがいない。ただ、それがどういうゲームであるかがまだわからない。

まもなくホランド卿がグラスに残ったポートワインを飲み干し、女性陣に合流しようと言った。レオが立ちあがると、ローレンスが隣りにやってきた。

「なかなか興味深い夜だな」ローレンスは言った。「レディ・タリアはきみを相手にしていないと言ったけれど、そのことばを取り消すよ。晩餐のときのきみたちを見ていた」

レオはローレンスにちらりと目をやり、出口に向かった。ローレンスも横にならんで歩きだした。

「彼女はデザートを……なんというか……芝居がかったしぐさで食べていただろう」低い声で言う。「きみたちのあいだに飛び交う熱い視線で、テーブルの上のデザートが全部溶けてしまうんじゃないかと思ったよ」

そのときのことを思いだしてレオの体が火照《ほて》り、唇にゆっくり笑みが浮かんだ。「スプーンのあつかいかたがうまいと思わないか」

「そうだな」ローレンスは口もとをゆるめたが、すぐに真顔に戻った。「言っても無駄だとわかっているが、もう一度忠告させてもらう。あまり深追いしないほうがいい。悪魔に足をすくわれるぞ」

「きみも知ってのとおり」レオは言った。「悪魔とぼくは古い友人だ」

「そうだとしても、女性を顔だけでわかった気にならないほうがいい」

「女性の顔ならこれまでたくさん見てきたさ。なにしろ、人類の半分を占めているんだから。まさかぼくに、哲学者になれなどと言うんじゃないだろうな」

「ぼくはただ、家族として言うべきことを言っているだけだ。それはそうと、ぼくは明日の朝、帰ることにしたよ」

「まだ来たばかりじゃないか」

ローレンスは肩をすくめた。「今回の主役はきみだ。ぼくがいなくても充分すぎるほど楽しめるだろう」

レオはにやりとした。「たしかにきみの言うとおりだ」

「ぼくの言うことはいつだって正しいさ」

居間へはいるとふたりは別れた。ローレンスは友人たちのところへ行き、レオはタリアを捜した。

タリアは金のダマスク織りのソファに腰かけていた。両隣りにすわったふたりの男が、彼女の歓心を買おうとしている。一方の男がなにかを言い、タリアが陽気な声で笑った。

レオはタリアの前で立ち止まった。だが彼女は顔をあげず、男の話に聞き入っていた。男が耳もとでささやくと、タリアはまた吹きだした。

レオは男たちを無視して、タリアにお辞儀をした。

タリアは深紅色のコーディアル（果実の風味と甘味のある強いアルコール飲料）をひと口飲み、今度は左側にすわった男のことばに返事をした。

レオはあごをこわばらせた。またこちらを無視することにしたというわけか。思わせぶりにふるまったかと思えば冷たい態度をとって、いったいなにを考えているのだろう。

「レディ・タリア」レオは強い口調で言った。

しばらくしてタリアが茶色の目をあげた。「レオポルド卿」

「庭をお散歩しませんか」

レオは彼女とふたりきりになり、なぜ自分をもてあそぶようなことをしているのか、次はなにをするつもりなのか訊きたかった。そして唇を重ねたかった——濃厚で激しいキスをして、唇にチョコレートムースの味が残っているかどうかを確かめたい。

「お散歩を?」タリアは言った。「いまからですか? お誘いはありがたく存じますが、遠慮しておきますわ。外は寒すぎますもの」

「では召使いにマントを持ってこさせましょう」レオは引き下がらなかった。

「いまは十月です。外を歩くのに適した季節ではありません」

「先日、一緒に〈クリスティーズ〉へ出かけたではありませんか」

両隣りの男たちが耳をそばだてているのがわかった。

タリアは褐色の眉をひそめた。「一、一緒に出かけてはおりませんし、競売会場は室内でした」

「でも、あのときはとてもお話がはずみましたね」レオは愛想よく言った。「わかりました。庭に出たくないとおっしゃるなら、屋敷のなかを見てまわりませんか。回廊に見事な絵画が飾られています」

タリアの目が光った。「ええ、そうお聞きしました。でもまたの機会にしましょう。いまはやめておきます」

なんて強情なんだ。この自分をからかったあげく、足蹴《あしげ》にするつもりなのか。こちらが負けず劣らず、いや、それ以上に強情であることをわからせてやろう。

「そうですか。では、わたしもここでお仲間に入れていただくことにします」

あいにく近くに空いた椅子はなかった。レオは両手を後ろで組んだ。タリアがうなずき、ふたりと話のつづきをはじめた。

レオはウィルコックスに視線を据えていた。赤毛でそばかすがひどく、目は淡い青だ。ウィルコックスがちらりとレオを見あげ、すぐに視線をそらした。自分が見られていることに気づいてそわそわしている。タリアのことばになにかを言ったものの、あきらかに心ここにあらずで、的外れな返事だった。

追いつめられた野ウサギを思わせる。そして自分はキツネだ。

「ウィルコックス」一分ほどたったころ、レオは会話に割ってはいった。「レディ・タリアに新しい飲み物をお持ちしたらどうだろう」

ウィルコックスはさっとレオを見て、きつく眉根を寄せた。「なんだって？」

「レディ・タリアはのどが渇いているんじゃないかと言ったんだ」レオは相手を威圧するように言った。

「わたしのことなら――」タリアが言いかけた。

レオはウィルコックスを見つめつづけた。「レディ・タリアがお待ちだ。がっかりさせたくないだろう?」

ウィルコックスはごくりとのどを鳴らした。怒りと不安が入り混じった表情をしている。レオのほうが何歳か下だが、力関係では圧倒的に上だった。

ウィルコックスはめったに人とやりあわず、いまだに支配的な母親の言いなりになっている。だからまだ結婚していないのかもしれない。母親が気に入る花嫁が見つからないのだろう。息子がいま、あの悪名高いタリア・レノックスに鼻の下を伸ばしていると知ったら、きっと烈火のごとく怒るにちがいない。

ウィルコックスは細いあごを震わせながら、突っぱねるべきかどうか迷っていた。やがて目をそらし、そこで勝負が決まった。深いため息をついて立ちあがり、ぎこちなく会釈をして歩き去った。

レオはなにごともなかったように、もうひとりの男に視線を向けた。スタンレー卿だ。〈ホワイト・クラブ〉で何度か会ったことがあるが、顔見知り程度の間柄にすぎない。がっしりした体格で、髪は黒くてふさふさし、ウィルコックスよりはるかに自信に満ちあふれている。愉快そうな表情でソファにもたれかかり、レオが次にどう出るかを見守っている。

レオは、今度は単刀直入に言うことにした。

「きみも席をはずしてくれないか、スタンレー。レディ・タリアに話がある。きみはお呼びじゃない」

スタンレー卿の眉が片方あがり、唇の端がぴくりとした。怒っていいのか笑っていいのか、決めかねているらしい。タリアのほうを向いて言う。

「レディ・タリア、どう思われますか？　ここにとどまったほうがいいでしょうか、それともこの無礼な輩《やから》を追いはらったほうがいいでしょうか。バイロンとふたりきりにならないことをお勧めします。評判の悪い男ですから」

それはスタンレー卿も同じだった。面の皮が厚い放蕩者であることは、だれもが知っている。でもだからこそ、タリアは彼と一緒にいるのかもしれない。

レオは顔をしかめた。

「これだけおおぜいの人がいるなかで、どうしたらふたりきりになれるんだ。さあ、きみもウィルコックスのようにさっさといなくなって、ほかのレディを探したらどうかな」

スタンレー卿は笑い声をあげた。「どうしましょう、レディ・タリア。あなたにおまかせします。気まずいでしょうが、バイロンとわたしのどちらかを選んでください。決めるのはあなたです」

レディ・タリアは唇を結び、ふたりを交互に見た。その顔に、どちらも追いはらいたいと書いてある。

「心配してくださってありがとうございます、スタンレー卿」しばらくして口を開いた。

「でもなにを言ったところで、レオポルド卿があきらめてくださるとは思えません。またあとでお話ししましょう」

「楽しみにしています」スタンレー卿はソファから立ち、タリアに優雅なお辞儀をした。「バイロン」

レオは会釈をしたがなにも言わなかった。スタンレー卿がいなくなるやいなや、タリアの隣りの空いた席に腰をおろした。

立ちあがっていなくなるかと思ったが、レディ・タリアはそのまますわっていた。「あなたが厚かましい人だとはわかっていたけれど、まさかあれほどぶしつけなことをするなんて思わなかったわ」

レオは微笑んだ。「わたしの先祖がどうやって三百年も公爵の位を守ってきたと思いますか。バイロンの血を引く人間は、敵の倒しかたを心得ています」

「ミスター・ウィルコックスとスタンレー卿は敵ではないでしょう」

「ことあなたに関するかぎり、わたしの邪魔をする者はみんな敵です。わたしたちのあいだに割りこんでくる男がいたら、そいつのことも許しませんよ」

タリアはコーディアルのグラスをゆっくりまわした。「いつからわたし、、、、、たちになったのかしら」

レオは身を寄せて低い声で言った。「さあ、デザートを食べていたときからでしょうか。

あなたの様子を見ていたら想像がふくらんで、あなたを味わいたくてたまらなくなった」

タリアはいったんまつ毛を伏せ、やがて視線をあげてレオを見た。神秘的な褐色の瞳の奥に、たくさんの秘密が隠れているようだ。レオはふと、そのすべてを知りたくなった。

「想像をふくらませすぎたみたいですね」タリアはそっけなく言った。「わたしはチョコレートに目がないんです」

「ブドウは？」

「ブドウにも」

レオは一瞬、タリアの顔をまじまじと見てから吹きだした。「なるほど、甘いものが大好きなんですね。ほかにはどんなものが好きなのかな、愛しい人《スイートハート》」

「わたしはあなたの愛しい人なんかじゃないわ、レオポルド卿。そういう呼びかたはしないでちょうだい。人に聞かれたら困るでしょう」

「おっしゃるとおりだ。ほんとうは庭を散歩したいのでは？」

「いいえ、まさか。相変わらずうぬぼれやなのね。あら、ホイストのテーブルに空席があるようだわ。わたしはこれで失礼して、カードゲームをしてきます」

タリアは立ちあがり、コーディアルのグラスを置いた。

「ちょっと待ってください。まだ話は終わっていない」

タリアはふりかえってレオを見た。「そうですか」

そう言うと青いベルベットのスカートをひるがえして立ち去った。

そのあとを追い、カードテーブルのだれかをどかせて、無理やり席につくこともできる。

だがレオはソファのクッションにもたれかかり、次の作戦を練った。


ああ、わたしはなにをしているのだろう。タリアはカードテーブルの空いた席につき、先にすわっていた人たちに小声で挨拶した。

レオポルド卿が気性の激しい人であることはわかっていたが、まさかあんなことまでするとは思わなかった。ミスター・ウィルコックスをやんちゃな子犬のように追いはらうとは。それに、スタンレー卿がおとなしく引き下がらなかったら、口論だけでは終わらなかったかもしれない。レオポルド卿なら、どんな相手でも打ち負かしそうだ。

でもわたしは、彼にひるんだり負けたりしない。このゲームの主導権を握っているのはわたしだ。

わたしがあの人を思うままにあやつってみせる。

傲慢そのもののレオポルド卿は、自分があやつられる側であるとは夢にも思っていないだろう。そのほうがむしろ好都合だ。

レオポルド卿に手痛い教訓を与える作戦の出だしとしては、なかなかうまくいっている。

これまでずっと拒絶してきたのだから、急に態度を変えるのも不自然に思われる。彼の魅力にだんだん惹かれるふりをして、相手が有頂天になったところで、ぴしゃりとはねつけるのだ。あとのことはまだ決めていない。そのときが来たらまた考えることにしよう。

タリアはカードを受けとり、ホイストに集中した。

7

翌朝、レオは糟毛《かすげ》の雄馬にまたがり、草木のにおいのする空気を胸いっぱいに吸いこんだ。雲ひとつない空から日光が降りそそぎ、この季節にはめずらしく暖かな行楽日和だ。

これから招待客と近隣に住む上流階級の人たちとで、狩りに出かけることになっている。猟犬《フォックスハウンド》のあつかいが抜群にうまい子爵も一緒だ。ホランド・ハウスの私道に馬と人が集まり、準備に余念がない。猟犬の一団が興奮で尻尾をふり、ときおり待ちきれないように吠えていた。召使いが招待客のあいだを動きまわり、香辛料のきいたポンチと果物のケーキを差しだしている。

タリアがいるのを見てレオの胸は躍った。狩りは肉体を使う娯楽だし、横鞍ではむずかしいということもあって、好んで参加する女性は多くない。だがレディ・タリアは笑みをたたえて目を輝かせ、召使いの手を借りて馬の背に乗ろうとしている。

この快晴の朝と同じくらい、まぶしくて美しい。紺の綾織りの生地の乗馬ドレスは驚くほど趣味がよく、磨かれた真鍮のボタンが前にならんでいる。少しだけ流行遅れの感は否めないものの、彼女によく似合う仕立てのいいドレスだ。つややかなマホガニー色の髪を後ろできれいにまとめ、背の高い黒の乗馬帽をかぶっている。

タリアは馬に乗ると、長いスカートのすそを整えてから、自信に満ちた手つきで手綱を握った。

レオはほかの馬のあいだを巧みにすり抜けてタリアに近づいた。横にならぶと、タリアの乗った雌馬がもぞもぞ脚を動かして鼻を鳴らした。それに応えるように、レオの馬が筋肉で覆われた脇腹を小さく震わせた。

レオには雄馬の気持ちが手にとるようにわかった。レディ・タリアの存在を間近に感じ、自分の体も反応している。かすかなライラックのにおいに一瞬、鼻をくすぐられ、さらに欲望が高まった。

今朝、風呂にはいるときにライラックの石けんを使ったのだろうか。それとも着替えるときに香水をつけたのか？どちらにしても、想像するだけでわくわくする場面だ。

手綱を持つ手にぐっと力がはいり、レオはその場面を頭からふりはらった。「絶好の狩り日和ですね」

タリアがふりむき、謎めいた目でレオを見た。「ええ、狩りには少し気温が高すぎる気もしますが、いいお天気です」

「すばらしいながめだ」

ふたりはたくさんの人と馬と犬を見やった。

「ホランド卿夫妻はお客様を楽しませるのがうまいことで有名です。ここへ来たら、狩りを計画なさらないわけがありませんわ」タリアは唇を結んだ。

「勇気があるんですね。怖くないんですか」

「ええ、ちっとも。わたしは馬が大好きで、いくらでも乗っていられます。跳躍は高ければ高いほうが楽しいし」

レオは眉をひそめた。「大胆さは美徳のひとつですが、慣れない場所には危険があることを忘れないほうがいいでしょう」

「わたしの腕前を疑っていらっしゃるの、レオポルド卿？　キツネ狩りは久しぶりですが、乗馬は初心者じゃないわ」

「わたしはただ、あなたにけがをしてほしくないだけですよ、レディ・タリア」

「ご心配は無用ですわ。もうずいぶん前から、自分の面倒は自分で見ています」

そう言うとタリアは合図を出し、馬を動かした。

レオはタリアを見失うまいとそのあとを追った。

追いついてふたたび横にならんだとき、キツネと猟犬を放つ合図の角笛が鳴った。

タリホー！　狩りのはじまりだ。

レオは馬の脇腹をかかとで蹴って速度をあげた。その隣りにいるタリアも含め、全員がいっせいに出発した。

タリアはほかの人びとに交じり、全速力で馬を走らせた。雌馬が首をひとふりする。ひづめに蹴られて緑の芝生がはがれ、あっというまに庭が遠ざかっていった。やがて先頭を行くグループと、それを追うグループとに分かれた。

タリアは先頭グループのいちばん後ろにつき、もう長いこと忘れていた自由という感覚を味わった。ロンドンでは好きなときに馬に乗れるわけではない。乗用馬を飼う金銭的な余裕がないのだ。たまに馬車馬を公園に連れていって乗ることはあるが、草原を全速力で駆けぬける快感にくらべたら、都会での乗馬は驚くほどつまらない。こうしてすばらしい馬に乗り、田舎を走りたくてたまらなかった。離婚してからというもの、郊外で乗馬を楽しむような機会はめったになくなった。

レオポルド卿がたくましい雄馬に乗り、横にならんで走っている。タリアは彼をちらりと見ると、これでふりきれるだろうかと思いつつ、手綱をふってさらに速度をあげた。

だがレオポルド卿は難なくついてきた。ふたりはまっすぐ馬を走らせた。キツネが見つかったことを知らせる角笛の音が鳴り、ほかの人たちとともに進む方向を修正した。

やがて先頭グループが少しずつ散らばった。用水路の上に倒れた太い木の幹を跳び越える者もいれば、安全を優先して遠まわりする者もいる。

タリアは迷わず倒れた木のほうへ向かった。

レオ卿もついてきた。

木の幹が近づくにつれ、タリアは跳躍に備えた。手綱と左のひざを使って馬の足並みを調整し、右ひざを鞍頭《くらがしら》に押しつけて体勢を整えた。レオ卿も跳躍の準備をしているのが、視界の隅に映った。

次の瞬間、ふたりはふわりと宙に浮いた。レオ卿が先に着地して泥をはね、タリアがそのあとにつづいた。

あふれる喜びで、タリアは思わず声をあげて笑った。横を見るとレオ卿の宝石のような目とぶつかった。レオ卿が微笑むと、まっすぐな白い歯が口もとからのぞいた。その顔も抑えきれない喜びで輝いている。

タリアの胸の鼓動が激しくなったが、それは乗馬のせいではなかった。

さらに四分の一マイルほど進んだところで、ふたりは馬の速度を落として歩かせた。どうやら犬がキツネにまかれ、においをたどれなくなったらしい。猟犬係がまた捜すよう犬に命じた。

「すばらしい腕前ですね、レディ・タリア」レオ卿が言い、鞍の上で身を乗りだした。

タリアは馬の首を軽くたたいた。「厩舎係が優秀な馬を選んでくれたおかげです。とても勇敢な子だわ」

「それはあなたも同じだ。さっき倒れた木にまっすぐ向かっていったときは少し心配しましたが、その必要はなかったようですね」

「父はわたしが歩けるようになる前から馬に乗せていたんです。乗馬は簡単だわ。もっと頻繁に、こんなふうに乗れたらいいのに」

「わたしが手配しますよ。ロンドンからそう遠くないところに領地を持っている知り合いがいます。みんな喜んで場所を貸してくれるでしょう。狩りを楽しむのは、なにもホランド卿夫妻だけじゃない」

レオ卿がまたしても、タリアが欲しくてたまらないものを差しだしている。だが前回と同じく、彼の申し出は条件付きだ。そして自分はその条件を呑む気はまったくない――とはいえ、いまそのことを本人に言うつもりもない。

「興味深いお誘いだわ」タリアは言った。「女性を誘うための罠をたくさん持っていらっしゃるのね」

レオ卿の瞳の色が濃くなった。「罠にかかる気になりましたか。首を縦にふってくれさえすれば、すぐに手配しますよ」

そのとき犬の吠える声が聞こえて角笛が鳴り、タリアはほっとした。「ほら。また狩りがはじまるわ」

猟犬がキツネのにおいをふたたびとらえたようだった。ふたりは手綱をふって馬に合図を出した。

二頭の馬はならんで走った。起伏の多い緑豊かな丘を越え、浅くすべりやすい窪地《くぼち》を飛ぶように駆けぬける。やがて低木が多い場所に差しかかり、ふたりは木や茂みを跳び越えた。ようやくその場所を抜けたとき、ほかの人たちの姿が見えなくなっていた。

「こっちへ」レオ卿は言い、右側を示した。「みんなに追いつけるかもしれない」

タリアはうなずき、レオ卿についていった。

ふたりは近くの木立にはいり、高木や低木のあいだを縫うようにして進んだ。しばらくして小さな空地に出た。前方には背の高い灌木の茂みが見わたすかぎり広がっている。

「あそこを抜けましょう」タリアはじれったそうに乗馬鞭で自分のひざを打ちながら言った。

レオ卿は首をふった。「木の背が高すぎる。無事に抜けられたとしても、その先がどうなっているかわからない。急な崖が待っているかもしれません」

「平らな地面が待っているかもしれないわ」しかしレオ卿の言うことにも一理ある。知らない土地で危険を冒すのは愚かなことだ。「茂みの縁に沿って進みましょうか。灌木が途切れた場所があるかもしれない」

レオ卿がうなずき、ふたりは出発した。だがそれから五分たっても、茂みを横切れそうなところが見つからず、ふたたび馬をとめた。

レオ卿は乗馬鞭を太ももに打ちつけた。「だめだ――犬たちはとっくにいなくなっている。

声が聞こえますか？」

タリアは耳を澄ませたが、聞こえるのは風がささやく音だけだった。

「いいえ。ホランド・ハウスに戻りましょう」タリアは肩を落とした。

レオ卿はひと呼吸置いてから言った。「ここから少し戻ったところに、きれいな小川があるのをさっき見つけました。そこでしばらく休憩しましょう」

「わざわざ寄り道なんかしなくても」

「こんな天気のいい日に、屋敷に閉じこもって過ごすのはもったいない」レオ卿はにっこり笑った。「いま戻ったら、レディたちから声をかけられますよ。たとえば、一緒に扇に絵を描こうとか。いまのあなたは手芸を楽しむ気分ではなさそうに思えますが」

「扇を汚したくないもの。考えただけでぞっとするわ」

レオ卿の笑みがさらに大きくなった。「そうですか」

断わらなければ、とタリアは思った。朝食がはじまるまで、自分の寝室にいればいい。そうすればだれにも邪魔をされないだろう。でもこれは作戦を前に進める絶好の機会だ。自分はレオ卿に教訓を与えると決めた。このままなにもしなければ、彼になにかを教えることなどできない。

「わかったわ、レオポルド卿」タリアはやさしく言った。「案内していただけるかしら」

8

「ああ、なんてきれいなの」数分後、タリアは青々とした広い草地をながめながら言った。ゆるやかな坂のふもとに小川が流れ、色あざやかな実をつけたサンザシやナナカマドが、青い空に向かって枝を広げている。「野の花が満開の春や夏に来たら、もっときれいなんでしょうね」

ああ、きれいだ。レオは胸のうちで言った。でもきみのほうが美しい。

レオは手綱を固定して軽々と馬からおりた。「少し歩きませんか」

タリアは一瞬ためらったのちにうなずいた。「気持ちよさそうね」

「今日は一緒に散歩してくださるんですね」レオはからかうように言った。

「ことばに気をつけないと、考えを変えるかもしれないわよ」

レオは手を貸そうとタリアに近づいた。「ご機嫌を損ねないように注意します」

「あなたが約束を守るとは思えないから、ホランド・ハウスに引きかえそうかしら」

レオはゆっくり笑みを浮かべた。「せめてわたしに機会をください。あなたは大胆に馬を乗りこなす人だ。ささやかな冒険をするぐらい、どうということもないでしょう」

「〝ささやかな冒険〟とあなたが同じ文脈にならぶのはおかしくないかしら」

レオは笑い声をあげて手を差しだした。「さあ。自然の美しさを楽しみましょう」

「自分でおりられるわ」タリアは軽い口調で言った。

「わかってますよ、レディ・タリア。でも手伝わせてください」レオはタリアのウエストにそっと両手をかけた。「あなたに触れられる機会をのがしたくない」

タリアが口を開く前に、レオはその体をかるがると鞍から持ちあげた。しばらく彼女を両腕に抱き、温かくやわらかな体の感触を味わった。「あなたは羽のように軽い。一日じゅうでもかかえていられそうだ」

「ほんとうに？」タリアは深みのある褐色の目でレオを見た。「そんなに力が強いの？」

「ええ。それに体力もある」

タリアは片方の眉をあげた。「すごいのね、レオポルド卿」その声は前日の夜に食べたチョコレートムースのようになめらかだった。「そろそろおろしてちょうだい」

レオはタリアにくちづけたくてたまらなかった。彼女を強く抱きしめ、その唇から甘い吐息がもれるまで、燃えるような激しいキスをしたい。

でもそんなことをしたら、きっと頬をひっぱたかれるだろう。もちろん、彼女とのキスには危険を冒す価値がある。しかし自分はさっき、機嫌を損ねることはしないと約束した。いまはおとなしくしておこう。

レオはしぶしぶタリアを地面におろした。

タリアは後ろに下がり、乗馬帽の角度を整えた。そしてレオにエスコートを申し出る間を与えず、さっさと草地を歩きだした。

レオはやれやれと首をふり、タリアのあとにつづいた。


タリアは胸の鼓動が鎮まることを祈った。レオ卿とのあいだに距離があいていてよかった。といっても、それほど離れたところを歩いているわけではない。脚の長い彼がその気になれば、すぐに追いついてくるだろう。だがタリアは視線を前方に据え、秋の豊かな自然に見とれているふりをした。

さっきレオ卿に抱きかかえられたとき、キスをされるのではないかと思った。そのときのことを思いだし、またしても鼓動が激しくなった。もしキスをしていたら、どんな感じだっただろうか。

たぶんがっかりしただろう。

いままで生きてきて、キスに夢中になったことは一度もない。詩人は恋人どうしが交わすくちづけの歓喜をさまざまな詩に書くが、タリア自身はキスをそれほど素敵だと感じたことはなかった。

元夫からはいつも、女としての情熱に欠けていると言われていた。だがゴードンはキスなど時間の無駄だと言って、あまり熱心ではなかった。それでもタリアはなんとか夫を悦《よろこ》ばせようとした。ばら色の新婚生活ではなかったが、結婚して最初の一年はとくにそう努力した。やがて二、三年がたつころ、ゴードンはもうキスをしようとすらしなくなり、タリアはそのことにほっとした。愛の営みも幻滅に満ちたものだった。初夜を迎えたとき、タリアは純潔とともに幸せな未来への夢を失った。

そんな自分が、男性をお菓子のようにたいらげるふしだらな女だと言われているとは、なんて皮肉なことだろう。レオ卿はきっと、タリアがつれなくふるまっていることを、情事の刺激を高めるための駆け引きだと思っているにちがいない。でもあいにく、彼とベッドをともにする気はさらさらない。

こちらの本心を知ったとき、レオ卿はどんな顔をするだろうか。その気のない相手をいくら誘惑しても無駄だということを、思い知ればいい。

「あら、野生のリンゴの木よ」タリアは沈黙を破った。「たくさん実がなっている。母が毎年秋になると、ジャムを作っていたの。朝食のときに食べるのが大好きだった。もう何年も食べていないわ」

「レディ・ホランドに頼んで少しわけてもらって、ロンドンのご自宅に送ればいい。料理人が作ってくれるでしょう」

「ええ、そうね。でももうこれ以上、ホランド卿夫妻にわたしのことでなにか頼むのはやめていただけるかしら」タリアは鋭いまなざしをレオに向けた。「一回のパーティで何度も頼みごとをされるのは、向こうもご迷惑でしょう」

「聞いたんですね」レオはとぼけなかった。「だれに？」

「だれが話したかが重要なの？」タリアは何歩か前へ進み、ふりかえってふたたびレオの顔を見た。「重要なのは、あなたが裏で手をまわした事実をわたしが知っているということ、そしてそれを聞かされたときに傷ついたということよ。あなたの傲慢さにはまったく驚かされるわ、レオポルド卿。招待客の半分が、わたしのことをあなたの愛人だと思っているでしょうね。そして残りの半分の人たちも、じきにその噂を聞くことになる」

レオの眉間にしわが刻まれた。「ぼくはただ、あなたにもう一度会いたかっただけだ。あなたはぼくを避けていた」

「そのとおりよ。でもあれからいろいろ考えて、よくないことだと思いつつも、あなたの粘り強さに……興味を持ったの。あなたがどれほど粘るつもりなのか、確かめてみたくなった」

「粘るだって？」レオは眉を片方あげた。

「ええ」タリアはささやいた。「あなたがどこまで本気でわたしを口説き落とそうとしているのか、見きわめたくなったの」

レオは首をかしげた。「見きわめる?」

「ロンドンに帰ってからにするつもりだったけれど、かえってここのほうが好都合かもしれないわね」

レオの瞳が暗い色を帯びた。「具体的にはなにをするつもりだったんです?」

「密会よ。ふたりきりで会って、この先あなたとの関係をどうしたいか、自分の胸に聞こうと思って」

レオは両腕を大きく広げて微笑んだ。「そういうことなら大歓迎だ。まわりにはだれもいない。ここではじめましょう」

「いいえ、だめよ」タリアは首をふった。「あまり遅くなるとみんなにあやしまれるわ。場所と日時をわたしから連絡するから、待っててちょうだい。ところで、あなたは心臓が弱いほうじゃないわよね、レオポルド卿」

レオは満面の笑みを浮かべた。「ええ、心臓の強さには自信があります」

「よかった」タリアは手を伸ばし、きれいにそられた温かなレオの頰に指先をはわせた。

「お互いに楽しみましょうね。ハウスパーティの目的は楽しむことですもの」

レオの瞳がきらりと光った。「まったく同感だ」

タリアは後ろを向いた。自分の大胆なことばと、それ以上に大胆な計画に、心臓が早鐘を打っている。

馬のほうへ向かおうとしたところで、レオにそっと上腕をつかまれた。レオはタリアを立ち止まらせ、自分のほうを向かせた。「ホランド・ハウスへ戻る前に、ふたりの新しい関係のはじまりを祝したい」

タリアの心臓がひとつ大きく打った。だがそれを表情には出さず、冷ややかな目でレオを見た。「わたしたちのあいだにはなんの関係もないわ。いまはまだ」

「いや、あるさ。そうでなければ、こんなふうにふたりきりで草原に立ち、密会の計画をたてたりしていない。少しだけでいいから、あなたに触れたい。昨夜の晩餐のとき、あなたにさんざんじらされても我慢したんだから、少しぐらいご褒美が欲しい」

レオ卿はチョコレートムースのことを言っているのだ。

タリアは、いまもこれからもご褒美などないと告げたかった。だがいま手のうちを明かせば、せっかくの計画が水の泡になってしまう。

顔に笑みを貼りつけて言った。「具体的にはなにをしたいの？」

「たいしたことじゃない」レオはタリアに近づいた。「ただのキスだよ」

タリアはうめき声をあげそうになるのをこらえた。断わりたかったが、レオ卿の性格からして、あっさり引き下がるとは思えなかった。こちらもまんざらでもないという芝居をしているのだから、なおのことだ。

「でも楽しみは先に延ばしたほうがわくわくするでしょう」タリアはレオの胸に手をあてて

止めようとした。「いまは我慢したほうがいいわ」

レオはタリアのウエストに腕をまわした。「もう我慢したくない。最初に会った夜からずっと我慢してきたんだ。ささやかな快楽を味わおう」

レオがタリアを引き寄せ、ふたりの体が密着した。

「ええ、でも最初のキスは思い出に残るから大切よ」タリアはとっさに言った。「密会のときまでとっておきましょう。思う存分、情熱を燃やせるときまで」

「いま燃やしたい」レオはタリアの下唇を指の付け根でなで、二本の指であごをつまんだ。

「きみは最高だ」

そう言うとタリアになにも言う暇を与えず、さっと頭をかがめて唇を重ねた。

タリアは体がこわばりそうになるのをこらえた。こちらが緊張していることがわかっては、ゲームが台無しになりかねない。ただのキスじゃないの。そう自分に言い聞かせ、体の力を抜こうとした。少しのあいだ、辛抱すればいい。

タリアは黙ってキスを受けた。

ところが不思議なことに、レオ卿の唇の感触は不快ではなかった。むしろその反対で、暖かな陽射しのような悦びが体に広がった。彼のキスは大胆で自信たっぷりで、余裕すら感じさせる。この年代の男性にしては――いや、どの年代であっても――驚くほど巧みだ。

レオは頭を傾けてさらに激しくくちづけ、タリアに唇を開くよううながした。

タリアはためらった。次になにが来るのかはわかっている。舌をねっとりからませるキスは苦手だ。でも相手がレオ卿ならばどうだろうか。もしかしたら、うれしい驚きが待っているかもしれない。

覚悟を決めて唇を開いた。てっきり口のなかを乱暴に愛撫されると思っていたが、レオ卿はタリアの下唇をそっとなめ、それから軽く彼女の舌の先に触れただけだった。

タリアは身震いした。体が熱くなったかと思うと冷たくなる。レオ卿の舌が少し奥まではいってきた。いったん動きを止め、タリアの情熱的な反応を待っている。

タリアは唇を押しつけた。寒い冬の夜、暖かなシルクのシーツのあいだにすべりこんだような快感が全身を包んでいる。まぶたを閉じ、舌と舌とをからませた。いつのまにか、彼の上着の生地に爪を食いこませながらキスを返していた。

レオがタリアの背中をなでおろし、ウエストのあたりをなでてから、さらに両手を下へ向かわせた。そのあいだもずっと唇と舌を動かして、濃厚なキスをつづけていた。ヒップに手をかけると、やさしくつかんで自分のほうへ引き寄せた。乗馬服の厚い生地越しに彼の硬いものが腹部にあたり、タリアははっと息を吞んだ。

レオのキスはさらに激しさを増していった。荒い息をつきながら、まるで体を愛撫するかのように舌を動かしている。タリアは夢中でそれに応え、高まる欲望に身をくねらせた。

レオが一方の手を上に向かわせて豊かな乳房を包み、親指でその先端を探った。タリアの乳首がつんととがった。頭ではいけないとわかっているのに、体が彼の愛撫を求めている。

レオは彼女の首筋に唇をはわせ、乗馬用の上着の胸もとまでキスの雨を降らせた。腰を密着させたまま、上着のボタンをはずそうと手を伸ばす。

タリアは抵抗しなかった。裸の胸を彼の美しい瞳に見つめられ、くちづけを受けたら、どんな気分になるだろう。そっと地面に横たえられ、震える太もものあいだにレオ卿を迎えいれたなら。

そのとき結婚していたころの記憶がふいによみがえり、タリアはわれに返った。レオの胸を押し、体を離そうともがいた。

レオはすぐにタリアを放した。

「いいすべりだしだ」欲望に燃えるあざやかな緑の瞳で言う。「次はもっとめくるめく時間が待っている」

タリアは体の脇で両手をぐっと握りしめ、ゆったりしたドレスのおかげで、脚が震えているのがわからないことに感謝した。心臓がありえないほどの速度で打ち、体が自分のものではないように感じられる。レオ卿に熱いキスを許すなんて、自分はもしかしたらとんでもないまちがいを犯してしまったのではないだろうか。

彼が言ったとおり、次はもっとめくるめく時間が待っているかもしれない。

もしそうだとしたら……。

だめよ。タリアは自分を叱った。レオ卿と抱きあうのはこれが最初で最後だ。たとえなにがあっても、これ以上、彼の誘惑に乗ってはいけない。そんなことをしたら、とりかえしのつかない結果になるかもしれない。

9

深夜零時を三十分ほど過ぎたころ、レオは来客用の寝室から近侍を下がらせた。やわらかな茶色のカシミアのガウンとしなやかな革の室内履きというくつろいだ恰好で、小さなブランデーグラスを手に、暖炉のそばのひじ掛け椅子に腰をおろした。火床《ひどこ》で薪がはじけて赤い火花が散ったが、炎はまたすぐにおだやかに燃えだした。

レオは本を開いてひざの上に置いた。でも文字がなかなか頭にはいってこない。朝からずっとレディ・タリアのことばかり考えている。

それにしても長い一日だった。

狩りから戻ってきたあとは、朝食にはじまって次から次へと催しがつづき、彼女と話す機会がほとんどなかった。なにかしら邪魔がはいったり、だれかがそばにいたりして、近づくことすらむずかしかった。晩餐のあとに居間で女性陣に合流したときも、タリアは別のだれかと話していた。こちらをわざと避けているのかと疑いたくなるほどだった。だが彼女はただ、これ以上、噂になることを用心しているだけだろう。

草原でのキスをまた思いだし、悦びと次の密会への期待でレオの体が熱くなった。ふたりきりになるときが待ちどおしい。早く彼女をこの腕に抱きたくてたまらない。レディ・タリアはまさに理想の女性だ。だが今日はじめて唇を重ねたときは、意外に感じた。経験豊かな女性にしては、どこか控えめで感情を抑えているようなキスだった。それでも少しすると、眠っていた情熱が目覚めたかのように積極的に応えてきた。最初に彼女が見せたためらいが、よけいにこちらの欲望を燃えあがらせた。自分は前からレディ・タリアを欲しいと思っていた。そしていまは、狂おしいほどに求めている。すべての制約から解き放たれてひとつになったら、どれほどの歓喜が待っていることだろう。

レオは欲望をふりはらい、本に目を落として読みかけの箇所を探した。だがふたたび読みはじめても集中できず、タリアのことばかり考えていた。

炉棚の上の時計に目をやり、屋敷じゅうの人が寝静まるのはいつだろうかと考えた。連絡を待たず、いまから彼女の部屋を訪ねようか。だがそんなことをしたらレディ・タリアは怒るかもしれない。寝室の前にいるところをだれかに見られでもしたら、なおのことだ。

今回のハウスパーティにレディ・タリアを招くよう自分が手をまわしたことを知って、本人はひどく気を悪くしていた。しかしそうでもしなければ、彼女は二度と会ってくれなかっただろう。ましてや、考えを変えて密会の約束をしてくれることなどなかったにちがいない。そう、向こうが少しぐらい不機嫌になろうとも、結果的にはこれでよかったのだ。

レオはあくびをして本を置いた。彼女の寝室へ忍びこまないのであれば、そろそろ横になることにしよう。グラスに残ったブランデーを飲み干し、椅子から立ちあがったところで、扉を小さくノックする音がした。レオの身がこわばり、期待で胸が躍った。

まさかレディ・タリアだろうか?

ところが扉の向こうに立っていたのはメイドだった。「失礼します、閣下。こちらをすぐにお渡しするように言われましたので」

レオは折りたたまれたクリーム色の羊皮紙を受けとった。「ありがとう」

メイドはお辞儀をして歩き去った。

レオは後ろへ下がって扉を閉めた。手紙を鼻に近づけると、かすかにライラックのにおいがした。本人は訪ねてこなかったが、こうして手紙を書いてくれた。約束したとおりに。

レオは急いで封蠟をはがした。

明日の四時、池のそばにある大きなオークの木の下で待っています。

署名はなかった。だがそんなものは必要ない。

レオは口もとをほころばせて椅子のところへ戻り、手紙を本にはさんだ。明日になるのが待ちきれない。

翌日の午後、タリアは前日の狩りのときと同じ雌馬に乗り、ホランド・ハウスを出発した。レオ卿との約束の時間をすでに何分か過ぎている。さっきまでほかのレディたちと一緒に近くの森へ〝荒野〟の下絵を描きに行っていたのだが、屋敷に戻る時間が予定よりも遅くなってしまった。

それから男性陣も含めて、全員が夕食前に仮眠をとるため寝室に下がった。屋敷内は静かになり、使用人もそれぞれの仕事をしたり地階で食事をとったりしているので、だれにも気づかれずにこっそり抜けだすのは造作ないことだった。

それでもタリアは行くのをためらった。

昨日のキスはタリアの心身を揺さぶった。自分があれほど悦びを感じるとは思ってもみなかった。あのときのことばかり頭に浮かび、レオ卿ともう一度、熱い抱擁を交わしたいと思うようになるなんて。

彼が危険な男性であることはうすうすわかっていたが、それはいまや確信に変わった。だからこそ、ためらう気持ちをふりはらって約束の場所へ行かなければならない。これ以上、あの人との距離を縮めるわけにはいかない。男性の言いなりになるのがどういうことであるか、自分は胸を切り裂かれるような苦しい経験から学んだ。もう二度と同じ思いはしたくない。そのために思いきった手段に訴えなければならないのなら、そうするまでだ。

レオ卿はわたしを欲しがっている。なんとしてもその気持ちを変えさせなければ。冷たいシャンパンをかけても、それより冷たい態度で断わっても、あの人はあきらめてくれなかった。この作戦がうまくいけば、レオ卿はわたしを追いまわすのをきっぱりやめて、女性の意思を尊重することの大切さを思い知るだろう。

池のそばに大きなオークの木があることは領地の管理人から聞いた。白髪頭の親切な管理人は、このあたりの土地のことをくわしく説明し、ひっそりした池と美しい木々のならぶ場所があることを教えてくれた。

それを聞いたとき、まさにうってつけの場所だと思った。そしていま、待ち合わせ場所が近づいてきて、タリアは自分の勘にまちがいがなかったことを知った。管理人の言ったとおり、五十フィートはあろうかという巨大なオークの木が生え、葉の落ちた枝を広げている。オークより低い木々や常緑の灌木の向こうに、青い水をたたえた池が見える。

近くの低木の枝に馬がつないであった。

レオ卿が待っている。

タリアは手綱を引いて馬をとめた。レオ卿が金や赤の枯葉をブーツで踏みしめながら歩いてきた。微笑みを浮かべ、タリアを馬からおろそうと手を伸ばす。タリアは、今回は抵抗しなかった。レオ卿が力強い手をタリアのウエストにかけた。

昨日と同じようにその体を抱きかかえ、わざと時間をかけて地面におろした。

タリアの体が震えて呼吸が乱れた。だがなにごともなかったような顔をし、相手が唇を重ねてくる前にさっと後ろに下がった。

「おいで」レオはタリアの手をとろうとした。「まだ挨拶がすんでいない」

「ええ、そうね」タリアはおだやかに言った。「でもあなたが思っているような挨拶は、ここではやめたほうがいいわ。人目につかない池のそばへ行って、ゆっくりお話ししましょう」

レオはうなずき、タリアの馬の手綱を握って歩きだした。

レオは自分の馬からそう離れていないところに雌馬をつなぎ、タリアは池のほうへ歩いていった。聞いていたとおり、生い茂る葉が目隠しとなって、通りかかる人がいてもこちらが見えないようになっている。

昨日と同様に空は晴れて暖かく、秋というより夏のようだった。タリアは厚手のマントではなく半袖の軽いケープを着ていたが、それでちょうどよかった。深緑色のデイドレスによく合っている。乗馬服に着替えられたらよかったのだが、時間がなかった。それに、体に密着していない服のほうが今回の目的にはふさわしい。

池の水をながめながらもの思いにふけっていると、長い腕が後ろからまわされた。口を開く間もなく体の向きを変えられ、いきなりレオ卿が唇を重ねてきた。記憶のなかにあるとおり、官能的で激しいくちづけだ。タリアはしばしうっとりしたが、すぐに唇を離した。

いくら彼のキスが素敵でも、ここに来た目的を忘れてはならない。ベッドをともにして二分後には相手の女性のことを忘れてしまうような、傲慢な放蕩者との熱いひとときにわれを忘れてしまうなんて、けっしてあってはならないことだ。

たしかにレオポルド・バイロン卿は魅力的で誘惑がうまいが、わたしのことを狩りの獲物として見ているにすぎない。昨日のキツネと同じだ。でもわたしはだれかの獲物になるつもりはない――もう二度と。

レオ卿がタリア・レノックスだと思っている女は、ほんとうのわたしではなくて世間が作りあげた虚構だ。この人は本物のタリア・レノックスを求めているわけではない。たとえ社交界から蔑《さげす》まれようとも、誇りと品位を保とうともがいている女を。彼が求めているのは、みだらで男たらしで節操がなく、次々と情事の相手を替える女なのだ。レオ卿は幻の相手を追い求めている。けれども、どのみち彼がわたしを手に入れることはない――本物のタリア・レノックスであれ、幻の女であれ。

タリアは顔に笑みを貼りつけ、レオの肩に手を置いた。「せっかちね。いま来たばかりじゃないの」

「ああ、でも時間は限られている」レオはまた頭をかがめて唇を重ねようとした。「一秒も無駄にしたくない」

タリアが顔をそむけたので、レオの唇は口ではなくあごに着地した。「無駄になんかしないわ。この場所を選んだのにはちゃんと理由があるのよ。まず、ちょっと変わったことをして楽しもうと思うの」

「もう楽しんでいるじゃないか」レオはタリアを抱きしめた。

タリアは首をふった。「またちがう楽しみよ」つま先立ちになり、耳のすぐ下にくちづけてささやいた。「裸になるの」

レオの体が欲望で硬くなったのがわかった。

「ぼくのいちばん好きな楽しみだ」瞳をぎらつかせて言う。「それからどうするんだい？」

タリアはひげがきれいにそられた頬を指先でなでで、彼のまぶたがなかば閉じるのを見ていた。「そうね、こんなにいいお天気だし、水遊びするのはどうかしら」

「いい考えだ」レオは微笑み、タリアのドレスのボタンをはずそうとした。

タリアはあわてて体を離して後ろに下がった。指を一本立ててふってみせる。「わたしはあとよ、レオポルド卿。あなたが先に脱いで」

「ぼくが？」レオは金色の眉を片方あげた。

「それもお楽しみのうちよ。わたしはうぶじゃないし、先にあなたのすべてを見ておきたい。さあ、脱いで」

レオは一瞬、目を丸くし、口もとに笑みを浮かべた。「きみのお望みとあらば」ベストのボタンに指をかけた。

その動作は自然で堂々とし、男ざかりの自信をにじませていた。レオはタリアの目を見つめたまま脱ぎはじめた。まずブーツを脱ぎ、それから服に取りかかった。一枚、また一枚と脱ぐたび、動きに合わせて筋肉が収縮する。やがて草の上に服の山を作り、レオは生まれたままの姿になった。

太くて長い男性の部分が大きく前に突きだしている。タリアの元夫も魅力的な男性だったが——少なくとも外見は——レオ卿ほどではなかった。

レオポルド・バイロンは、すばらしいとしか言いようがない。

タリアは思わずその姿に見とれ、心臓がのどまで飛びだしそうなほど激しく打つのを感じた。だが彼に惹かれるのは計画のうちにはいっていない。しっかりするのだと自分に言い聞かせた。

「後ろを向いて」タリアは二本の指をまわしてうながした。

レオの笑みが大きくなった。「いいとも」

両腕を広げて後ろを向いた。完璧だ。引き締まった腰に筋肉質の長い脚をしている。

レオはふたたび前を向いた。「お眼鏡にかなったかな」

「ええ、とっても素敵」タリアは本心からつぶやいた。

「今度はきみの番だ」レオはこぶしを腰にあてた。「そのドレスの下に隠されたものを早く見たい。脱ぐのを手伝おうか。ぼくは侍女のように上手だと言われている」

これまでたくさんの相手とベッドをともにしてきたのだろうから、女性の複雑なドレスや下着のことを熟知していてもなんの不思議もない。

「そうでしょうね」タリアは言った。「でも自分でやるわ。先に池にはいってて。わたしもすぐに行くから」

レオは胸の前で腕組みした。「それよりきみを見ていたい」

「それは次回にしてちょうだい。わたしはレディなのよ。一度にすべてを見せたくないわ」

レオは納得できない顔をしたが、やがて肩をすくめた。「わかった。でもあまり待たせないでくれ」

「わかってるわ」

タリアはレオが池にはいっていくのを見守った。「もっと先へ進んで」彼が腰の深さで立ち止まると言った。「どれくらい深いか知りたいの」

レオはうなずき、たくましい腕で水をかきわけて進んだ。池の真ん中あたりで足を止めてふりかえった。「脱いでいないじゃないか」大声で言う。

「すぐに脱ぐわ。底にさわれる?」

「いや」

「もぐって深さを確かめてくれない? もしも夢中になって溺れたら困るでしょう。その……お楽しみの最中に」

ぐった。遠くからでも彼の目が欲望でぎらついたのがわかった。レオは魚のようにさっと水中にも
その姿が視界から消えるやいなや、タリアは行動を開始した。全力で走ってレオの服を拾いあげ、丸めて脇にかかえた。池のほうをふりかえることもせず、一目散に木立へ向かった。ちょうど二頭の馬の綱をほどいたとき、遠くからレオがタリアの名前を呼ぶ声がした。タリアは大急ぎで雌馬の鞍にレオの服をくくりつけ、あぶみに足をかけた。だれの助けも借りずに馬に乗ることには慣れていないので、なかなかうまくいかずに苦戦した。レオ卿につかまったら大変なことになる。

それを考えると力が湧き、ようやく馬の背に乗ることができた。鼓動が激しくなり、肩で息をした。

そのとき木の後ろからとつぜんレオが現われた。濡れた髪が頭にへばりつき、裸の体が水で光っている。「タリア、なにをしているんだ」困惑もあらわに言った。

タリアは馬の向きを変えてレオと正対した。「帰るのよ」

「なんだって？　どうしてだ」レオは愕然とした。

「そんなことは注意していればわかったはずよ。わたしがベッドの相手を務める気はないと断わったとき、あなたはちゃんと耳を傾けるべきだった」

レオの眉間に深いしわが刻まれた。「その気はない？　だったら、これはいったいなんの

つもりだ？」腕を伸ばして背後の池を示した。

「教訓よ、レオポルド卿。あなたは断わりのことばを聞く耳を持たないようだから、はっきり意思を示したほうがいいと思ったの。こっちは礼儀正しくあろうと精いっぱい努力したのに、あなたはいやがるわたしを追いかけるのをやめなかった」

「きみはいやがってなどいない」レオの目がきらりとした。

「ほらね、言ったとおりだわ。やっぱりわたしの話を聞いてないじゃないの。いい？ いい、い、い、い、い、い、い、いい？ わたしはあなたのことなんか欲しくない」タリアははっきりと言った。「だからこれ以上、追いかけるのはやめて」

「それは本心かな。きみの体と唇はそう言っていなかったと思うが」

タリアは動揺を隠してつづけた。「あなたはわたしを辱《はずかし》めたわ。最初はエルモア卿のパーティで、次はホランド・ハウスで、わたしがあなたの情事の相手であるかのように、みんなの前でふるまった。真実がどうであれ、噂になったら同じことなのよ。わたしは事実でないことを吹聴されるのも、だれかの思いどおりにされるのもうんざりなの。だからあなたにいやな思いをさせられたお返しをすることにしたわ。せいぜい恥をかいてちょうだい、閣下」

レオはいやな予感がして顔をしかめた。「恥とは？ 馬からおりるんだ。話をしよう」

「いいえ、話ならもう終わったわ。お散歩を楽しんでちょうだい。ホランド・ハウスはここからたった二、三マイルよ」

レオにくつわをつかまれる前に、タリアは馬の向きを変えた。乗馬鞭を高くあげてレオの馬の尻をぴしりとたたくと、馬は驚いて駆けだした。自分で厩舎に戻ることはまちがいない。

タリアは雌馬の脇腹を蹴って走らせた。

「タリア、戻ってくるんだ！」レオは怒鳴った。

だがタリアは怒りの声を無視し、屋敷へ引きかえした。

10

レオはまさか今日の午後、田舎道を全裸で歩いて帰るはめになるとは、夢にも思っていなかった。ホランド・ハウスにたどりついても、どういう顔をしてみんなの前に出ればいいのかわからない。人びとが驚愕の表情を浮かべて忍び笑いをする姿が目に浮かぶようだ。

運がよければ、こっそり使用人を呼んで服をとりに行かせ、そのあいだ茂みの後ろにでも隠れていることができるだろう。あるいは、みんながまだ晩餐のために身じたくを整えているところなら、だれにも見られずに階段をあがれるかもしれない。

でもはたして、そんな幸運に恵まれるかどうか。この自分がレディ・タリアにまんまとしてやられた。

それにしても、彼女からこんな仕打ちを受けたことがまだ信じられない――よりによって、服まで持ち去るとは！　池のほとりに戻って、服が消えているのを知ったときのことを思いだす。激しい怒りと驚きで、こめかみがずきずきうずいた。

ブーツを置いていったのは、せめてもの温情というわけか。レオは枯葉や小石を荒っぽく踏みつけて田舎道を歩いた。われながらまぬけすぎる恰好だ。

これがレディ・タリアの狙いだったのだ。

帰ったらただではおかない。彼女はこれで決着がついたと思っているかもしれないが、今日、教訓を学ぶのは自分だけではない。本人と会ってどうするかはまだ決めていない。でもとにかく、これで終わらせるつもりはない。

ぼくのことが欲しくないだと?

嘘だ。

唇を重ねたときに彼女が示した情熱は本物だった。

もっと激しい快楽をともに味わいたいという気持ちに変わりはない。だがその前に、狡猾なレディ・タリアにお仕置きをしてやらなければ。

レオは前へ進みつづけた。ありがたいことに、いまのところだれにも出くわしていない。もし木々に葉が残っていれば、細い枝を折って体を隠せたかもしれない。でもレディ・タリアの復讐計画は周到だった。このままなにも身につけず、ホランド・ハウスまで戻るしかない。

羞恥心《しゅうちしん》とは無縁なので、レオ自身は全裸でも平気だった。でも周囲の人はそうではないだろう。それに日が傾いて気温が下がりはじめ、鳥肌もたってきた。

それから五分ほど歩いたころ、田舎家が見えてきた。茶色い髪の主婦が裏庭でニワトリの群れに穀物の餌をまき、草地の上で幼児が木のおもちゃを持って遊んでいる。そばの物干し綱に洗濯物が干され、そよ風に揺れていた。

レオは男物のシャツとズボンに目を留めた。シャツしか寸法が合わなかったとしても、腰までは隠れる。みっともない恰好であることはたしかだが、全裸よりはましだ。

さて、どうやって手に入れようか。

あの主婦に歩み寄り、事情を説明して借りたらどうだろう。あとでたっぷり謝礼をすると約束するのだ。だが、それにはひとつ大きな問題がある。こちらの姿を目にしたとたん、彼女は話も聞かずに、子どもをつれて家に駆けこむ可能性が高い。

残された選択肢はふたつある。ひとつめはこのままの恰好で帰ること、そしてふたつめは、主婦の目を盗んで服を持ち去ること。

レオは躊躇《ちゅうちょ》した。どんなに困っていても、紳士は人のものを盗んだりしない。それはしてはならないことだ。でもホランド・ハウスにたどりつくまでのあいだだけ服を借りて、戻り次第すぐに返したら、盗んだことにはならないのではないか。それなら窃盗ではなくて拝借だ。

自分でもこじつけだとわかっている。でもタリアのせいで――まったくとんでもないことをしてくれた――陥ったこの窮地を脱するには、手段を選んではいられない。

ほんの二、三時間、服を拝借するぐらい、どうということもないだろう。向こうは服が消えていることにすら気づかないかもしれない。きれいに洗濯して、礼状と謝礼金を添えて返せばいい。夫妻は思いがけない恵みにむしろ感謝するのではないか。

レオは木の後ろに隠れて相手を見ながら考えた。

主婦がニワトリの餌やりを終え、男の子とおもちゃをひょいとかかえた。子どもをしっかり脇に抱いて家にはいり、扉をばたんと閉めた。

やるしかない。いまのうちに全速力で走っていって服を手に入れるのだ。レオは最後にもう一度、残された選択肢について考え、左右にさっと目をやってから駆けだした。

物干し綱のところにつき、ズボンをぐいとひっぱった。シャツに手をかけたとき、家の裏口がふたたび勢いよくあいた。ただ今回、外に出てきたのはさっきの主婦ではなかった。

それは男だった――分厚い胸と、鋼でも曲げられそうな太い腕を持った大男だ。ハムのような手に小銃を持っている。男は小銃を肩の高さまであげて狙いを定めた。

「ここでなにをしている?」怒鳴り声で言う。「素っ裸でうちの庭にはいってきて、おれの服を盗もうっていうのか?」

レオは片手を伸ばした。「いや、そうじゃないんだ」

実際にはそのとおりだが、これにはやむをえない事情があるのだ。大男が武器をおろして、話を聞いてくれたなら。

「近くの池で泳いでいたんだが、手違いで服をなくしてしまってね」レオは言った。

「ちょっと拝借しようと――」

「拝借だと？　この盗人《ぬすっと》が。恥を知れ」

レオはズボンを持った手を掲げた。「これを貸してくれないか。わたしはホランド卿の屋敷に滞在している。ちゃんと謝礼をするつもりだ」

男は小銃をかまえたまま言った。「盗人のうえに嘘つきか。服を地面に置いて下がれ」

レオはズボンを強く握りしめた。「頼むから話を聞いてくれ。いくら払えばいい？　この場で買いとろう」

「買いとる？」大柄な農夫は乾いた笑い声をあげた。「ポケットが見当たらないぞ。金をどこにしまってるというんだ。そこを動くな。上の息子に警吏を呼びに行かせる」

レオは顔をしかめた。「その必要はない。ホランド・ハウスに問いあわせてくれれば、わたしの言っていることが真実だとわかるだろう。わたしの名前は――」

「おまえの名前なんぞどうでもいい。いいからマルが来るまでそこにすわってろ」男は小銃の先で地面を示した。「この状況を直接、見てもらうから」

レオは足もとに目をやった。痩せた草地の上に湿った泥や枯葉が落ちている。いかにも冷たそうで、とても腰をおろす気になれない。裸ならなおさらだ。「いや、立っているほうがいい」

「すわらないとベスが火を吹くぞ」

「わたしを脅す気か」レオは威厳をただよわせて言った。「そのベスとやらをおろすんだ」

男は小銃をさらに高くあげた。

レオは男をながめ、弱点になりそうなところを探した。一見しただけでは、どこにもつけいる隙がなさそうだ。なにしろ相手は小銃を持っている。でも武器があろうがなかろうが、黙って警吏の到着を待つ気はない。

農夫にはまったくこちらの話を聞く気がない。それはミスター・マルという警吏も同じだろう。ブーツしか身につけていない状態で、ぼうっと突っ立っているわけにはいかない。へたをしたら投獄されてしまう。

「こんなことはもうやめよう」レオは言った。「服を返していなくなるから」ズボンを地面におろした。「ほら。これで問題ないだろう」

「問題ないだと？　あるに決まってるじゃないか」男は気色《けしき》ばんだ。「ここを出たら、別の家に盗みにはいるつもりだろう。減らず口はもういい。黙ってすわれ」

レオはしばらくのあいだなにも言わず、やがて相手をなだめるように肩をすくめた。「わかったよ」

農夫は安心したのか、小銃をかまえた手をわずかにおろした。

レオはその瞬間を見逃さず、相手に向かって突進した。飛びかかって木の銃身をつかみ、小銃を奪いとろうとした。

だが大柄な農夫は見た目どおり強かった。ふたりがしばらくもみあっていると、とつぜん銃が暴発した。銃弾が空に向かって飛び、強い振動がレオの腕に伝わってきた。

レオは戦いから尻尾を巻いて逃げるような男ではなかったが、退《ひ》くべきときを心得ていた。不意打ちを食らわせようとして、銃を相手のほうへいったん強く押してから手を離した。

そして近くの木立を目指して全力で走った。雄牛のような大男に力ではかなわないかもしれないが、足の速さなら負けない。

もう少しで木立に逃げこめるというところで、鋭い痛みが腕に走り、一瞬ののちに発砲音が聞こえた。腕を見ると血が伝っていた。指先に鮮血がたまり、草の上に落ちていく。

だがレオは立ち止まらず、さらに速く走りつづけた。傷を負ったのならなおのこと、逃げなければならない。ようやく木の陰に隠れると、いったん足を止めて乱れた呼吸を整えた。ぐずぐずしている暇はない。農夫と息子、それに農夫が応援に呼んだだれかが、いつ追いかけてくるかわからない。

けがの手当てはあとまわしだ。

レオは傷ついた腕を胸で支え、足を前に進めた。ホランド・ハウスにたどりつきさえすれば安心だ。全裸で血を流していることもあとになれば笑い話だし、レディ・タリア・レノックスはこちらに対して大きな負い目を感じるだろう。

レオはすばやく後ろをふりかえってだれもいないことを確認すると、ホランド・ハウスがあるとおぼしき方角へ向かった。

タリアは屋敷の厩舎につく手前で馬の速度を落とした。雌馬は小さくいななき、馬具をちゃりんと鳴らして首をふり、草地の真ん中で立ち止まった。

そろそろレオ卿がブーツだけを身につけて帰ってくるころだ。見事な肉体をさらけだしたその姿は、さぞや見ものにちがいない。もっとも、木や茂みの陰に隠れながら戻ってくれば別だ。でもあの人は隠れたりしない気がする。近隣の人の視線など意に介さず、散歩でもしているような堂々とした足どりで歩いているにちがいない。

タリアは自分がしたことを考え、眉根を寄せて唇を噛んだ。作戦が成功したのだから、もっと喜んでもいいはずだ。すべてが計画どおりに運んだ。レオ卿にこっぴどく恥をかかせて、二度とこちらの顔も見たくないし、口もききたくないと思わせるのが狙いだった。

それなのに、どうして気持ちが晴れないのだろう。

酸っぱい果物のような罪悪感で胃がしくしくした。

わたしは彼に教訓を与えようと思った。でもいま諭されるべきは、自分のような気がする。わたしがしたことはあまりにも残酷だっただろうか。もしそうなら、どうやって償えばいいだろう。

タリアはしばらく動かなかった。やがてひとつ大きく息をつき、馬に合図を出して来た道を引きかえした。

池まであと半分の距離というところで、鋭い音が空気を切り裂いた。秋の射撃パーティに何度も参加したことがあったので、タリアはそれが銃声であるとすぐにわかった。心臓が早鐘を打ち、恐怖で吐き気がこみあげた。

きっとだいじょうぶだ、と胸に言い聞かせた。猟師が獲物を狩っているか、だれかが射撃の練習をしているのかもしれない。レオ卿に関係があると決まったわけじゃない。

でもタリアにはわかっていた。

レオを見た瞬間、タリアは息が止まりそうになった。腕を血で真っ赤に染め、小さな木立のあいだから、よろめきながら走ってくる。

「ああ、神様」タリアは悲鳴をあげ、そちらへ向かって馬を走らせた。

レオが立ち止まって顔をあげた。夕方の弱い陽射しを受けて黄金色の髪がかすかに輝いている。傷を負っていても美しい。まるで戦いを終えた戦士のようだ。

「レディ・タリア？」レオは驚いた。「こんなところでなにを？」

タリアはそれに答えず、あぶみを蹴るようにして馬から飛びおりると、レオのもとへ駆け寄った。「レオポルド卿、いったいなにがあったの。撃たれたの？」

「ああ。早くここを出ないと、また撃たれるだろう」レオは心配そうに背後を見やった。

「どういうこと？」

レオは首をふった。「いまは説明している場合じゃない。馬に乗ってホランド・ハウスに帰ろう」

痛みで使えない左腕をかばいながら雌馬の脇にまわり、右手で手綱を握った。馬は血のにおいにおびえ、急に落ち着きを失って後ろに下がった。レオは馬をなだめてからタリアに合図した。「きみが先に乗ってくれ」

「わかったわ。でもまずは腕を縛って出血を止めないと。それと服もここにあるから着てちょうだい」

「そうしたことはあとでいい。とにかく馬に乗ろう」

タリアが反論しようと口を開きかけたとき、木立から大男が現われた。おそろしい形相で、大きな手に小銃を持っている。十歳か十一歳ぐらいの男の子も一緒だ。ふたりはためらうことなくまっすぐ近づいてきた。

「今度は通りすがりの女性に近づいたのか、この悪党が」大男は叫んだ。「すぐに離れないと、もっとひどい目にあわせるぞ」

タリアは恐怖で目を見開いた。

「だいじょうぶですよ、奥さん」男は安心させるように言った。「そいつに手出しはさせませんから」

レオが男に言われたとおり自分から離れていくのが、タリアの視界の隅に映った。万が一にも銃弾がタリアにあたらないようにしている。一瞬のためらいもなく、こちらを守るためにあえて危険な場所へ移ったのだ。

その無私の行為に胸が温かくなり、心のなかでなにかが動くのを感じた。タリアはふたたびレオと銃口のあいだに立った。

「手出しをするですって?」大男に言った。「ばかなことを言わないで。レオポルド卿がわたしに危害を加えるわけがないでしょう」そのことばが口から出た瞬間、タリアはそれが真実であることに気づいた。たしかに不道徳な面はあるが、レオ卿は女性や自分より弱い者にけっして暴力をふるうような人ではない。

「あなたこそどういうつもりなの」タリアは厳しい口調で言った。「すぐに銃をおろしなさい」

男は足を止め、少年もそれにしたがった。

「タリア、やめろ」レオは静かに言った。「相手を挑発するな。ここはぼくにまかせて、下がってるんだ」

だがタリアはそのことばを無視し、大男をじっと見つめた。「レオポルド卿を撃ったのはあなたなの?」

「なんだって?」男の濃い眉が高くあがった。

「聞こえたでしょう。こちらの紳士を撃ってけがをさせたのは、あなたなのね?」

大男は怒りもあらわに言った。「そいつは紳士なんかじゃない——盗人だ。うちの庭から、おれの洗濯物を盗もうとした」

「そうみたいね。ご自分の服をなくしたから、なにか着るものが必要だったんでしょう。でもあなたが言うように盗もうとしたのではなく、少しのあいだお借りして、あとで謝礼と一緒に返そうとなさったのよ」

「わたしもそう説明しようとしたが、きみはまったく耳を貸さなかった」レオは農夫に言った。「見てのとおり、こちらのご婦人はすぐ事情を呑みこんでくれた」

農夫は眉根をきつく寄せた。「素っ裸でタイもしてないような男が貴族だなんて信じられるか。しかもおまえは、おれが警吏を呼ぶと言ったら逃げた」

「あなたが銃を向けていたからよ」タリアは男がさらに激昂する前に口をはさんだ。「そしていまもまだ持っている。さっき、銃をおろしなさいと言わなかった？　いますぐおろして」

農夫の顔が怒りで紅潮した。だが驚いたことに、タリアに言われたとおり地面に慎重に小銃を置いた。

「ありがとう」タリアは言った。「このことはホランド卿にご報告するわ。今回の件の対処は男爵におまかせするけれど、あなたがお客様を殺そうとしたことを知ったら、きっと気を悪くなさるでしょうね」

男の顔から血の気が引いた。「殺そうとしたんじゃない。ちょっと痛めつけただけですよ。だいじょうぶでしょうね？」

「銃で撃たれて出血してるのよ。だいじょうぶなわけがないでしょう。さあ、もう気はすんだ？　応急手当てをして閣下をホランド・ハウスに連れて帰り、ちゃんとした治療を受けさせなければ。ねえ、そこのあなた」タリアは少年のほうを見た。「家に毛布はある？」

「うん」少年は言った。

「じゃあ急いで持ってきてくれる？」

少年が走り去ると、農夫もそのあとを追おうとした。

「あなたは残って」タリアは言った。「傷口を縛ったら、閣下を馬に乗せるのを手伝ってちょうだい」

「その必要はない、レディ・タリア」レオが小声で言った。「自分で乗れるから」

だがその青白い顔をひと目見ただけで、そんな力はないとわかった。「すわって、レオポルド卿。気絶するわよ」

「きみがこんなに口うるさいとは知らなかったな」

「わたしについてあなたが知らないことはたくさんあるわ。お願いだからすわってて」

「その前にズボンを返してくれないか。そうしたらきみの言うとおりにするから」

そうだ、ズボンだ。この騒動のなかで、タリアはレオが服を着ていないことをすっかり忘れていた。太陽が沈みかけて気温が下がり、彼は寒さに震えている。

タリアは馬に駆け寄って鞍から衣服をとった。ようやく命の危険が去り、張りつめていた緊張の糸が切れて手が震えた。だがいまここでへなへなとすわりこむわけにはいかない。レオ卿は自分の助けを必要としている。

タリアは急いでレオのもとに戻った。「はい」衣服の束をふって、ズボンを差しだした。「着られる?」

「それはだんなの服ですか?」農夫が尋ねた。

「あなたには関係ないわ」タリアはふりかえって言い、レオに視線を戻した。

「もちろん」

だが傷ついた腕はこわばり、激しい痛みもあって使いものにならなかった。タリアはひざをつき、ズボンを穿《は》くのを手伝った。それでもレオは無事な右手を使って自分でボタンをかけた。

次にタリアはタイを手にとった。「とりあえずこれで縛りましょう」そう言うと少しでも出血を抑えようと、傷のすぐ上をやわらかな布できつく縛った。それから残りの部分をできるだけうまく腕に巻きつけた。

そのとき少年が毛布を持って戻ってきた。母親らしき女性も一緒だ。

「なにがあったの?」女性は幼児を抱いていた。「さっき庭にいた人? トーマスが、閣下がどうとか、ホランド卿がどうとか言ってたけど。ああ、ジョセフ、あなたったらなにをしたの？」

「静かに、メアリー」大男は言った。「ふたりを帰らせるのが先だ。くわしいことはあとで話すから」

「でも――」

「話はあとだ」

メアリーは黙った。

即席の包帯の上からシャツや上着を着ることはできなかった。タリアはレオの肩に毛布をかけ、急いで馬のほうへ連れていこうとした。

レオの顔はさらに青ざめていた。目のまわりに黒いくまができ、足が完全にふらついている。それでもタリアのあとから自力で馬にまたがろうとしたが、できなかった。結局、すべての原因を作った大男の力を借りるしかなかった。

傷ついていないほうの腕がタリアのウエストにまわされた。「しっかりつかまってて、レオポルド卿」

レオはタリアの背中にもたれかかった。その体の冷たさに、タリアは不安をかきたてられた。

とにかくこれで出発できる。馬を静かに歩かせ、ホランド・ハウスを目指した。

ふたりはしばらく無言だった。

「ありがとう」レオが低い声で言った。

「なんのこと？」タリアはささやいた。

「戻ってきてくれて。あの乱暴者に立ち向かうきみはすばらしかった。愚かだが、すばらしかった」

「それは褒めことばかしら、侮辱かしら」タリアはひと呼吸置いて言った。「ごめんなさい」

「なんのことだい」レオのことばは少し聞きとりにくく、タリアの背中にかかる体重はますます重くなっていた。

「あなたを池に置き去りにしたこと。わたしが悪かったわ」

「でもきみを両腕に抱くことができた」レオはタリアの肩にあごを乗せ、頬と頬を触れあわせた。「いまは片方の腕だけだが」

一分後、タリアはレオの体が揺らぐのを感じた。

「落ちないで」

「だいじょうぶさ」レオはタリアのウエストにまわした腕に力を入れたが、その体がまたぐらりと揺れた。「少し休むだけだ」

「もうすぐよ」タリアはそのことばどおりであることを願った。あたりはすでに宵闇に包まれている。でも雌馬は帰り道を知っているようなので、方角については心配していなかった。心配なのはレオ卿のことだ。

「閣下？」

返事がない。

「レオポルド？」

気を失ったのだろうか。

それからまもなく木立を抜け、前方にホランド・ハウスの明かりが見えてきた。タリアはほっと安堵の息をついた。これで助けてもらえる。

11

タリアはレオのことが気になって眠れなかった。馬からおろされて屋敷へはいり、階段をあがっていくときの、あの血の気のない顔と苦悶の表情が頭から離れない。

タリアと出血で衰弱したレオ卿が戻ってくると、屋敷じゅうが大騒ぎになった。晩餐の前に居間でくつろいでいた招待客も、その話で持ちきりになった。

医者が来るまでのあいだ、タリアはホランド卿夫妻に、レオのけがについてわかっていることを説明したが、そもそもどうして彼が池で泳いだのか、そしてなぜ服がなくなったのかは知らないふりをした。乗馬を楽しもうと出かけたら、だれも乗っていない馬が――鞍に服がくくりつけてあった――いたので、付近を探したところ、けがを負ったレオ卿を見つけたのだと言った。その作り話を信じたかどうかはともかく、ホランド卿夫妻はなにも言わなかった。

レオはベッドに寝かされ、医者の到着を待った。タリアはホランド卿夫妻が彼にあまり細かい質問をしないことを願った。

レオ卿はどういう説明をしたのだろうか。ありのままのことを話したとしてもしかたがない。それでも、できることなら話をぼかして、今日のできごとをふたりだけの秘密にしてもらえたなら。

体の具合はどうだろうか。

タリアは風呂にはいったあと、部屋で夕食をとった。ほかの招待客と顔を合わせる勇気がなかった。あれからレオ卿の様子について、なにも耳にはいってこない。メイドも聞いていないと言っていた。

心配してもしかたがないと自分に言い聞かせ、ベッドにはいった。だが何度も寝返りばかり打ち、とうとうあきらめた。

ろうそくに火を灯して本を開き、睡魔が訪れるのを待った。でもそれから五分が過ぎたところで、本を置いてガウンに手を伸ばした。

ベルトを結んで出口に向かった。

レオは暖かで清潔なシーツにくるまれてまどろんでいたが、激痛のせいで熟睡できずにいた。

医者が置いていったアヘンチンキは飲まなかった。むかし、ブラエボーンの屋敷で二階の窓から落ちた——というよりローレンスにけしかけられて飛びおりた——ときに飲まされてこりごりした。窓のそばの木に飛びうつったところまではよかったが、乗っていた枝が折れて、そのまま地面に落下した。レオは肩を脱臼した。いまでもあのときの痛みと、アヘンチンキを飲んだあとの気分の悪さを憶えている。あんなものを服用するくらいなら、痛みを我慢するほうがまだましだ。

体を少し動かすと、上腕にきれいに巻かれた白い包帯に血がにじみはじめているのが見えた。医者が言ったとおり、なかなか出血が止まらないようだ。

銃弾は腕を貫通していたので、取りのぞく必要はなかった。あと数ミリずれていたら骨にあたって、腕を失う可能性もあったらしい。少なくとも、もう以前のようには使えなくなっていたそうだ。医者が清潔な水をたっぷり使って傷口を洗浄し、それからブランデーをかけたときは、腕に火がついたかと思った。あとは痛みに耐え、傷が癒えるのを待つしかない。

医者からは瀉血《しゃけつ》を勧められたが、一日のうちにこれ以上、血液を失いたくなくて断わった。症状を緩和するために血を出すという治療法が正しいとは、どうしても思えない。これまで瀉血で人が衰弱するのをたくさん見てきた。亡くなった父の場合、それが命取りとなった。

レオがまたうとうとしはじめたとき、扉の掛け金が小さくかちりと鳴った。ふたたび扉が閉まり、弱いろうそくの光のなかを人影が近づいてきた。薄目をあけて見てみると、それは女性だった。でもただの女性ではない。タリアだ。

レオは目を閉じた。全身で脈が速く打っている。乱れた呼吸を整えながら、軽やかな花のにおいを吸いこんだ。タリアがベッドのそばで立ち止まった。まぶたを閉じていても、彼女がこちらを見ているのがわかる。

こんな目にあわされたのだから、ほんとうは怒るべきなのだろう。タリアにだまされ、服を取りあげられたせいで、銃で撃たれるはめになったのだ。

それでも彼女は戻ってきて、自分を守るために武器を持った大男に果敢に立ちむかい、無事に屋敷へ連れて帰ってきてくれた。そして謝ってくれた。

それを考えたらどうして怒れるだろうか。むしろ彼女には感謝しているし、不本意ながら感嘆すらしている。見あげた女性だ。勇敢で機転がきき、ますます気に入った。

タリアは自分に嫌われようとしてあんなことをしたらしいが、そのもくろみは完全に裏目に出た。ベッドに連れていきたい気持ちは、以前にも増して強くなっている。彼女は愛人になる気はないと言ったが、それならなぜ、深夜にひとりでここへやってきたのだろう。しかもガウン姿で。

このけがをうまく利用できるとしたら、銃弾を受けたのもあながち悪いことではないかもしれない。

一分が過ぎ、やがて二分がたっても、タリアはベッドのそばに立っていた。やがて小さくため息をつき、引きかえそうとした。

レオはあたかもたったいま起きたように、シーツの下で身じろぎして目をあけた。「だれかそこにいるのかい？」できるだけ眠そうにつぶやいた。「だれだ？」

タリアはふりかえり、ベッドのそばに戻ってきた。ろうそくの小さな光の輪のなかに、その姿が浮かびあがる。「ごめんなさい。起こすつもりはなかったの」

「いいさ。ずっとうつらうつらしてた」レオはカーテンの閉まった窓に目をやった。「いま何時かな。もう遅い時間だろう」

タリアはガウンのひだに両手を押しつけた。「二時過ぎよ。わたしはただ……」

レオはタリアが口ごもるのをはじめて聞いた。なかなか愛らしい。「ただ、なんだい？」

「あなたの様子を見たかったの。なにか欲しいものはないかと思って」

もちろん欲しいものならあるが、腕が治るまでは手に入れられそうにない。「ぼくに重傷を負わせたことに、罪の意識を感じているのかい」レオはタリアをからかいたい衝動を抑えられなかった。

タリアは口をとがらせた。「そうなるように仕向けたんじゃないわ。あなたが銃を持った乱暴者に服を盗む現場を見つかって撃たれるなんて、まさか思わなかったもの」

タリアは胸の前で腕組みした。

レオはふたつの丸いふくらみをしばらくながめてから、視線をあげた。「そうは言っても、きみはぼくを全裸で置き去りにしたじゃないか。騒動になるに決まっているだろう」

「そうね。だから謝ったわ」タリアは眉根を寄せた。「来るんじゃなかった。なにか用があったら、呼び鈴を鳴らして召使いを呼んでちょうだい」

そう言って立ち去ろうとした。

レオは無事だった右手を伸ばしてタリアの手首をつかんだ。勇敢な女性にしては、とても華奢《きゃしゃ》な手首だ。「行かないでくれ」なだめるように言う。「もうけんかはやめよう」

タリアは手をふりほどかず、黙って立っていた。やがてレオの目を見て言った。「ええ」包帯を巻いた腕を示す。「お医者様はなんですって？　もとどおりになるの、それとも……後遺症が残るの？」

「出血がひどくて傷口を縫合したが、ちゃんと手当てをして安静にしていれば治るそうだ」

医者からは実際、感染を防ぐために傷口を清潔に保って包帯を定期的に取りかえれば、数日のうちにほぼもとの生活に戻れると言われていた。

「ひどく痛む？」タリアは思いやりのこもった目で言った。

「少し」レオはわざと小声で答えた。

「痛み止めは？　もう飲む時間かしら」タリアはあたりを見まわして薬の瓶を探した。

「いや。ぼくなら……だいじょうぶだ」レオは弱々しく言った。

そこで口をつぐみ、芝居がかって聞こえただろうかと思った。だがその心配はなさそうだ。タリアの褐色の瞳は、いままで見たこともないようなやさしい光をたたえている。レオは表情を読みとられまいと目を閉じた。

「そろそろ行くわね」しばらくしてタリアはつぶやいた。

「待ってくれ」レオは手首をつかんだ手に力を入れた。「ここにいてほしい。きみと一緒にいたいんだ」

「本気で言ってるの？」

「ああ、自分でも驚いているよ」レオは茶化すように言った。片目をあけると、タリアの唇にかすかな笑みが浮かんでいるのが見えた。レオは思わず微笑みかえしたくなった——そしてキスをしたい。「どうかぼくのそばにいてほしい」

「そんなふうに言われたら断われないわ」

「いやだったら断わってくれてかまわないさ」

「わかった、椅子を持ってくるわね」タリアはレオのそばを離れようとした。

だがレオは手を放さず、タリアを自分のほうへ引き寄せた。「ベッドにすわればいい」

「それはできないわ、閣下——」

「できるさ」レオはさらに手をひっぱった。タリアはしぶしぶベッドに腰をおろした。

レオはほっとし、マットレスに体を預けた。「よかった。うれしいよ」指先で手首の内側のやわらかな肌をなでた。「もう堅苦しい呼びかたはやめて、レオと呼んでくれないか。ぼくたちはふたりきりで寝室にいる。きみはガウンを、ぼくは下着だけを身につけて。きみはぼくの一糸まとわぬ姿を見た。そしてぼくの服を持ち去った。でもぼくが窮地に陥ったとき、助けに来てくれた。それだけのことがあったのに、いまさら他人行儀にふるまうのもおかしいと思わないか」

タリアは片方の眉をあげた。「どんなときでも礼儀は大切だと思うわ。それに名前で呼んだりしたら、あなたはますます調子に乗るに決まってるもの」

レオは笑い声をあげたあと、腕に走った激痛にうめいた。

タリアの表情がまたやさしくなった。「ほんとうに痛み止めはいらないの？　お医者様がなにか処方してくれたはずよ」

「痛み止めは断わった。アヘンチンキは苦手なんだ」

「じゃあワインはどう？　それともブランデーか」

「そのどちらかならブランデーかな。でもそれよりもっと欲しいものがある」

「レオ――」タリアはたしなめるように言った。

「ほら、簡単だろう。もう一度、ぼくを名前で呼んでくれ」

「もう行くわ」

「行く？　またぼくを見捨てる気かい？　きみはぼくを池のそばに置き去りにした。服も着せず、無防備なままで」

タリアは片眉をあげた。「あなたは無防備ということばとは無縁だと思うけど」

「でも実際にこうして銃で撃たれ、痛みに耐えている」

タリアはレオをながめ、眉間にしわを寄せた。「そのことはもう謝ったわ。これ以上なにを言えばいいの?」

「なにも言わなくていい。でも、埋めあわせにしてほしいことがある」

「たとえば?」

「ぼくに関心がないなんて嘘だと認めるんだ」

「レオポルド卿——」

「レオだ」レオが指先で腕をなであげると、タリアの肌が震えるのが伝わってきた。「ロンドンに帰ったら、ぼくと二週間付き合ってほしい。お互いのことをもっとよく知るんだ。二週間が過ぎたとき、きみがやはりぼくと一緒にいるのはいやだと思うなら、そのときはきっぱりあきらめる」

「二週間?」

レオはうなずいた。「でもその期間が終わるまでは、前みたいに冷たく拒絶しないでくれ。ぼくたちの相性のよさを証明する機会をくれないか」

「もしいやだと言ったら?」

「だったらいままでどおり、いや、いままで以上にしつこくきみにつきまとう」レオはきっぱり言った。

「そんなの不公平だわ」

「全裸の見知らぬ男が庭で服を盗むところを見て激怒した農夫から撃たれるのも、不公平だと思わないか」

「盗んだんじゃなくて、借りようとしただけでしょう？」

「いますぐ謝礼を払うと言ったが、向こうが言うとおり、あのときぼくは一文無しだった」

タリアは顔をしかめた。「ホランド卿にお話しした？　あの農夫は投獄されるのかしら」

レオは首をふった。「いや。告訴はしない」

「でも小銃であなたを撃ったのよ！」

「そのとおりだ。だがもしぼくが裕福な貴族ではなく、社会的な力のある家族や友人もいなかったとしたら、あの男がしたことは法に照らして正当だと見なされるだろう。真の意図がどうであったにせよ、ぼくが彼の服をとっていたことは事実なんだ」

「服を着ていなくても、紳士であるあなたの説明に耳を傾けるべきだわ」

レオは怒っているタリアを見て微笑んだ。「そうだね。でも全裸の紳士が農家の庭に忍びこんで、むきだしの尻を隠すためにズボンを物色するなど、そうそうあることじゃない」

タリアの目が一瞬、丸くなり、やがて口もとに笑みが浮かんだ。

「それに彼の射撃の腕はそれほどでもなかった」レオは言った。「もしぼくが射殺されていたら、きみはいまごろどんな気分だったかな」

タリアの頬が青ざめ、笑顔が消えた。

「二週間だけ付き合ってくれ、タリア」レオは言った。「そうしたらすべてを水に流すと約束する」

「いいわ」タリアはため息交じりに言った。「二週間ね。でもベッドで過ごすのはなしよ」

「ぼくはソファでもかまわないよ」レオはいたずらっぽく微笑んだ。

タリアはレオの肩をたたいた。

「痛い！　けがをしてるんだぞ」

「ごめんなさい」タリアは心から申しわけなさそうに言った。

レオはまぶたを閉じ、実際以上につらそうな顔をした。彼女の罪悪感を少しぐらいあおっても、罰はあたらないだろう。

「ほんとうにブランデーはいらない？」

レオは薄目をあけ、しょげかえっているタリアを見て、今度は自分が後ろめたさを覚えた。

「いや。休んでいればだいじょうぶだ」短い沈黙があった。「いつきみの屋敷を訪ねていいかな」

「けががよくなってからね。でも、最初にこれだけは言わせてちょうだい。たとえ二週間、一緒に過ごしても、わたしの気持ちは変わらないわ。あなたの愛人にはならない」

レオはのどの奥で低くうなった。「さあ、どうかな」

「わたしは愛人なんて欲しくないのよ、レオポルド卿」タリアはいらだたしげに言った。

レオはまたタリアの腕をなで、手をとって指をからみあわせた。「愛人だけじゃない。ぼくはきみと友だちになりたいんだ」

そう言った瞬間、自分が心の底からそう思っていることに気づいた。この美しく謎めいたレディ・タリア・レノックスという女性のことをすべて知りたい。

男性からそんなことを言われたのははじめてだというように、タリアの褐色の目に驚きと困惑の表情が浮かんだ。

レオは眉をひそめた。

「もう行かなくちゃ」タリアは言った。「ゆっくり休んで」

だがレオはタリアの手を放さなかった。「まだだ。寝る前に、もうひとつ欲しいものがある」

「なに？」

「キスだ。キスが苦痛を楽にすると言うだろう」

「それで腕のけがが治るとは思えないけれど」

「ああ、でも悪化するわけでもない」

タリアは思わず吹きだした。「困った人ね、レオポルド卿」

レオは微笑んだ。「レオだ。さあ、キスしてくれ」

「いい考えだとは思えないわ」

「すばらしい考えだよ。ぼくを憐れに思うなら頼む」

タリアは首をふってため息をついた。「目を閉じて」

レオはシーツの下で身じろぎした。脈が速くなり、欲望で体が硬くなった。

「早く」タリアは小声でうながした。

レオはまぶたを閉じた。

そして待った。

もしかして気が変わったのだろうかと思いはじめたころ、彼女が上体をかがめて額にくちづけてきた。温かくて、バラの花びらのようにやわらかい唇だ。

「はい」タリアは体を起こしながらささやいた。「これで楽になったでしょう」

レオは目をあけた。「ぜんぜん」

いきなり右腕を伸ばし、タリアを胸に抱き寄せた。そのはずみで腕に激痛が走ったが、そんなことはかまわなかった。彼女の唇に触れられるなら、痛みなどどうということはない。

「レオ」タリアは言った。「だめよ」

レオは微笑んだ。「うれしいよ。レオと呼んでくれたね」

そして唇を重ね、甘くとろけるキスをした。熱い血が駆けめぐって体がうずいたが、それはけがの痛みとはまた別のものだった。レオは彼女が抵抗するだろうと思っていた。だがタリアはそっとやさしくキスを返しはじめた。

わたしはなにをしているの？　タリアはぼうっとした頭で思った。どうしてキスを許しているのだろう。求めてもいない男性に。

　でもそれは嘘だった。あまりに無謀だし、正気の沙汰ではないとわかっていても、彼に惹かれる気持ちを抑えられない。

　この人が与えてくれる悦びにも。

　彼のキスは最高級の砂糖菓子より甘く、よく晴れた春の日より暖かい。こんな感覚はいままで味わったことがなかった。以前結婚していて、自分はもう無垢ではないのに、考えてみると不思議なことだ。

　だがこうしてレオの腕に抱かれていると、男女のことに関して、自分がまだ知らないことがたくさんあるような気がする。彼に導かれ、未知の世界をのぞいてみたい。時間も場所もなにもかも忘れて、ベッドで隣りにもぐりこめたなら。

　タリアの頭のなかを読んだかのように、レオがさらに激しいキスをして舌を差しいれた。口のなかを情熱的に愛撫され、つま先がぎゅっと丸まって体が火照った。

　レオは右手を彼女の髪に差しこんで頭とうなじをもんだ。燃えあがる情熱に、タリアの背中が弓なりにそった。レオはのどから鎖骨、肩へと指をはわせ、ガウンの胸もとから手をすべりこませた。

ネグリジェの生地越しに乳房を包むと、先端がとがっているのがわかった。レオは唇を重ねたまま微笑み、親指で乳首をさすって彼女を身震いさせた。もう一度、同じことをしようとした――タリアも抵抗しなかった――とき、暖炉で薪がはじけた。

その音にタリアはわれに返った。

ぱっと身を起こしてレオから離れた。

「これでおしまい」タリアは言い、自分の声がかすれていることを苦々しく思った。「おやすみのキスはすんだわ。さあ、お眠りなさい」

レオは片方の眉をあげたが、黙ってタリアを放した。「ありがとう。最高のキスだった。きみと同じように」ふたたびタリアの手をとり、手のひらにくちづけた。「今夜は眠れそうにないけれど、努力してみるよ」

タリアはなにも言わなかった。無言で立ちあがり、震える脚で出口へ向かった。暗い廊下に出ると、こぶしに握った手を胸に押しあてた。心臓が胸を破って飛びだしそうなほど激しく打っている。

あの人は、今夜は眠れそうにないと言った。

それはタリアも同じだった。

12

「お呼びでしょうか」

タリアは書斎の机の前で顔をあげた。ホランド男爵夫妻のハウスパーティからわが家へ帰ってきて、一週間近くがたっていた。書簡でいっぱいの木のトレーの上で、雌猫のヘラが丸くなって眠っている。

「ええ、フレッチャー」タリアは羽ペンを置いた。「今日の午後、お客様がいらっしゃるの。レオポルー——」急に舌がもつれ、いったんことばを切った。咳払いをしてつづける。「レオポルド・バイロン卿よ。お見えになったら居間へお通しして、わたしに知らせてちょうだい」

執事の白い眉毛が高くあがった。タリアがふだん、男性の客を屋敷に招くことはない。それが以前、贈り物を即座に送りかえした相手であればなおさらだ。だが執事として長年働いているフレッチャーは、それ以上、自分の考えを表情に出さなかった。

「ミセス・グローブにお茶の用意をさせましょうか」

タリアは眉根を寄せた。いざレオが訪ねてきたらどうやってもてなすか、あまり考えていなかった。というより、ロンドンへ帰ってきてからはそのことを――レオのことを――なるべく考えないようにしていた。でもそれは無駄な努力だった。

とくに夜になると、レオのことばかり考えていた。そして無茶な条件を呑んでしまった自分を責めた。さまざまなことに考えをめぐらせたが、お茶のことは頭に浮かばなかった。でもどんなときでも礼儀は大切だろう。

「そうね、お願いするわ」

食べ物を用意するのはいい考えかもしれない。男性は食べることが大好きだ。たっぷりの軽食と紅茶でもてなして、さっさと帰ってもらえばいい。それで十四日のうちの一日が終わる。

それにしても二週間だなんて！

いくら罪悪感にさいなまれたとはいえ、どうしてあんな約束をしてしまったのだろうか。彼は重傷を負い、自分は謝罪した。それで充分だったはずだ。きっぱり断ることもできたし、ましてやキスなんかするべきではなかった。でも二週間はきっとあっというまに終わる。そうすればあの人を永遠に自分の人生から追いだすことができる。約束の期間が終わったら、二度と追いまわさないと彼は言った。その約束は守ってもらうつもりだ。

とにかく二週間、我慢しよう。

もう唇にも体にも触れさせてはならない。あの夜の自分はどうかしていた。これからはしっかりしなければ。

「ありがとう、フレッチャー」タリアは執事に言った。「下がっていいわ」

フレッチャーは年齢のわりにすばやい身のこなしで立ち去った。レオポルド卿が訪ねてくることは、十分以内に屋敷じゅうに知れわたるだろう。だが事前になにも言わなくても、彼が敷居をまたいだ瞬間、どうせみんなにもわかることだ。

幸いなことに、ここの使用人は屋敷内で噂話をすることはあっても、外ではよけいなことを言わない。ほとんどがもともとケンプ卿の使用人で、離婚後、タリアについてきてくれた。みなとても忠実な使用人だ。

考えてみると、これでとうとう世間の噂がほんとうになるとは、なんて皮肉なことだろうか。タリアに批判的な人たちは、この屋敷に複数の男性が出入りしていると言いふらかしていた。それがついに事実になるのだ。もっとも、複数の男性という点はまちがっている。しかし社交界では、相手がひとりだろうと何人だろうと、ふしだらだと言われることに変わりはない。

書簡の山の上から、緑色の目がこちらを見あげていた。「なにかしら」タリアは猫に言った。「あなたはあの場にいなかったでしょう。ほかに選択肢はなかったのよ」

ヘラはまばたきをした。なぜか訳知り顔をしているように見える。前足をあげ、毛づくろいをはじめた。

「それはなんだ?」レオは屋敷の玄関広間で首を後ろにめぐらせ、ローレンスを見た。厚手の外套《がいとう》を受けとって召使いを下がらせた。「なんに見えるかい。三角巾さ」

ローレンスはレオのまわりを歩き、首の後ろで結んでいる空っぽの黒い布に目をやった。

「ああ。でもどうしてそんなものを? もう腕を支える必要はないだろう」

「必要さ。なにしろ撃たれたんだから」

ローレンスは腕組みした。「わかってるよ。きみはぼくの数日あとにロンドンへ帰ってきて、身の毛のよだつ話をした。池に泳ぎに行ったところ小銃で撃たれ、半裸でタリア・レノックスの背中にぐったりもたれかかって、ホランド・ハウスへ戻ったそうじゃないか。クラブでは、痴話げんかのはてにレディ・タリアから撃たれたんだろうともっぱらの噂だ。でもぼくは真相を知っている」

レオは顔をしかめた。「ぼくからうまく聞きだしたくせに」

腹立たしいことに、ローレンスはこの世でたったひとり、嘘が通じない相手だ。自分たちは外見がそっくりであるばかりか、考えることもよく似ていて、相手の心が手にとるようにわかる。だが、自分もローレンスの嘘がわかるのでおあいこだ。それでも真実を明かしてからというもの、ちくちく棘のあることばをかけられるのには閉口する。

「どんな手を使ってでも真相を暴いていたさ」ローレンスは言った。「母上をはじめ、家族がほんとうのことを知らなくてよかったよ」

「絶対に言うんじゃないぞ」レオはすごみをきかせて言った。

ローレンスは口に鍵をかけるしぐさをした。「きみの秘密はかならず守る」

「ぼくに秘密を握られているからだろう」

ローレンスは無造作に肩をすくめた。「もうたいして痛くもないのに、どうして三角巾をしてるんだ」ふいに片手をあげる。「いや、待ってくれ。わかったぞ、彼女に会いに行くんだろう？」

「もしそうだとしたら？」レオは三角巾に腕を通した。外套の袖の片方がだらりと垂れた。

「同情を買おうというわけか。へまをしないことを祈っている。きみが罪悪感につけこもうとしていると知ったら、向こうは喜ばないだろうから」

レオは微笑んだ。「もうつけこんでいるよ。そうでなければ、ぼくと二週間も付き合うと言ってくれるわけがないだろう」

タリアは居間の扉の前で立ち止まった。茄子《なす》色のウールのドレスをなでつけて猫の毛を払い、さっと頭に手をやって髪が乱れていないか確認した。ひとつ深呼吸をし、扉をあけてなかにはいった。

レオが窓際でふりかえった。晩秋の陽射しを受け、茶色い髪に交じった金色の筋が明るく輝いている。血色がよく、最後に会ったときよりもずいぶん元気そうだ。前回見たときはベッドに横になっていたが、あれから何日かたち、傷も癒えてきたらしい。

けがをしたほうの腕が黒い布でつるされているのを見て、タリアは眉をひそめた。まだ痛みがひどいのだろうか。

「こんにちは、レオポルド卿」タリアは扉を半開きにしたまま、部屋の奥へ進んだ。「今朝、午後にお見えになるというお手紙が届いたときは驚いたわ。ホランド・ハウスから戻ってきて、まだ数日しかたっていないのに。もう少しご自宅で静養したほうがよかったのでは」

タリアはソファにすわり、レオにも椅子を勧めた。

だがレオは勧められた椅子ではなく、ソファのタリアの隣りに腰をおろした。「そうかもしれないが、あまり先延ばしにすると、きみが考えを変えて約束を破るんじゃないかと心配でね」

タリアは、その金色がかった緑の瞳が輝いていることに気づいた。「ええ、やめようかとも考えたわ。でも名誉を重んじるのは男性だけじゃないのよ。いったん約束したことは守らなければと思ったの。そうでなければ、いまあなたはここにいないでしょう」

レオの顔にゆっくり笑みが広がった。「そうだね」

半開きの扉をそっとノックする音がして、フレッチャーが銀のトレーをかかえてはいってきた。

タリアはほっとし、フレッチャーがお茶の用意を申しでてくれたことに感謝した。これで少しはレオの気をそらすことができる。

「手伝おう」レオは年配の執事に言い、とっさに立ちあがって歩きだした。

「でも腕が」タリアは言った。「傷口に負担がかかってしまうわ」

レオは足を止め、困惑顔をした。「ああ、そうだった」

「ご心配にはおよびません、閣下」フレッチャーがしわがれた声で言った。「もう五十年近くお茶を運んでおりますので、だいじょうぶです」

動作は見るからに遅く、磁器のカップは受け皿の上でかたかた音をたてていたが、フレッチャーは一滴の紅茶をこぼすことも、クリームをはねることもなく、トレーをテーブルに置いた。

「お注ぎしましょうか」曲がった背をできるだけまっすぐ伸ばして言った。

「いいえ、あとはわたしがやるわ。ミセス・グローブにお礼を言っておいてちょうだい。どれもおいしそう」

フレッチャーはお辞儀をすると、レオに値踏みするような視線を向けてから居間を出ていった。

レオは執事がいなくなるのを待ち、ソファに戻った。「まだ働いているのかい。恩給をもらって引退する年齢のようだが」

タリアはサンドイッチと菓子を皿に盛った。「若くはないけれど、フレッチャーは優秀ですばらしい執事なの。本人が引退を望むなら、もちろんその意思を尊重するわ。でも彼は誇り高い人で、生活費は自分で稼ぎたいと言うのよ」

山盛りの皿とフォークをレオに手渡した。「妹さん一家が郊外にいるんですって。一緒に住もうと言われてるけれど、死ぬまでその一家と暮らすぐらいなら、生きたまま串刺しになって火にくべられるほうがいいそうよ」

レオは笑った。「その光景を想像するとすごいな」

「そうでしょう。でも個人的には、フレッチャーはわたしのためにここにいるんじゃないかという気がするの」

「どうしてそう思うのかい」

タリアはティーポットを手にとって紅茶を注いだ。「フレッチャーはわたしがレディ・ケンプだったころからの執事なの。故ケンプ卿の時代からずっと一家に仕えていたのに、わたしたちが離婚したとき、夫の側につかなかったわ。それ以来、わたしのもとで働いているのよ。いまでは家族も同然だし、フレッチャーにもここをわが家だと思ってもらいたい。ほかの使用人にも対しても、同じように感じているわ。みんなやさしくて忠実で、わたしにとってなくてはならない人たちなの」

タリアはしばらくレオの顔を見つめ、やがてカップに視線を落とした。なぜこんなことを話してしまったのだろう。自分はあまり社交的なほうではない。ふだんはよく知りもしない相手に、ぺらぺら自分のことをしゃべったりしない。

でもレオ卿はもう、自分にとって見知らぬ他人ではないのだ。

タリアは眉根を寄せ、紅茶を飲んだ。

「きみがいい人たちに囲まれていてよかった」レオはやわらかいサンドイッチをひとつ口に運んだ。「それに優秀だ」食べ終えてから言った。「とてもおいしい。ミセス・グローブにそう伝えてくれ」

タリアは微笑んだ。「あなたが褒めていたと伝えておくわ。ショートブレッドも食べてみて。こんなにおいしいのはほかにないと思うわよ」

レオは砂糖をまぶした細長いショートブレッドをつまみ、まっすぐな白い歯をのぞかせてひと口かじった。「うん、きみの言うとおりだ。わが家の料理人もなかなかの腕前だが、これほどじゃないな。でもぼくがそう言ったことを、うちの料理人には内緒にしてくれないか。ミセス・グローブのおかげで、これからの二週間がますます楽しみになったよ」

レオはにっこり笑い、目をきらきらさせた。

タリアの胸が少女のようにどきりとした。だが自分はもう少女ではない。成熟した大人の女なのに、端整な顔立ちと魅力的な微笑みにときめくなんて。

ああ、それにしても、なんて素敵な笑顔なのだろう。

この二週間をどうやって乗り切ればいいのだろうか。

タリアはとまどい、ショートブレッドを手にとってゆっくり食べた。

「明日の朝、ドロブナー卿の馬が競売にかけられる」短い沈黙のあと、レオは言った。「一緒に行かないか。ドロブナー卿は破産する前にすばらしい馬を何頭か手に入れたと聞いている。きっといい馬が見つかるにちがいない」

「ドロブナー卿は破産したの？　どうして？」タリアはテーブルに皿を置いた。

「ギャンブルが原因らしい。一度なくした財産を、いちかばちかで海運事業に賭けて取り戻したまではいいが、今度はカードゲームで負けてまたしても失ったそうだ。ぼくに言わせれば分別がなさすぎる」

「あまり頭がいいほうではなさそうだったものね。髪の毛は多すぎるほどでも、中身はない」

「そのとおり。あの男は自分の髪を意識しすぎだ」

「わたしもそう思うわ」タリアはレオのほうへ身を乗りだした。「まだあのおぞましいポマードをつけてるの？」

「松の木のようなにおいがするやつ？」

「ええ、それよ」タリアは言った。「いつか小鳥が飛んできて、巣を作るんじゃないかと思ってた」

「あるいはリスがどんぐりを隠しにやってくるか」

レオがにやりとし、タリアも口もとをゆるめた。その瞬間、レオを好きになってはいけないことを忘れていた。

それとも、もう手遅れだろうか。

わたしは彼に好意をいだいている?

タリアは自問した。

「じゃあ決まりかな」レオは訊いた。「明日の朝、迎えに来るよ」

タリアははっとしてレオを見た。「ああ、競売のことね」

「そう。競売だよ」レオはどこかおもしろがっているような顔をした。「一緒に行ってくれるかい? 二週間のうちの一日として」

そういうふうに言われると、断わるのは意味のないことに思えた。それにタリア自身、ドロブナー卿が所有していた馬を見てみたい気持ちがあった。もちろん買えるわけではないが、すばらしい馬をながめて楽しむぐらいは許されるだろう。

レオポルド卿とふたりきりでおおやけの場に現われることについては、いまさら気にしてもしかたがない。いまも彼の馬車が屋敷の前にとまっていて、本人がなかにいることはだれが見てもわかるからだ。だったらもう、どうでもいいではないか。それにホランド・ハウスでのできごとは、すでに世間の噂になっている。

「ええ、いいわ。何時ごろかしら」

「八時半だと早すぎるかな。競売がはじまるのは十時だが、その前にじっくり馬を見ておきたいんだ」

「わたしは早起きなの。八時半にしましょう」

レオはソファにもたれかかった。「よかった。きみは遅くまで寝ているとばかり思っていたよ。ぼくもたいてい、日の出とともに起床する。きみとぼくは、想像していた以上に相性がいいようだ」

「早起きする人はたくさんいるわ。そのことにたいした意味はないでしょう」

「いまはそうかもしれない」レオは低い声でゆっくり言った。「でもいずれ大きな意味を持つようになると断言する」

タリアはレオがなにを言いたいのか、すぐにわかった。「そんなに自信たっぷりに言いきったら後悔するわよ、レオポルド卿」

レオは吹きだした。「自信はいくら持っても持ちすぎることはない。金と同じだよ。それから、ぼくはレオだ。ふたりきりのときは〝卿〟をつけないでくれ」

「そうだったわね。お茶のお代わりをいかが、レオポルド卿？」

レオはひざに置いたタリアの手に自分の手を重ねた。タリアが手を引こうとすると、ぎゅっと握りしめた。「きみはもうすぐぼくのことを自然に名前で呼ぶようになる。きみが明け方、ぼくの名前を耳もとでささやく日が来るのを楽しみにしているよ」

タリアは手をふりはらおうとした。「ベッドをともにすることは約束にないはずよ」

「わかってる。でも、せめてきみの気を変える努力はさせてもらいたい」レオはタリアが口を開く前に、傷ついていないほうの手をあげた。「わかった、わかったから。いまはおとなしくしておくよ。それで、今日はこれからどうする？」

「午後じゅうずっと一緒に過ごすと、だれが言ったの？」

「ぼくと二週間、付き合う約束だ」

「ええ。だからお茶でもてなしたわ。もういつ帰ってくれてもかまわないのよ」

レオは微笑んだ。「きみはチェスをするかい」

「チェスがしたいの？」タリアはけげんそうに言った。

「ほかにもっとしたいことはあるさ」レオはそこでことばを切り、天井に視線を向けてからふたたびタリアを見た。「でもそれは約束にないことだから、チェスで我慢しようかと思ってね。カードゲームでもいいけれど、腕がご覧のとおりだろう。片方の手だけでは、カードをあつかいにくい」

タリアは眉根を寄せ、黒い三角巾に目をやった。唇を噛んだが、それは罪の意識を覚えたときにする幼いころからの癖だった。「どこかにチェス盤があると思う。書斎だったかしら。長いこと使っていないの」

「それなら簡単に勝てそうだ」

タリアはレオの顔をしげしげとながめ、自分でも驚いたことに吹きだした。

13

「落札おめでとう、レオポルド卿」翌朝、混んだ馬市場《タッターソール》でタリアは言った。「あれほど美しい対《つい》の葦毛《あしげ》の馬は見たことがないわ。ほんとうによかった。お見事だったわね」

レオはタリアの褐色の瞳をのぞいて微笑んだ。対の葦毛の馬を落札したことと、タリアが笑いかけてくれていることのどちらがよりうれしいのか、自分でもよくわからない。彼女のこんな屈託のない笑顔を見るのははじめてだ。その瞳を見つめながら、タリアの微笑みのほうをうれしく感じていることに気づいた。

八時半きっかりに迎えに行ったとき、タリアは出かける準備をすませて待っていた。深緑色のカシミアのデイドレスをまとい、趣味のいい茶色のハーフブーツを履いたその姿は美しかった。暖かそうな茶色のマントをはおり、小さなハンドバッグを手首にかけて、レオと一緒に外で待っていた馬車へ向かった。

早い時間に出かけたにもかかわらず、競売場はすでに、入札を考えている人や馬を見学しに来た人でごったがえしていた。馬車をおりて地面に足をついた瞬間から、タリアの顔は輝いていた。

はじめて会ったとき以来、彼女には驚かされっぱなしだ。乗馬がうまくて馬が好きだということは知っていたが、競売にかけられる馬を一頭一頭見てまわりはじめてすぐに、知識も豊富だとわかった。

「父が大の馬好きだったの」レオがそのことを尋ねるとタリアは答えた。「父との話題はいつも馬のことだったわ。血統とか体のつくりとか、今年の競馬でどの馬が勝ちそうかとか、ふたりでそんな話ばかりして、母をいらいらさせたものよ。馬のことは自然に学んだの——子どもみたいに、見聞きするものをすべて吸収して、疑問を持ったりしなかった。でもわたしが十六歳のとき、父が亡くなったの。もっと馬の話をしたかったわ」

レオは自分の父親のことを思いだした。子どものときに親を亡くすつらさはよくわかっている。死別の悲しみをはじめて味わったとき、自分はまだ七歳だった。

タリアが話をつづけ、レオはほっとした。

「それ以来、母はドレスやダンスなど、もっと女らしいことにわたしの関心を向けさせて、社交界へのデビューに備えたの。わたしを条件のいい相手に嫁がせたかったのよ」タリアは自嘲気味に肩をすくめた。「その結果がどうなったかはご覧のとおり」

レオは右手をタリアのひじにかけ、それから腕を組んだ。タリアはいやがるそぶりを見せず、ふたりで話をしながら馬を見てまわった。

やがて競売がはじまり、レオは対の葦毛の馬に入札することに決めた。タリアは小ぶりの美しい雌馬をひどく気に入っていたが、レオがいくら勧めても入札を拒んだ。代わりに入札してやろうと申しでても首を横にふった。

「あの糟毛の馬をぼくに買わせてくれればよかったのに」帰りの馬車のなかでレオは言った。「きみに贈りたかった」

タリアはいっとき間を置いてから言った。「ありがとう。でも男性からの贈り物は受けとらないことにしているの」

レオは不思議に思った。

ほとんどの女性は贈り物、とくに恋人からなにかを贈られるのが大好きだ。男をとっかえひっかえしていると噂のタリアだが、実際にそんな相手がいるのだろうか。恋敵の影を感じたことは一度もない。彼女の屋敷に出入りし、同じ時間を過ごすようになってから、以前、周囲から聞かされていた話が真実かどうか疑わしくなってきた。

レディ・タリア・レノックスとは、いったいどういう女性なのか。離婚にいたったほんとうの原因は？

「贈り物はだめでも、〈ガンター〉でココアをご馳走するぐらいはいいだろう」

タリアは眉根を寄せた。「そうね、ココアはうれしいけれど、〈ガンター〉は……あの店にはもう行ってないの」

離婚のせいにちがいない、とレオは思った。あの店でアイスクリームや紅茶を楽しむ社交界の面々に歓迎されていないと感じるのだろう。

タリアが社交界で仲間はずれにされていることは知っている。かつて友人として付き合っていた人びとが、パーティや舞踏会に彼女を招かなくなった。一方の元夫は、白い目で見られることもなく、どんな場所でも暖かく迎えいれられている。離婚原因はタリアの不倫ということになっているから、それも当然だ。社交界の人びとの目に、ケンプ卿は被害者として映っている。しかし、はたしてそれはほんとうなのだろうか。

タリアがなにをしてなにをしなかったにせよ、彼女が一方的に悪いとは信じがたい。表に出ていない真実がきっとあるはずだ。

ともかく、いまはココアを飲みに連れていきたい。タリアが〈ガンター〉で〝歓迎〟されていないと思うと無性に腹がたつ。そんなことは絶対に許せない。

「前回のぞいたとき、〈ガンター〉はだれでもはいれる店だった。きみとぼくがそこで食事をしても、だれかにとやかく言われることじゃない」

タリアは目を丸くし、次いで悲しげな表情を浮かべた。「ええ、でもわたしみたいな女が行く場所ではないのよ」

「さっぱりわからないな。あそこは紳士淑女をもてなす店で、きみは淑女だ。堂々と行けばいい。まさか追いだされたことはないだろう?」

「ええ、でももう何年も行っていないから」

レオは顔をこわばらせた。レオがその表情を浮かべたときはなにを言っても無駄であることを、家族はみな知っている。「じゃあ最後に行ったのは、ずいぶんむかしのことじゃないか」

「騒ぎになるかも――」

「騒ぎたいやつには騒がせておけばいい。意地悪で気どった連中になにを言われようと、気にすることはないさ」

「問題は、意地悪で気どった人たちだけじゃないのよ。お願い、わかって」タリアはレオの上着の袖に手をかけた。「レオ、そんなふうにかばってくれるのはうれしいけれど、わたしは自分の立場をいやというほどわかってるの。正直に言うと、無視されたりじろじろ見られたりするのはもううんざり。それよりも、うちでココアを飲むほうがいいわ。まっすぐ戻りましょう」

レオはタリアの目をのぞきこんだ。「逃げるようで気が進まないな」

「あなたはなにかから逃げるような人じゃないわ、レオポルド卿。でもわたしは、意地を張るべきときとそうじゃないときをわきまえている。それにミセス・グローブのココアは、どんなお店よりもおいしいのよ。〈ガンター〉の売りはアイスクリームでしょう。どうせなら夏に行ったほうがいいわ」

レオはしばらくタリアの顔を見つめてから折れた。「そのことばを忘れないでくれ。夏になったらふたりで〈ガンター〉に行こう。社交界なんかくそくらえだ」

タリアは微笑んだがなにも言わなかった。

レオの腕に手をかけたまま、馬車に向かって歩きだした。

「いまふと思ったけれど、ぼくと一緒にいるところをだれかに見られるのもいやなんじゃないか」

タリアはレオと目を合わせた。「もしそうだったら、こうしてふたりで出かけたりしていないわ。もうだれかの目についたに決まってる」

「そうだね。ロンドンでいちばんきれいな女性を馬の競売に連れていくなんて、毎日できることじゃない」

タリアはまたレオと視線を合わせ、目にやさしい色を浮かべた。「お愛想を言うのね、レオポルド卿」

「きみに気に入られるためなら、なんだって言うさ」

タリアは前日と同じように声をあげて笑った。それを聞いてレオの胸に温かいものが広がった。屋敷でふたりきりでココアを飲むほうが、店に行くよりもずっといいかもしれない。

「きみの言ったとおりだ」それから二時間近くたったころ、レオは言った。「ミセス・グローブのココアはまちがいなく〈ガンター〉よりうまい」かちんという小さな音をたててカップを受け皿に置いた。

レオは片手で飲めるよう、すぐそばのテーブルに受け皿を置いていた。それでも見るからに不便そうだった。

タリアは少し前に、けがの具合を尋ねた。レオは小さく微笑んで、順調に治りつつあるとだけ答えた。タリアはそれ以上、訊くのをやめた。男性は往々にして、そうしたことを根掘り葉掘り訊かれるのをいやがるものだ。

「ミセス・グローブにまた伝えておくわ」タリアは自分のカップを置いた。「昨日、あなたがサンドイッチやお菓子を褒めていたと言ったら、少女みたいに喜んでいたのよ」

「お世辞じゃないさ」レオは言った。「できたら昼食を作ってもらえないかな。朝食をとってからずいぶん時間がたった」

「でもココアを飲んでビスケットを食べたばかりじゃないの」

「すばらしい前菜だったよ」レオはベストで包まれた平らな腹部に手をあてた。「きみは空腹じゃないのかい」

「ええ、それほどは。でもお腹を空かせたお客様になにも出さないのは失礼ね」

タリアは立ちあがり、呼び鈴を鳴らそうと部屋を横切った。

ソファに戻るとき、奇妙な鋭い音がした。気がつくとブーツのかかとが折れ、足首をひねっていた。

「痛い！」タリアはとっさに手を広げてバランスをとろうとしたが、足もとがふらついてドレスのすそを踏んだ。そのまま前へ倒れかけ、全身にぐっと力がはいった。

二本のたくましい腕が伸びてきて、その体を抱きとめた。タリアは荒い息をついてレオの瞳を見つめた。胸と胸が密着し、腕はいつのまにか彼の肩にかかっている。なぜか、こうしているのがいちばん自然なことだという気がする。しばらくのあいだ、レオのこと以外なにも考えられなかった。

「かかとが折れたみたい」タリアは弱々しく言った。

「そうだったのか。てっきり絨毯《じゅうたん》につまずいたのかと思った。だいじょうぶかい？　けがは？」

「してないと思うわ」タリアは反射的に答えた。まだ胸がどきどきしているのは、あやうく転倒しかけたせいだけではない。

レオとのあいだに距離をあけたほうがいいと思い、後ろに下がった。

足首に痛みが走った。「ああ！」

「やはりけがをしているじゃないか」レオはいきなりタリアを抱きかかえてソファへ運び、そっと横たえた。

タリアは痛みに歯を食いしばった。さっきまでは刺すように痛かったが、いまはずきずきうずいている。レオがひざまずき、タリアのブーツのひもをほどこうとした。

タリアはそのときになってようやく、レオの黒い三角巾が空っぽであることに気づいた。どうして腕を通していないのだろうか。そもそも、まだ腕が使えないのに、どうやって自分を抱きかかえてソファに運べたのだろう。

「レオ、腕は――」タリアは言いかけた。

そのときレオが右足のブーツを脱がせ、足首に激痛が走った。「骨折がないか調べるから、じっとしててくれ」

タリアはまた歯を食いしばった。レオがやさしく足首に触れ、けがの具合を調べている。

「うっ。そこが痛むわ」

「そうだろうな」レオは装飾の施された小さなクッションをとり、その上にタリアの足を乗せた。「ねんざだよ。もう腫《は》れはじめている。あざも出てくるだろうが、骨は折れていない」

「ほんとうに？　お医者様を呼んだほうがいいんじゃないかしら」

レオはもう一方のブーツも脱がせ、ふたつならべて床に置いた。「医者に診せても、同じことを言われるだろう」

「どうしてわかるの。あなたはお医者様？」

レオの唇の端があがった。「医者じゃなくてもわかるさ。ぼくには双子の弟以外に、きょうだいが六人いる。しょっちゅうだれかがけがをしていたから、ねんざと骨折の見分けかたを知ってるんだ」

扉の向こうから小さなノックの音がした。フレッチャーだった。「お呼びでしょうか」部屋の奥に進み、タリアが脚を伸ばしてソファにすわっているのを見て、驚いた顔をした。「どうなさったんです？」

レオが立ちあがり、貴族らしい威厳をただよわせて言った。「レディ・タリアはつまずいて足首をねんざした。清潔な綿の包帯とタオル、それから防水加工の革袋か油布に氷を入れて持ってきてくれ。先にそれだけ用意したら、次にぬかの温湿布を作ってほしい。できあがったら、冷めないようにふたつきの深皿に入れてくれ」

フレッチャーは少し間を置いてから言った。「お医者様をお呼びいたします」

「その必要はない。さっきレディ・タリアにも言ったが、わたしにまかせておいてくれればだいじょうぶだ」レオはタリアを見た。「ブランデーよりも強い痛み止めがいるかい？アヘンチンキはないだろうね」

「ないわ」タリアはレオがアヘンチンキについて言っていたことを思いだし、ぎゅっと唇を結んだ。それほど強い薬が欲しいわけではないし、医者を呼んだらきっとアヘンチンキを飲まされるだろう。「レオポルド卿のおっしゃるとおりにしてちょうだい」タリアはフレッチャーに言った。「とりあえずいまは」

フレッチャーはうなずいて部屋を出ていった。

タリアは執事がいなくなるのを待ち、レオをじろりと見た。「ほんとうにだいじょうぶなの？ 氷に温湿布ですって？」

「冷やして腫れを引かせ、温めて筋肉をほぐすんだよ。それを交互にやると楽になる」

タリアは馬の手当てのとき、同じようなことをするのを思いだした。馬も人間も、けがの手当てに大きなちがいはないだろう。タリアはおとなしくソファのクッションにもたれかかった。

足首がずきりとした。「それで」痛みから気をそらそうとして言った。「腕をどうしたんですって？」

「ぼくはなにも言っていないよ」レオは後ろを向き、部屋のなかを見まわした。「寒くないかい。なにか毛布代わりになるものをとってくる。体が冷えるとよくないから」

「わたしならだいじょうぶよ」

だがレオはそのことばを無視して歩きだした。

タリアは首を後ろへまわそうとして、身動きがとれないことをいまいましく思った。「聞いてるの、レオポルド卿」

「ああ」後ろのほうから声が聞こえた。「ちゃんと聞いてるよ」

タリアは声を荒らげそうになるのをこらえた。「もしかして、わたしに嘘をついてない？」

一瞬の間があった。「なんのことかな」

「わかってるくせに。そのけがのことよ。けがもどきと言ったら言いすぎかしら。わたしが考えていたほど深刻じゃないみたいね。ほんとうに撃たれたのかどうかさえ疑問だわ」

「撃たれたに決まってるだろう。腕から血が流れているのをきみだって見たはずだ」

たしかにそのとおりだった。真っ青な顔で血だらけのレオの姿が、タリアの脳裏によみがえった。彼がけがを負ったのはまぎれもない事実だ。

「そうね。でも、わたしを抱きかかえて運べるくらい快復しているのに、どうして三角巾をしてるの？」

レオはタリアが暖炉の前の袖つき椅子にかけておいた、カシミアのショールを持って戻ってきた。三角巾はすでにはずれ、けがをした腕は体の脇に自然におりている。

レオは上体をかがめてタリアにショールをかけ、腕や肩をしっかりくるんだ。「少し休むんだ。そのことはまたあとで話そう」

「いま話したいわ」

レオはタリアの目を見た。「だれかにびっくりするくらい頑固だと言われたことはあるかな」

「あなたも同じだと思うけど」

レオの唇に小さな笑みが浮かんだ。「ほら。また共通点があった」

タリアは眉をひそめた。「だからなに？」しばらくしてから言った。

レオも眉根を寄せた。「きみの言うとおりだよ。もう三角巾で吊る必要はない。腕はまだ痛むし、抜糸もすんでないけれど、傷は順調に快復している。あとは自然に治るのを待つだけだ」

「だったらなぜ芝居なんかしたの？」

「きみに後ろめたさを感じさせたかった」レオは驚くほど素直に認めた。「きみが罪悪感からしかたなくぼくと付き合うことにしたのはわかっている。ぼくが予想より元気だとわかったら、きみが約束の期間を縮めるんじゃないかと心配だったんだ」

「そうさせてもらおうかしら。わたしに気づかれるかもしれないとは思わなかったの？」

レオは肩をすくめた。「その危険を冒す価値はあると思った。それにぼくが弱っているところを見たら、きみの警戒心がゆるむかもしれない、とも。ぼくの読みはあたっていた。昨日はじめて、心から楽しそうなきみの笑い声を聞いたよ」

「最初で最後かもしれないわ」

「そうでないことを願うよ。きみの笑い声が好きだ」レオの声が低くなった。「それに笑顔も。きみが笑うところをもっと見たい」

心臓の鼓動が速まり、タリアは目をそらした。「いますぐあなたを追いかえしたい」強い口調で言ったつもりだったが、その声は自分の耳にも弱々しく聞こえた。

「よかった」レオは愉快そうに言った。「きみは動けないし、フレッチャーはぼくを力ずくで追いだすには年をとりすぎている」

タリアはレオに鋭い一瞥《いちべつ》をくれた。「その気になれば方法はあるわ」

レオは微笑んだ。「ああ、そうだろうね」

タリアはそれ以上なにも言わず、ショールの縁を指でもてあそんだ。この人をいますぐ追いださなければ。彼はわたしに嘘をつき、それを自分で認めた。ほんとうならもっと怒るべきところだ。

もちろん腹はたっている。それでも……。

「もう絶対に嘘をつかないで」タリアは真剣な口調で言った。「わたしは嘘がこの世でいちばん嫌いなの。もし今度、嘘をついたことがわかったら、あなたをこの屋敷から追いだして、二度と敷居をまたがせないわ」

レオはまじめな表情になった。「約束するよ、タリア。二度と嘘はつかない。今日からきみにはほんとうのことだけを話す。きみも同じことを約束してくれないか」

タリアはレオの目を見つめながら、なぜ自分は彼とこんな約束をしているのだろうと考えた。男は嘘をつく。そういう生き物なのだ。自分はそのことを、身を切られるほどつらい体験から学んだ。でもどういうわけか、この人なら信じられる気がする。

「ええ」タリアは小声で言った。「約束するわ」

レオが口を開きかけたとき、廊下から足音が聞こえてきた。

「氷と包帯の用意ができたようだ」

レオが言ったとおり、フレッチャーが銀のトレーを持って部屋にはいってきた。

「お加減はいかがですか」執事はテーブルにトレーを置いた。「ミセス・グローブもほかの使用人も、みなとても心配しております。ただいまミセス・グローブが、閣下に命じられた温湿布を用意しているところです」

「ありがとう、フレッチャー」タリアは言い、レオはテーブルに歩み寄ってトレーに載ったものを確認した。「わたしならだいじょうぶ。みんなに心配はいらないと伝えてちょうだい。足首を軽くひねっただけだから」

「軽いかどうかは、様子を見ないとわからない」レオは言い、執事に向きなおった。「レディ・タリアはしばらく横になっていたほうがいい。おそらく明日もそうだろう。夕食をトレーに載せて、寝室に運ばせ――」

「ダイニングルームで食べられる――」タリアが口をはさんだ。

「――それからメイドに命じて、ベッドの足もとに羽枕を用意させてくれ」レオはそれを無視して言った。「腫れが引くように、今夜は足を高くしておく必要がある」

「かしこまりました、閣下」フレッチャーは言った。「ご指示どおりにいたします」

タリアは口をぽかんとあけそうになるのをこらえた。人の執事に勝手に指示を出しているレオと、一度ならず二度までもそれにしたがっているフレッチャーのどちらにいらだちを覚えているのか、自分でもよくわからなかった。それでも執事が立ち去るまでなにも言わなかった。

「軽いけがをしたからといって」ショールの縁を指に巻きつけながら言った。「わたしの使用人にあなたが勝手に命令していいわけではないわ」

レオはトレーを持って近づいてきた。「ぼくは必要なことをしているだけだ」

「ふうん。あなたが頑固で傲慢であることは知っていたけれど、そのうえ高圧的でもあるなんてね」

レオは肩をすくめた。「それもバイロンの血を引く者の特徴だよ」

「なにかほかにいい特徴はないの?」

「たくさんあるさ」レオは目をきらりと光らせた。「でもそれが自分にとって有利になるときしか、表に出さないことにしている」

タリアは小さく鼻を鳴らし、胸の前で腕組みした。「ええ、そうでしょうね。たしか前に一度、お兄様にお会いしたことがあるわ」

「ほう。だれだろう」

「公爵よ。控えめに言っても、近寄りがたい雰囲気のかただった」

「それがエドワードという人間だ。でも結婚してから、以前よりだいぶほがらかになった。

クレアは自分をしっかり持っていて、夫の言うことをなんでも黙って聞くような女性じゃないんだ」

「すばらしい奥方様ね」

「ああ、会えばきみも好きになると思う」

タリアは口をつぐんだ。自分とクライボーン公爵夫人が会うことはけっしてないだろう。自分たちはもう同じ世界の住人ではないのだ。レオが目をそらし、トレーの上のものを調べはじめた。きっと同じことを考えているにちがいない、とタリアは思った。

レオはふりかえり、ソファに身を乗りだした。「ストッキングを脱いだほうがいい」そう言うとタリアの返事を待たず、ドレスのすそに手を伸ばした。

タリアはレオの腕に手をかけた。「なにをするつもり?」

「脱ぐのを手伝うのさ」

「やめてちょうだい」

レオは片方の眉をあげた。「どうしてだ。遠慮はいらない」

「そうじゃないわ。用心してるだけ。わたしのスカートの下に手を入れられるのはわたしだけよ。後ろを向いてて」

「タリア——」

「後ろを向いて」

レオはわざとらしく両手をあげ、言われたとおりにした。

タリアはレオが完全に後ろを向いたことを確認してから上体を起こし、ガーターをはずそうとスカートに手を伸ばした。だがクッションの上で足を横に動かした瞬間、足首を激痛が貫いた。「痛い！」

レオはさっとふりかえった。「また痛めたんじゃないか」

「なんでもないわ」タリアは食いしばった歯のあいだから言った。「見ないでと言ったでしょう。あっちを向いて」

だがレオは一歩ソファに近づいた。「ぼくに嘘はつかない約束じゃなかったかな。意地を張るのはやめて、ぼくに手伝わせてくれ。きみの脚を見る男は、ぼくがはじめてというわけじゃないだろう」

ええ、でもずいぶんむかしのことよ。タリアは胸のうちでつぶやいた。それに脚を見せるぐらいのことが、彼が相手だとひどく官能的なことに思える。だがタリアの足首は、もう一度ひねったかのようにずきずきしていた。

「ほんとうに骨折してない？」

「だいじょうぶだ。でもねんざを軽く見てはいけない。さあ、横になってぼくにまかせてくれ」

タリアはためらったのち、おそるおそるソファに背を預けた。

まぶたを閉じて待った。

数秒後、レオの手がスカートの下からはいってきて、すべるように脚をなであげた。タリアの目がぱっちりあき、肌がぞくりとした。

スカートの生地越しにレオの手をつかみ、やめさせようとした。「なにをしているの」

「ガーターを探してるのさ」レオはなに食わぬ顔で言った。「もう少しで見つけるから、放してくれないか」

「あまり楽しそうに探さないでちょうだい」

レオの顔に笑みが広がった。「それはむずかしいな。なにごとも楽しんでやるのがぼくの信条なんだ。とくに魅力的な女性の服を脱がせるときはね」

「服を脱がせていいわけじゃないでしょう。少なくとも、あなたが思っているような意味では。これではまるで……」タリアは口をつぐみ、ことばを探した。

「なんだい？　ぼくがなにをしているようだって？」レオの笑みがさらに大きくなった。

「いいから早くして」

「それは男がいちばん言われたくないことだな」

タリアはレオをしげしげとながめた。そのことばの意味を呑みこみ、自分でも意外なことに口もとがほころんだ。相手に見られる前にあわてて笑みを消し、クッションにもたれかかって手の力をゆるめた。

すぐに大きな手がストッキングを穿いた脚をふたたびなではじめた。その手が上へと動くたび、タリアはぞくぞくした。

唇の端を噛んで吐息をもらしそうになるのをこらえた。いまや足首の痛みは吹き飛んでいる。

やがてレオがガーターを探しあてた。「すべすべしている。早く見たいな」

今回は、タリアはレオの挑発に乗らなかった。天井にある果物と花の模様の円形浮き彫りをじっとながめた。

レオがストッキングとガーターをおろしはじめ、脱がせたあとの肌を指先でなぞった。まるで甘い拷問を受けているようで、タリアは思わず身震いした。

レオはひざの後ろからふくらはぎへと手をはわせた。薄いシルクのストッキングが、足首のすぐ上で丸まっている。ゆるんだガーターを、レオが二本の指でつまんではずした。

「ピンクだったのか。きみにはいつも驚かされるよ、レディ・タリア」

「何色だと思っていたの？」

「さあ、何色だろう。わからないからなおさら興味をそそられる」レオはガーターを脇に置き、タリアの目をのぞきこんだ。「ストッキングもできるだけ痛くないようおろすつもりだが、少し我慢してくれ」

タリアはうなずき、両手をこぶしに握った。

足首からストッキングを脱がされるときに痛みを覚えたが、それはすぐに消えた。

「終わったよ」

レオは後ろを向いてストッキングをトレーに置くと、バスタオルを四つ折りにして、タリアのひざの下にそっと入れた。

それから氷を入れた袋で、腫れた足首を慎重に包んだ。「どうかな」

「とてもいい気持ち」タリアはほっと安堵の息をついた。

「よかった」レオはタリアを見おろして微笑んだ。「何分かこのまま冷やして、温湿布の準備ができたら次は温める」

タリアはまたうなずき、ソファに身を沈めた。

14

レオはタリアを起こさないよう慎重に二度めの温湿布の交換をした。

二十分前、ソファのそばの椅子にすわってワーズワースの詩を小声で読みながら、ふと顔をあげてみると、タリアが眠っているのがわかった。レオは本のことなど忘れて、長いあいだその顔を見つめていた。

まつ毛がばら色の頬に扇形の影を落とし、ピンクの唇がほんの少し開いている。すっかり力の抜けた手は、もうショールの縁をつかんでいない。呼吸は深く規則的で、眠れる程度には痛みが引いたようだ。

まもなくフレッチャーが新しい温湿布を運んでくると、レオはタリアのほうを身ぶりで示して、物音をたてないよう合図した。年配の執事は、用意したばかりの温湿布のはいった深皿を静かに置いた。そして詮索するような視線をレオに向けた。レオは片方の眉をあげたが、フレッチャーはなにも言わずに会釈をして出ていった。

レオはなかの氷が溶けかかった革袋をタリアの足首からはずし、温湿布に取りかえた。いまではさまざまな色のあざができている。この湿布が終わったら、いよいよ患部の固定だ。

レオは椅子に戻った。ワーズワースの本をふたたび手にとり、今度は声に出さずに読みはじめた。

タリアはゆっくり目を覚まし、しばらく天井をながめたあと、レオが足の上に身をかがめているのに気づいた。長い綿の包帯をこちらの足に巻きつけている。前に絵で見たエジプトのミイラのようだ。ひねった箇所はいまだにうずくものの、さっきまでの鋭い痛みは消えていた。

タリアは試しにつま先を動かしてみた。

レオが顔をあげ、明るい色の目でタリアを見た。「起きたのか」

「ええ」タリアは口もとを手で覆ってあくびを隠した。「ごめんなさい。ついうたた寝してしまって」

それはいつも用心深いタリアらしからぬことだった。ふだんは自分の寝室以外で眠ることなどない。

レオは肩をすくめた。「体調が悪いんだからしかたがないさ。けがをすると眠くなるものだよ」

また下を向き、丁寧に包帯を巻きはじめた。

タリアは黙って横たわっていた。いまさら抵抗しても意味がない。それにもう疲れはてた。気をもんだり、むきになったりすることに。彼に反論したり、手をどけさせようとすることに。なによりも、孤独であることに疲れた。レオとはじめて会ったあの夜もそうだった。

タリアはレオが包帯を巻き終えるのを見ていた。午後の陽射しが、金色の筋の交じった茶色い髪やがっしりしたあごの線を照らしている。

「夕食をご一緒にいかが、レオポルド卿」

気がつくとそう言っていた。思わぬ誘いに、レオの目がかすかに見開かれた。

「あなたが昼食をとりたいと言った直後に……」タリアは包帯を巻いた足を手で示した。「こんなことが起きてしまったから、せめて夕食をどうかと思って。いかが?」

レオは手を脇におろして背筋を伸ばし、タリアを見た。「そうしたい気持ちはやまやまだが、きみをベッドに寝かせたら、ぼくは帰ったほうがいいだろう。でももしきみが寝室での夕食に招いてくれると言うなら」にやりとする。「考えなおすけれど」

タリアはしばらく黙っていた。「わかったわ」

「なにがわかったんだい」

「寝室で一緒に夕食をとりましょう」小声で言った。

心臓がひとつ大きく打った。ああ、わたしはなにを言ってしまったのだろう。足首をひねったときに、頭も打ったにちがいない。

「寝室に隣接した居間に、とてもすわり心地のいいソファがあるの」タリアは言った。「そこにふたりぶんの食事を用意させるわ」

レオの目がきらりと光った。「喜んで」

「夕食をとるだけよ」タリアは釘をさした。

だがレオの満面の笑みを見て、タリアはよく肥えた鳥に偶然出くわした猫を連想した。なにも心配することはない。ただ夕食を一緒にとるだけのことだ。

でも心の奥では、それだけではないとわかっていた。

数時間後、レオは温かいブランデー風味のソースがかかったプラムケーキを食べ終え、空の皿にフォークを置いた。

「だがウォルター・スコットの作品は、たまに凝りすぎておおげさなときがあると、きみも思うだろう」レオは椅子にもたれかかった。「人気のある作家だが、スコットは詩作に専念して、長編小説の執筆はやめたほうがいいと思うな」

「そんなことはないわ」タリアは言った。半分残したデザートの皿は、すでにテーブルの隅によけてある。「『ウェイバリー』はいい小説よ。それに作家は読者を楽しませるために、ときにはおおげさな書きかたをするものじゃないかしら」

「ああ、だがそれも度が過ぎると鼻につく。もしかしたらきみはミセス・ラドクリフも好きなんじゃないか」

タリアは片眉をあげた。そこは寝室に隣接した居間で、タリアはやわらかなクッションに包帯を巻いた足を乗せ、ソファにもたれかかっていた。

レオに抱きかかえられて寝室にやってきたあと、タリアは侍女の手を借りてデイドレスから実用的なウールの青いガウンに着替えた。髪はリボンでひとつに結び、背中に垂らしてある。レオはそのリボンをほどきたい衝動に駆られた。

自分から寝室での食事に誘っておきながら、タリアが懸命に隙を見せまいとしているのが微笑ましかった。レオもいきなり刺激的なことを言って口説くより、肩の凝らない世間話をするのがいいと心得ていた。

刺激的なことならあとでいくらでもできる。なにしろ約束の二週間がはじまって二日めにして、もう寝室の隣りの居間に入れてもらったのだ。寝室に、そしてベッドに入れてもらうのも、それほどむずかしいことではないだろう。

レオは下半身がなかば硬くなっていることに気づき、椅子の上で身じろぎした。辛抱するのだと自分に言い聞かせ、会話に集中しようとした。

「そんな言いかたはよくないと思うけど」タリアはレオをたしなめた。「みんなが読んでいる『森のロマンス』と『ユードルフォの秘密』は、わたしも読んだわ。でもあなたの言うとおり、もっとわくわくする物語を書く作家はほかにもいるわね」

「たとえば？」

タリアは無意識のうちにあごをあげた。「たとえばジェイン・オースティンとか。『高慢と偏見』は機知と洞察に満ちあふれていたわ。最新作の『エマ』もおもしろかった。女主人公はわがままだしお節介だけれど、相手役のミスター・ナイトリーは魅力的で、非の打ちどころのない紳士よ」

「そうかい」レオはのんびりした口調で言った。

「ええ」

レオのなかに奇妙な感情が湧いてきた。嫉妬に似た感情だが、あまりにばかげている。ミスター・ナイトリーとやらは、生身の人間ですらないのだ。

でもタリアは、その架空の男が好きだと言う。

自分のことはどう思っているのだろうか。

レオはその答えが知りたいような知りたくないような気持ちだった。

「ミス・オースティンの作品を読んだことはある？」タリアはそんなレオの気持ちにまったく気づいていなかった。

レオは首をふった。「聞いたことはあるが、あいにくまだ読んでいない」

タリアはにっこり笑って顔を輝かせた。「もしよかったら貸してあげるわ。おおげさすぎて鼻白むことはないと思う」

「そう願うよ。スコットと同じような作風だとお手上げだ」

タリアはレオの目を見た。口もとがゆるみ、やがて声をあげて笑った。タリアの生き生きとした表情に、レオの胸が温かくなった。

「好きな小説家はだれなの、レオポルド卿。それとも、大衆文学は読まない？」

レオはグラスを手にとり、ワインをひと口飲んだ。「いや、いい小説なら読むさ。でも残念なことに、ある作品が〝いい〟かどうかの評価は、相対的であることが多い」

「まあ。意外に気むずかしいところがあるのね。あなたには驚かされるわ」

「ほう。どういうふうに？」

「そうね、あなたのことは、ハンサムでわがままな若い貴族にすぎないと思っていたわ。娯楽とお酒と女性が大好きな」

レオは口をとがらせることなく、椅子に深くもたれかかって、タリアとのことばの応酬を楽しんだ。「大好きなものとして、真っ先に女性を挙げてほしかったよ。つづけてくれ」

「でもあなたのことを知れば知るほど――お望みどおりにね――第一印象とはちがうとわかってきたの。あなたは奥が深い人だわ」

「そうかな」レオはグラスを揺らした。「自分でそう思ったことはないが」

タリアはレオの心のなかを見抜くような目で言った。「たとえば、あなたはとても知的よ」

レオは吹きだした。「ぼくが？　知的だなんて言われたのははたぶんこれがはじめてだ。大学の教授たちは猛反論するだろうな」

「それはきっと、あなたが教授たちにそう思わせたかったからじゃないかしら。どうして博識であることを隠そうとするの？　わたしに嘘はつかないと約束したでしょう」

レオの表情がやや真剣になった。そろそろ話題を変える頃合いだ。

「わかってるよ。でもほかにもっと興味深い話題があるのに、ぼくの話をしなくてもいいだろう。足首の具合はどうかな。まだ痛むかい？」

タリアは眉根を寄せた。「ええ、少しだけ。夕食のときは忘れていたけれど、あなたに言われて思いだしたら、また痛くなってきたわ」

「寝る前になにか酒のはいったものを飲むといい。ブランデー入りの温かいミルクが安眠を助けてくれる。バター入りのラムでもいい」

「どちらもいらないわ。ワインより強いお酒はめったに口にしないし、今夜はもうたくさん飲んだもの」

「でも足首が痛いなら、なにか酒入りの飲み物を飲んだほうがいい。ドクター・レオの言うことを聞くんだ」レオは立ちあがり、呼び鈴のほうへ歩いていった。

「あなたはお医者様じゃないでしょう」タリアは愉快そうに言った。

レオは呼び鈴を鳴らした。「ああ。でも今日はずっとぼくの指示にしたがっていたんだから、急にやめる理由もないだろう。ぼくの言うとおりにして症状が悪化したかい？」

「いいえ、でも――」

「だったらどちらか選ぶんだ。バター入りのラムか、ブランデー入りのミルクか。ミルクのほうがいいような気がするが、きみの好きにすればいい」

「わたしに選ばせてくれるなんて、やさしいのね」タリアは皮肉交じりに言った。

「自分でもそう思うよ」

タリアは首をふって笑った。その声にレオの下半身がずきりとした。タリアさえいれば明るい気持ちになれる。

「わかったわ、じゃあミルクにする」

「ナツメグを入れるかい」

「ええ、お願い」

15

それから一時間以上たったころ、タリアはソファのクッションの上でうとうとしていた。温めたミルクとブランデーで胃が満たされ、アルコールのおかげで足首の痛みもほとんど感じない。

暖炉で炎が勢いよく燃えている。今夜はレオがいるので特別だ。ふだんは夕食のあと一時間か二時間で消えるよう、火を弱くしている。火が消えたら、厚手のウールのショールにくるまって過ごす。でも今夜の室内はとても暖かくて心地よく、服を重ねる必要はない。

いつも知らない人を警戒して近づかないヘラでさえ、暖かい暖炉に引き寄せられたのか、部屋にはいってきた。しかもお気に入りの椅子にまっすぐ向かわず、レオに近づいて脚に体をこすりつけた。

「すごいわ」タリアは言った。「この子が知らない人にこんなことをするのははじめてよ。だれかが訪ねてくると、どこか別の部屋に隠れているのに。迷惑じゃないといいんだけれど」

「迷惑なんかじゃないさ」レオは腰をかがめ、ヘラの背中から尻尾へ手をはわせた。

ヘラはごろごろ言いはじめた。

タリアはそれをながめながら、愛猫の気持ちがなんとなくわかるような気がした。こと女性を喜ばせることに関して、彼には天賦の才があるようだ。

「あなたも動物を飼ってるの？」タリアは言ったが、その声は自分の耳にもぎこちなく聞こえた。

レオは顔をあげた。ヘラはまだ気持ちよさそうになでられている。「いや、ロンドンでは飼っていない。でもブラエボーンの屋敷には、妹のエズメがかわいがっている動物がたくさんいるんだ。里帰りするといつも動物に囲まれているよ。ぼくも犬を飼おうかと考えている」ヘラが満足そうに小さく鳴き、暖炉のそばの椅子に飛び乗った。「クリスマスのときにブラエボーンに帰ったら、子犬が産まれているかもしれない」

「そうだといいわね。動物はすばらしい友だちで、裏切ったりだましたりしないもの。やさしくすれば、そのぶん返してくれる。人間どうしもそうだったら、世界はどんなにすばらしいところになるかしら」

レオはなにかを考えこんだ顔でタリアを見た。

そのときメイドが扉をノックし、ブランデー入りの温かいミルクを持ってはいってきて、ふたりの会話は中断された。

そしていま、タリアはソファでまどろみながら、そろそろレオと別れなければと考えていた。レオが帰ったら、メイドの手を借りてベッドに横になればいい。あと少ししたら、レオに呼び鈴を鳴らしてもらおう。

次の瞬間、二本の力強い腕が体の下に差しこまれた。タリアははっとした。「レオ?」

「寝ててくれ」レオはブランデーのようになめらかで深みのある声でささやき、タリアを抱きかかえようとした。

「自分でできる――」

「大変だろう。いいからぼくにまかせて」レオは背筋を伸ばし、タリアをしっかり抱いた。

「でも腕が――」

「だいじょうぶだ。もうぜんぜん痛くない」

タリアは疑わしく思ったが、レオはそのまま寝室に向かった。あまりにくたびれていて、タリアはそれ以上、反論する気力がなかった。それにいけないことだとわかっていても、彼にこうして抱かれていると、とても満ち足りた気分になる。

目を閉じてやわらかなウールの上着に頬を押しつけ、リネンの糊のにおいと、さわやかな男性のにおいを吸いこんだ。レオのにおいだ。

寝室の暖炉も赤々と燃え、ベッドのシーツと上掛けがはいであった。レオは部屋を横切り、タリアをそっとマットレスの上に横たえた。

羽毛のマットレスに身を沈め、ふかふかのふたつの羽枕に頭を乗せると、タリアは満足感から思わずため息をつきそうになった。

そして数秒後、ぱっちり目をあけた。レオがネグリジェのすそから手を入れ、ふくらはぎに触れている。

タリアはレオを見た。

「足首を長枕の上に置こうと思って」レオは言った。「まだかなり腫れているから、足首を高くしておいたほうがいい」

そうだ、自分はねんざしたのだ。

心身ともにくつろぎ、けがのことを半分忘れていた。それとも彼の存在を意識するあまり、痛みを感じる余裕がないのだろうか。

タリアの心臓がひとつ大きく打った。枕の上に足を乗せたのに、レオはまだふくらはぎから手を離さない。

「これでいいかな」

「ええ」タリアは胸の鼓動が鎮まることを願ったが、それは速くなる一方だった。

「ほかに必要なものはあるかい。水か毛布は?」

タリアは首をふった。「なにもいらないわ」

「そろそろ帰るよ」

「そうね」タリアは急に息が苦しくなった。

だがレオはその場を動こうとせず、タリアも黙っていた。

「おやすみ。ゆっくり休んでくれ」

タリアは唇を開いた。「ええ」

レオの手が離れたとたん、タリアは寂しさを覚え、そんな自分を愚かだと思った。

レオは無言で上掛けを引きあげてタリアの体をくるんだ。そして頭の両脇に手をつき、その顔をのぞきこんだ。「きみがけがをしてなかったら、今夜は帰らないのに」

タリアはレオを見つめかえした。「もしけがをしていなかったら」蚊の鳴くような声で言う。「あなたを引きとめていたわ」

レオの瞳の奥に燃えあがる炎が見えた。

タリアはごくりとのどを鳴らし、今夜の自分はどうしたのだろうと考えた。いまのことばは本心から出たのだろうか、それともブランデーが言わせたのだろうか。

でもその答えは、レオを寝室に入れたときからわかっていた。けがをしていようがいまいが、ほんとうにいやだったら断わっていたはずだ。

「後ろ髪を引かれる思いだよ」レオはタリアを見おろして言った。「でも今夜はおやすみのキスで我慢する。あとはねんざがよくなってからのお楽しみだ」

タリアは自分もそれを楽しみにしていることに気づいた。

そのとき、レオがいきなり唇を重ねてきた。甘く情熱的なキスをされ、タリアは陶然とした。彼がもっと熱いくちづけで応えるように求めている。

タリアは夢中でキスを返し、うながされるまま唇を開いて舌を招きいれた。舌と舌をからませて濃厚なキスをすると、肌がぞくぞくし、快感が稲妻のように全身を貫いた。

嵐にも似た激しい欲望が体を包んでいる。タリアは無意識のうちにレオの黄金色の髪に手を差しこんだ。シルクのようになめらかな髪だ。

これは現実だろうか。もしかすると自分はまだ眠っていて、夢を見ているのかもしれない。

レオがベッドに腰をおろした。ほんの数分前にかけたばかりの上掛けが、ひざのあたりまでめくれている。あっというまにガウンのベルトがほどかれ、ネグリジェのボタンがはずされた。頬やあごや感じやすいのどにキスの雨が降っている。

レオの髪に差しこんだタリアの手に、ぐっと力がはいった。彼が肩や首筋にくちづけたかと思うと、乳房のあいだに顔をうずめた。

タリアはいままで感じたことのない欲望に身もだえした。

レオが顔をあげ、ぎらぎらした目でタリアを見た。「きみは最高だ」

そう言うと目と目を合わせたまま、ピンクの乳首にくちづけ、舌で円を描くように愛撫した。それからそっと息を吹きかけると、今度は硬くなった先端を軽く噛んだ。

タリアは体を震わせた。唇と舌と歯で何度もくり返し愛撫され、頭がどうにかなりそうだ。

やがてレオは反対側の乳房に顔を移し、さっきと同じ甘い拷問を与えた。あまりの悦びに、タリアは体がひきちぎれそうな感覚を覚えた。

もうこれ以上、我慢できないと思ったそのとき、レオが手のひらで乳房を包んだ。のどの奥で満足げに低くうなりながら、大きく口をあけて先端を吸った。

電流のような快感がタリアの体を駆けぬけ、脚のあいだがしっとり濡れた。ゴードンからはいつも氷を抱いているようだと言われていたのに、いまは全身が熱く燃えている。

でももうやめなければ。ただのおやすみのキスのはずだったのに、こんなに官能的な抱擁を交わしているなんて。早くしないと手遅れになる。

だが自分を奮い立たせてレオを押しかえそうとしたとき、ふたたび唇をふさがれた。息の止まるような濃密なキスをされ、かろうじて残っていた理性が吹き飛んだ。

タリアは恍惚《こうこつ》とした。彼が敏感になった乳房をさすりながら、口や鼻、頬や額やあごにくちづけている。

蜂が花の蜜を吸うように、レオが舌を耳に入れ、それから耳たぶを軽く嚙んで言った。

「じっとしてるんだ」

タリアは頭がぼうっとし、ただうなずくことしかできなかった。

レオが片方の手をネグリジェの下からそっと差しこんできた。ふくらはぎからひざ、太ももへとなであげる。左右の太もものあいだでいったん手を止めてから、秘められた部分へと進んだ。

タリアはぱっと目をあけ、ネグリジェの薄いウールの生地越しにその手をつかんだ。「レ、レ、レオ卿」

「なんだい、レディ・タリア」レオは微笑んだ。「この状況に堅苦しい呼びかたはふさわしくないと思うけど」

「や――やめて」

「やめてほしい？　ほんとうに？」レオは唇を重ね、タリアの情熱を燃えあがらせた。

くちづけているあいだもずっと手を動かし、彼女の大切な部分を手のひらのつけ根でさすった。「いいから動かないでくれ。きみに痛い思いをさせたくない」ふたたびキスをする。

「少なくとも、痛いだけの思いは」

タリアは身震いし、なぜこんなことになったのだろうと考えた。そのときしっとり濡れた部分をなでられ、なにも考えられなくなった。レオはキスをしながら指での愛撫をつづけた。タリアはまぶたを閉じ、この状況を終わらせるための力をかき集めようとした。でもそれは無駄なことだった。これほどの悦びにどうしてあらがえるだろう。ため息をついて手の力を抜き、されるがままになった。

レオはやさしくタリアの太ももを開き、けがをしていないほうの脚を少しだけ上に曲げた。

敏感な肌に触れるか触れないかのところで指を動かすと、体の奥からさらに熱いものがあふれてきた。タリアは両の手をぎゅっとこぶしに握り、容赦なくつづく官能的な拷問に耐えた。知らず知らずのうちに脚を開き、また彼の手をつかんだ。だが今度は止めるのではなく、自分のほうへ引き寄せた。

「お願い、さわって」

「さわってるじゃないか」レオはいたぶるように手を動かし、タリアを身もだえさせた。「ほら、だめだよ」やさしくささやいた。「動かないでと言っただろう。足首をねんざしてるんだから」

タリアはけがのことなどすっかり忘れていた。彼の愛撫があまりに素敵で、それ以外のことは頭から消えている。

唇を噛み、体を動かしたくなるのをこらえた。

「いい子だ。ご褒美をあげよう」

レオは花びらに触れるように彼女の濡れた部分をゆっくり開き、長い指を一本、なかに入れた。まず第一関節まで、それから根元まで差しこんだ。

タリアののどから悲鳴にも似た声がもれた。内側の筋肉が彼の指を歓迎するように包んでいる。

でもこれだけでは足りない。

もっと欲しい――そして彼はそのことをわかっている。

ファウストを誘惑した悪魔のような笑みを浮かべながら、レオはタリアの顔をながめた。なかに入れた指を動かし、内側の肌をさすった。いったん引き抜いてからまた差しいれ、彼女をさいなんだ。

タリアの胸の先端がつんととがってうずいた。そのことに気づいたかのように、レオがあいたのほうの手を伸ばして親指と人差し指で硬いつぼみをつまみ、もう一方の手を脚のあいだで動かした。

なんの前触れもなく、もう一本指を入れて彼女を満たした。

「ああ、神様!」タリアは叫んだ。自分の中心を貫いている彼の指以外、すべてが世界から消えていく。レオがまた胸の先端を指先でつまみ、それから乳房を手のひらで包んだ。彼女の芯を指でいたぶりながら、もう片方の乳房にも同じことをする。

そして二本の指に加えて、敏感な場所に親指を差しこんだ。

次の瞬間、タリアは絶頂に達した。悦びが波となって押し寄せ、体を呑みこんでいく。頭が真っ白になり、ただ快楽の波間をただよった。

それから気を失った。

レオはタリアが絶頂を迎える姿を見ていた。いままで生きてきて、これほど美しいものを見たことはない。

なんてすばらしい女性だろう。

肌がばら色に染まり、開いた唇のあいだから喜悦の声がもれる。まぶたは閉じ、クリーム色に輝く頰に扇形の影が落ちている。どうやら充分な満足を与えられたようだ。

レオ自身の欲求は満たされず、下半身がうずいていた。いますぐズボンを脱ぎ、白い太もものあいだに分けいりたくてたまらないが、彼女のことを考えるとそういうわけにもいかない。あれほど激しい抱擁を交わしたにもかかわらず、ねんざした足首が枕の上から落ちなかったのは奇跡だと言ってもいい。

いまは足首を治すのが先決だ。それに自分も今夜は傷を負った腕を酷使した。

これはまだはじまりにすぎない。いままでずっと辛抱してきたのだから、もう少しぐらい待てるだろう。しかも今夜は、やっと彼女の蜜の味を知ったのだ。

タリアの体はとても甘い。

そして反応がいい。

レオはタリアの寝顔を見ながら、あることに思いをめぐらせた。

彼女が純潔でないことはわかっている。でもタリアは愛撫を受けながら、自分自身の体の反応にとまどっているように見えた。欲望に火をつけてどんどん高みに昇らせてやると、その顔に驚きの表情が浮かんだ。まるで完全に満たされたのははじめてであるかのように。

もしそうだとしたら、別れた夫はベッドではとんだ無骨者だったことになる。世のなかには、自分の欲望を満たすことしか考えない男が多すぎる。だがレオは女性と愛しあうとき、相手にもかならず自分と同じ満足を味わわせるようにしていた。

初体験は十六歳のときだった。相手は経験豊富で大胆な未亡人で、レオに女性の欲望を満たしてやることの大切さを手とり足とり教えた。レオは相手の快感を高めてやれば、自分もより強い悦びを得られることを学んだ。

彼女と別れてからもその教えを守り、ベッドの相手を悦ばせてきた。いまではほとんど思いだすこともないが——再婚してインドに行ったと聞いた——彼女にはいくら感謝しても足りないくらいだ。

自分がいまでも年上の女性に惹かれるのは、もしかしたら彼女のせいだろうか。

レオはふたたびタリアの寝顔に目をやった。天使のように美しい。

不思議な女性だ。美しくて謎めいている。知れば知るほど、ほんとうの姿がわからなくなる。

「きみはだれなんだ、タリア」レオはつぶやき、手を伸ばして彼女の頬にかかった髪を払った。

タリアは眠ったままため息をつき、レオのほうへ顔を向けた。

服を脱いで隣りにもぐりこみたい。だがいまはまだそのときではない。

もう少しの我慢だ。

近い将来、このベッドに横たわるときがやってくる。いまや自分たちは恋人どうしだ。そのときが来たら、タリアを心ゆくまで満足させてやろう。

レオは乱れたネグリジェのすそをやさしく整えてボタンをかけ、さっきまで唇と手で触れていた豊かな胸を隠した。最後のひとつで手が止まりかけたが、決意が鈍らないうちにボタンをかけ終えた。

立ちあがって上掛けをタリアのあごまで引きあげた。上体をかがめ、唇にそっとキスをする。

「レオ？　あなたなの？」タリアがつぶやき、シーツの下で身じろぎした。

「ああ」レオはタリアの髪をなでた。「おやすみ。また明日会おう」

「また明日ね」タリアは眠そうな声で言い、まぶたを閉じた。

レオは微笑み、最後にもう一度、タリアに目をやってから部屋を出ていった。

16

翌朝、目覚めたとき、タリアの唇には笑みが浮かんでいた。

昨夜はぐっすり眠れた。あんなに安らかに眠れたのは、いったいいつ以来だろうか。

夢も見た。

とてもすばらしい夢を。現実と錯覚するほど生々しく、官能的な夢だった。

思いだすだけで全身が火照るようなキスと愛撫をレオから受けた。いまでもまだその感触が体に残っている。

胸の先端がつんととがり、ネグリジェの生地にあたってこすれた。指で愛撫された感覚がよみがえって脚のあいだがうずいた。あれほどの快感を味わったのは生まれてはじめてだ。

タリアはぱっちり目をあけた。ああ、あれは夢ではなかった。

レオはどこにいるのだろう。

まだここにいるのだろうか。

上体を起こして部屋のなかを見まわした。

そのとき足首に痛みが走った。「痛い」タリアはうめき声をあげて枕にもたれかかった。

昨夜、レオにベッドへ運ばれたときから、ねんざのことをすっかり忘れていた。

記憶が一気によみがえってきてタリアは両手で目を覆った。たった一度、個室で食事をしただけで、固い決意がもろくも崩れてしまった。彼に触れられて体がとろけ、なにも考えられなくなった。

世間の噂とは裏腹に、タリアが人生で知っている男性はひとりだけだった。妻であるタリアを利用してあやつったゴードン。思いかえすのも耐えられないほどの残酷なやりかたで、タリアを貶《おとし》めてきずものにした。

でもあの人がしたことはそれだけではないと昨夜わかった。ゴードンはこちらが女としての情熱に欠けていると言い、悦びを感じられない体なのだと思いこませた。けれど、それもまた嘘だった。

レオのおかげでわかった。

男性に抱かれることはたんなる義務ではなく、大きな快楽をともなうものだったのだ。

とはいえ、これからどうしたいのか、自分でもよくわからない。わたしはレオとの関係を深めることを望んでいるのだろうか。彼を自分の人生に招きいれ、体を許すことを？　昨夜のことを考えると、レオは近いうちにわたしと結ばれると信じているにちがいない。

でもタリアはまだ迷っていた。

いまはよくも悪くも、自分の人生は自分だけのものだ。それを変えることをわたしは望んでいるのか。社交界の噂どおり、ふしだらな女になることを?

これまで周囲からどんな誤解を受けても、つらい歳月を自分への誇りで乗り越えてきた。だがもしレオとベッドをともにしたらどうなるのだろう。それにいつかふたりの関係が終わったとき、どんな気持ちになるだろうか。

タリアがもの思いに沈んでいると、メイドが朝食を運んできた。タリアはほっとし、なかにはいるよう声をかけた。

ありがたいことに、足首の腫れはほとんど引き、残っているのは多少のあざと軽い痛みだけだった。本人が言ったとおり、レオの治療は正しかった。とはいえ、まだいつもの生活に戻れるほど快復しているわけではない。タリアは暖かなショールにくるまってソファにもたれかかり、本を読みはじめた。

一時間近くたったころ、扉をたたく音がした。

フレッチャーが顔をのぞかせた。

「失礼いたします。お客様がお見えになりました」

レオだ。

タリアはみぞおちのあたりがざわざわするのを感じながら、ひざに本を置いた。訪ねてくることはわかっていたが、早くても正午過ぎだと思っていた。「わかったわ。閣下をお通しして」

「レディ・キャスカートです」フレッチャーはタリアの勘違いに気づかなかったふりをし、表情を変えずに言った。「居間にご案内いたしました。けがをなさっているので、お客様とお会いになるかどうかわかりませんでしたから」

「ティリーですって？　もちろん会うわ。すぐここに案内してちょうだい。お茶の用意もお願いね。それからお菓子も。レディ・キャスカートは紅茶と一緒にかならず甘いものを召しあがるの」

フレッチャーは微笑んだ。「かしこまりました」

タリアは読みかけのページにしおりをはさんで本を脇に置き、さっきとはまったくちがう興奮に胸を躍らせて友人を待った。

「けがをしたんですって？」マチルダ・キャスカートが前置きもなしに言い、濃いあんず色のタフタのスカートを揺らしながら部屋へはいってきた。「かわいそうに、なにがあったの？」

タリアの黒い髪とは対照的に、マチルダ・キャスカートは金髪だった。ヤナギの枝のように華奢な体形で、女らしい優美さにあふれている。マチルダは急いでソファに近づき、両腕を大きく広げた。「いいのよ、立たないで」

上体をかがめてタリアを抱きしめ、左右の頬にキスをした。フランス人の血を引く母親は、娘のマチルダにヨーロッパ大陸の習慣を教えた。イングランド人の厳格な祖母と、よく家を留守にしていた父親のしつけもむなしく、マチルダには本人が言うところの〝外国人の癖〟が染みついているらしい。

タリアは微笑んで友人の体を抱きしめた。「訪ねてきてくれてうれしいわ」マチルダが体を離してそばの椅子にすわると、タリアは言った。「でもどうしてロンドンにいるの？　クリスマスシーズンが終わるまで、ラムトンにいるものだとばかり思ってた」

「そのつもりだったけど、先週ハウスパーティが終わってから、退屈でたまらなかったの。ヘンリーが議会の用事でロンドンに行くと言うので、わたしも同行することにしたのよ」

「なんて言って屋敷を出てきたの？　もしかしてご主人は、あなたがここに来ていることも知らないのかしら」

「ヘンリーはわたしが買い物に出かけたと思ってるわ。でもあの人のお母様の口癖じゃないけれど、世のなかには言わぬが花ということがあるのよ」マチルダは手袋を脱いだ。「だれだって小さな秘密をかかえているものでしょう」

タリアは友人の声がなんとなく沈んでいる気がして眉をひそめた。

タリアとマチルダは、どちらもはじめての社交シーズンを迎えて緊張していた十八歳のときに知りあった。互いに相通じるものを感じてすぐに仲良くなり、固い友情の絆で結ばれた。それぞれが結婚しても、マチルダに三人の子どもが生まれても、そしてタリアの離婚騒動が持ちあがっても、その友情は揺らがなかった。

離婚手続きのときにタリアの不貞に関する証言が出てきても、マチルダは変わらず支えてくれた。裁判でなにが認められようとも、タリアこそが被害者であるとわかってくれていたのだ。しかも彼女は説明を求めることさえしなかった。それでもタリアはマチルダにほんとうのことを話して聞かせた。

タリアはマチルダの目を見た。「ティリー、なにかあったんじゃない？」

「いいえ、なにもないわ」マチルダは言ったが、その口調はぎこちなかった。「わたしのことより、あなたの話を聞かせて。足をどうしたの？」

「たいしたけがじゃないわ」タリアは友人から話を聞きだすのを、ひとまず置いておくことにした。「つまらないことが原因なの。ブーツのかかとが折れて、足首をひねったのよ」

「まあ、おそろしい。転ばなかった？　ほかにけがは？」

「だいじょうぶ、ある人が抱きとめてくれたから」

「ある人って？」マチルダの青い瞳に好奇の色が浮かんだ。「だれなの？」

「あなたの知らない人」タリアは言わなければよかったと後悔した。「あら、お茶の用意ができたみたい」

フレッチャーがゆっくりとした足どりで部屋にはいってきて、会話が中断された。

「話はまだ終わってないわよ」執事が大きな銀のトレーをテーブルに置くと、マチルダはささやいた。

「あなたの話も終わってないわ」タリアは言った。

マチルダは顔をしかめた。

フレッチャーが小さなサンドイッチや菓子の載った皿をならべるあいだ、ふたりは当たり障りのない話をした。タリアが自由に体を動かせないので、フレッチャーはマチルダの前にティーポットを置いて出ていった。

「このジャムのタルトは、いままで食べたなかで一、二を争うほどおいしいわ」数分後、マチルダは言った。「うちの屋敷の料理人に作りかたを教えてもらえるかしら」

「喜んで。ところで、息子さんたちはお元気？」

「ええ、元気よ。あなたも知ってのとおり、トムは今年、イートン校に入学して家を出たわ」マチルダは悲しげなため息をついた。「そのうちみんないなくなって、子ども部屋が空っぽになるんでしょうね。ゆりかごに入れて寝かしつけていたのが、つい昨日のことのようなのに」もうひとつ菓子を食べ、紅茶を四分の一飲んだ。

「それで暗い顔をしているの？トムが家を出たことが寂しくて、ほかのふたりもいつか学校にはいって出ていくんだと思うと悲しくなったのね」

「もちろんトムがいなくなったことは寂しいし、あとのふたりが出ていく日のことを考えると悲しくなるわ。でも問題はそれじゃない」

「だったらなに？」タリアは手を伸ばした。「話してちょうだい。わたしに話したくて来たんじゃない？」

マチルダは視線をあげた。「手紙には書けなかった。文字にするとより現実的に感じられる気がして」ひとつ深呼吸をする。「ヘンリーが浮気しているんじゃないかと思うの」

タリアはひと呼吸置いてから言った。「まさか。ご主人はあなたを大切にしているじゃない。ほかのことはともかく、ご主人のあなたへの愛情は本物だと思うわ」

「ヘンリーはあなたを嫌っているわけじゃないのよ」マチルダは言った。「あなたのことを驚くほど機転がきいて勇気ある女性だと思っている。ただ……その、つまりあの人は……」

「あなたがわたしと付き合うことを快く思っていない」タリアはことばを引き継いだ。「わかってるわ。でもご主人はあなたの評判を心配しているだけなのよ。わたしと付き合うことで、あなたの社交界での立場が悪くなるのをおそれている。無理もないことだわ」

「わたしにとってはそんなのどうでもいいことよ」マチルダは強い口調で言った。「ヘンリーのことなんか気にしないで、いつでもラムトンへ来てちょうだい。今年の秋も、せっかく招待状を送ったのに遠慮するなんて。でもクリスマスには来てね。歓迎するわ」

「わたしが訪ねていったら、せっかくのクリスマスを台無しにしてしまう。やめておくわ」

それはふたりのあいだで恒例になっている会話だった。毎年、マチルダがタリアを田舎の領地に招待し、タリアが辞退する。もうひとりの友人のジェイン・フロストも同じだった。

だがタリアは、夫に離縁された自分のような女が顔を出すことで、友人たちに迷惑をかけるのが耐えられなかった。マチルダの夫が自分たちの付き合いに反対するのは当然だ。ほんとうに友人のことを大切に思うのなら、とっくのむかしに付き合いを断つべきだったのかもしれない。

タリアは残った紅茶を飲み、カップを置いた。「それで、なぜヘンリーがあなたを裏切っていると思うの？」

「はっきりした証拠はないわ。香水つきの手紙が届いたわけでも、真夜中の密会現場を見たわけでもない。でもこのところ、なんとなくよそよそしいの。なにかに気をとられているようで、どうしたのかと訊いても、なんでもないとしか答えない。わたしの考えすぎだと言うの」

マチルダは眉をひそめ、ジャムのタルトをもうひとつ手にとった。「ロンドンにしょっちゅう行くようにならなければ、わたしも夫を信じていたわ。あの人は仕事だと言うけれど、それだけじゃない。わたしにはわかるの。最近はむかしみたいに話もしないし、それに——」目をそらして首をうなだれる。「わたしのベッドに来ることもなくなったわ。もうわたしを愛していないのよ」

マチルダの目に涙があふれた。

「だいじょうぶ、あなたの思いすごしよ」タリアはマチルダの手を握った。「ご主人はずっとあなたを大事にしていたじゃないの。なにかほかに理由があるに決まってるわ」

「どんな理由が？」マチルダは泣きじゃくりながら言い、ハンカチを取りだして涙をぬぐった。

「さあ、それはわからない。男性は女に知られたくないと思ったら、貝のように口を閉ざして隠そうとするでしょう。わたしはもう以前ほど顔が広いわけじゃないけれど、どうにかして調べてみるわ」

「ほんとうに？」マチルダは目を輝かせ、洟《はな》をすすった。

「なにも約束はできないけれど、精いっぱいやってみる。さあ、少しは気が楽になった？」

「そうね」マチルダはため息をついて微笑んだ。「聞いてくれてありがとう。いい友だちを持って幸せだわ」

タリアは笑った。「そんなことを言ってくれるのはあなたぐらいよ」

「そうかしら」マチルダは紅茶のお代わりをそれぞれのカップに注いだ。「ところで、足首をひねったときにだれがあなたを抱きとめてくれたの？　ある人ってだれ？」

タリアは口ごもり、ティーカップを持ちあげた。「フレッチャーよ。わたしがつまずいたら助けてくれたの」

「フレッチャーが？」マチルダは疑わしげな顔をした。

「ええ。年老いた外見のわりには力が強いのよ」

「ふうん。それで今度は、海には人魚がたくさん泳いでいて、石けんの泡が浮かんでいるとか言いだすんでしょう」マチルダは鶏肉とクレソンの小さなサンドイッチを皿に置いた。

「そんなふうにとぼけても、いつかほんとうのことを聞きだしてみせるから」

「ほんとうよ。とりたてて話すようなことはなにもないわ」

「いいえ、たくさんあるはず。でもいまは勘弁してあげる」マチルダは微笑み、サンドイッチを口にした。「ねえ、『ラ・ベル・アサンブレ』に載ってる最新のドレスはどんな感じだった？ ヘンリーに買い物のことを訊かれるかもしれないから、なにか情報が欲しくて」

それから一時間ほどおしゃべりをしたところで、マチルダが帰る時間になった。夫婦関係がどうであるにせよ、あまり長く家を留守にするわけにはいかない。ふたりが別れの挨拶をしようとしたとき、フレッチャーが部屋にはいってきた。

「レオポルド・バイロン卿がお見えです。一階でお待ちいただくようにお願いしたのですが――」

「でもその頼みを聞かなかった」レオが言い、なかへはいってきた。「お加減はいかがです、レディ・タリア。足首の具合は？」

「ずいぶんよくなりました」タリアはマチルダの興味津々の視線を避けて言った。「お気遣いくださってありがとうございます。でも、わざわざお越しいただく必要はなかったのに。ティリーがいるのに。

あと十分来るのが遅ければ、マチルダと鉢合わせすることもなかっただろう。ティリーにレオのことを知られたくないわけではない。ただ、もうしばらくのあいだ、自分の心のなかにしまっておきたかった。昨夜、激しく抱きあったものの、これからふたりの関係がどうなるかはわからない。自分の気持ちが固まるまで、マチルダには話したくなかった。

「そういうわけにはいきません」レオは言った。「わたしは主治医ですよ。患者を診察するのは義務だ」

マチルダがきらきら目を輝かせ、タリアはうめき声をあげそうになった。

レオが気をきかせて帰る様子はない。タリアはフレッチャーを見た。「お茶の用意を追加でお願いね」レオに向かって言う。「それとももっと強い飲み物のほうがよろしいかしら、レオポルド卿」

レオの唇に笑みが浮かんだ。「強い飲み物にも惹かれますが、ひとまず紅茶にします」

フレッチャーが空のティーポットを持っていなくなると、レオは期待に満ちた顔でマチルダを見た。

マチルダも好奇心でいっぱいの顔をしている。

「タリア」レオは言った。「こちらのご婦人を紹介してもらえないかな。いつもなら自己紹介するんだが、きみは礼儀作法にこだわるほうだからね」

タリアはレオのあけすけな物言いに眉をひそめた。「マチルダ、レオポルド・バイロン卿を紹介するわ。レオポルド卿、こちらはレディ・キャスカート。古くからの大切な友だちです」

「そんなふうに言うと、もう若くないみたいじゃない」マチルダはにっこり笑った。「タリア、ことばに気をつけて。レオポルド卿、お目にかかれて光栄ですわ」

「こちらこそ光栄です」

ふたりはお辞儀を交わした。

マチルダが先に口を開いた。「もしかして、レディ・ジョン・バイロンは義理のお姉様ではありませんか。わたしはお姉様の絵が大好きで、花や鳥の画集をすべて持っています。あるとき、共通の友人に頼んで紹介していただきました。作品と同じで、とても素敵なかたですね」

レオは微笑んだ。「グレースは才能に恵まれているうえ、人柄も抜群です。兄のジャックは義姉と結婚できて幸せですよ。ブラエボーンに集まったとき、グレースと妹のエズメは、いつも絵画の技法について話しあっています。エズメも絵を描くのですが、これがなかなかの腕前で。兄だから言うわけではありませんが」

「いつか妹君《いもうとぎみ》の作品も拝見したいですわ」

タリアは組んだ手に視線を落とした。自分にそんな機会は永遠に訪れない。高貴な家柄に生まれたレオが、女性の親戚を紹介してくれるはずもないし、自分もはなから期待していない。ゴードンが妻の不貞を訴えて離婚手続きをはじめてから、タリアは社交界に居場所を失った。

「閣下がタリアのお医者様とはどういうことでしょうか」マチルダが訊いた。「貴族のお仕事としてはめずらしいですね」

「実際に医者というわけではありません。でも昨日、レディ・タリアが不運にも足首をくじいてから、治療のお手伝いをしています。ふたりで〈タッターソール〉に行き、屋敷に戻ってきたところで、レディ・タリアが床でつまずいてしまいました。ねんざよりもひどいけがだったら、本物の医者を呼んでいたところです」

「このかただったのね」マチルダはとがめるような目でタリアを見た。「それをフレッチャーだなんて」

「なんのことです?」レオは眉を片方あげた。

「なんでもないの」タリアは言った。「ティリー、もう帰らなくちゃいけないでしょう。もちろん、いてくれるのはかまわないけど——」

「そうだったわ、帰らなくちゃ」マチルダは炉棚の上の時計にちらりと目をやった。「とても名残惜しいけれど。お話しできて楽しかったですわ、レオポルド卿」

「こちらこそ、レディ・キャスカート」

マチルダはタリアに近づいて身をかがめ、背中に手をまわしてお別れのキスをした。「素敵な男性ね」耳もとでささやく。「あとでくわしく聞かせてちょうだい」いったんことばを切った。「それから、さっきの約束を忘れないでね。首を長くして報告を待ってるから」

「なにかわかったらすぐに知らせるわ」タリアはマチルダを安心させるようにうなずいた。

マチルダは背筋を伸ばした。その顔から不安げな表情が消え、代わりに笑みが浮かんでいた。「近いうちにまたお邪魔するわね」ふつうの大きさの声で言った。「どうぞお大事に」

「ご心配にはおよびません」レオが言った。「けがが治るまでじっとしているように指示しましたから。わたしが見張っています」

「まあ、厳しいのね」マチルダは言った。

タリアはレオの目を見た。「あなたが想像する以上にね」

レオは悪びれた様子もなく、茶目っ気たっぷりの笑みを浮かべた。

17

「感じのいい人だね」マチルダが帰るとレオは言った。

ソファにもたれかかっているタリアを見て、あらためて美しいと思った。紺の綿ビロードのデイドレスのうえに、緑のショールをはおっている。ねんざをしているので、足もとはふつうの靴ではなく室内履きだ。

「ティリーはいい人よ」タリアは言った。「それにやさしいの。あんなにやさしい人はなかなかいないわ。だから彼女に免じて、あなたを許してあげる」

「ぼくを？」レオは困惑の表情で胸に手をあてた。「なにかしたっけ」

「わたしの主治医代わりだとティリーに言ったでしょう。考えもなしによけいなことを口にして」

「きみが、聞きわけがないからさ」レオは腰をかがめ、タリアが抵抗する間もなくキスをした。「でもぼくとふたりのときは、好きなようにふるまってくれてかまわない」片目をつぶってみせた。

タリアはレオの腕を軽くたたいた。「やめて」

「昨夜はそう言わなかったのに」

「いいからそこにすわって」タリアは椅子を示した。「フレッチャーがいつお茶を運んでくるかわからないわ」

「そうするよ。でもその前に、けがの具合を確認したい」

「さっき言ったじゃない。ずいぶんよくなったわ」

レオはタリアのスカートのすそに手を伸ばした。

「レオ、やめて」タリアは小声で言った。

「足首を見るだけだ」

タリアはしばらくレオの目を見つめ、しぶしぶうなずいた。

「ほかの部分は今夜じっくり見せてもらう」

「今夜、一緒にいるなんて言ってないわ」

「どうかな。いまから夜までの長いあいだに、気が変わるかもしれない」レオはそっとスカートのすそをめくった。「たしかによくなった。腫れが引いたね」

タリアは腕組みした。「ええ、さっき言ったとおりよ。もういいかしら」

「もう少し」レオはあざのできた肌にそっと指をはわせた。「まだ痛いかい」

「痛いわ、さわらないで」

「すまない。包帯をはずしたんだね」

「ええ、お風呂にはいったときに」

「お茶を飲んだらまた巻いてあげよう」

「侍女に巻いてもらうからだいじょうぶ」タリアは手を伸ばしてスカートをおろした。

「ぼ、ぼくが巻くよ」レオは譲らなかった。「きちんと巻いたほうがいい」

レオはテーブルのほうを向き、残っていたジャムのタルトをひとつつまみあげると、さっきタリアが示した椅子に腰をおろした。「さて、今日の午後はなにをして過ごそうか」

「なにもしないわ。紅茶を飲んだら帰ってちょうだい。わたしは本を読んで横になるから」

予想していた展開とぜんぜんちがう、とレオは思った。タリアには気概がある。気概のある女性は大好きだ。

ますます気に入った。

「昨夜あんなことがあったのに、どうしてそんなに冷たいのかな」レオは首をかしげた。

「またきみの心をほぐす方法を考えなくては」

タリアはため息をついて下を向き、ショールの縁を指でもてあそんだ。それが落ち着かないときの癖であることに、レオは気づいていた。

自分はタリアを落ち着かない気分にさせているのか？

「レオ」

「なんだい」レオはのんびりした口調で言った。

「昨夜のことだけど。あなたはたぶん、恋人どうしになったと思っているかも——」

「そのとおり、ぼくたちは恋人どうしだ」レオはおだやかに言った。

「ええ、そうかもしれない。でも、これから先も関係をつづけなければならないわけじゃないわ。わたしはまだ……その、自分でもよく——」

「ぼくと抱きあって悦びを感じなかったのかい」

タリアは澄んだ茶色の目でレオを見た。「わかってるでしょう」

「だったらなにも問題はないだろう。ふたりで快楽を味わうだけで、だれも傷つけるわけじゃない。ぼくたちはどちらも身軽な立場だ。それとも、きみが言いたいのはそのことかな。だれか決まった相手がいるとか?」

「まさか」タリアは驚いた顔をした。「そんな人はいないわ」

レオはほっと安堵した。体から力が抜け、それまで自分が緊張していたことに気づいた。

「よかった。ぼくは付き合う女性を自分だけのものにしておきたいんだ。きみも同じだよ。ほかの男と共有するつもりはない」

「言ったでしょう。ほかの男性なんていない」タリアは大きく息を吸った。「でも、あなたとこのまま一緒にいたいのか、自分でもまだよくわからないの。少し時間をもらえないかしら」

「時間ならあるさ。もともと二週間、一緒に過ごす約束だ——もう三日めだけどね。きみを急《せ》かすつもりはないよ。だが、あまり長いのも困る」レオは笑みを浮かべた。「それに、次に抱きあうのは足首のけがが完全に治ってからがいい。そうすれば遠慮なく愛しあえるだろう」

タリアの眉間に小さなしわが刻まれた。「レオ、わたし——」

そのとき廊下から磁器が触れあうかすかな音が聞こえた。「お茶が運ばれてきたようだ」レオは言った。「きみはじっとしててくれ。ぼくがやるから」

「わたしは少しでいいわ」フレッチャーとメイドがテーブルにトレーを置いて部屋を出ていくと、タリアは言った。「今日お茶を飲むのは、これで二度めだもの。ティリーが来たから」

「だったら、ぼくががんばってたくさん食べるよ」レオは言った。「ミセス・グローブのご馳走を残すのはもったいない」

そのことばどおり、レオは取り皿に軽食を山盛りに載せ、椅子に腰をおろした。

タリアはゆっくり紅茶を飲みながら、レオが食事をするのを微笑ましくながめていた。少年のようにおいしそうに食べているが、洗練された作法は大人の男性のものだ。実際の年齢は知らないが、成熟した大人の男性だ。

はじめて会ったときからずっとひっかかっていた疑問が、また頭をもたげた。「あなたはいくつなの、レオ」

レオは手を止めてタリアを見た。「どうして急にそんなことを？」

「さあ、どうしてかしら」タリアはあいまいに答えた。「ちょっと気になっただけ」

レオはナプキンを手にとって口をぬぐい、皿を脇によけた。「いくつだと思うかい」

タリアはレオの男らしい体と、彫りの深い端整な顔立ちをながめた。金色がかった緑の瞳が愉快そうに輝いている。

「二十八歳？」タリアは予想のなかでいちばん下の年齢を口にした。心のなかでは、それより上であることを願っていた。

「惜しいな。二十五歳だ」

タリアは目を丸くした。そんなに若いとは思ってもみなかった。

「きみはいくつだ？」レオは静かに訊いた。

タリアはレオをしばらく見つめたのち、カップと受け皿をそばのテーブルに置いた。「女性に年齢を尋ねるのは失礼よ」

「きみが先に尋ねたんじゃないか」

「ええ、でもあなたは女性じゃないもの」

「どうしてそんなことにこだわるのかわからないな」

「そういうものなのよ」タリアは急に不機嫌な顔でショールをいじった。

「ぼくより年上であることはわかってる。ぼくは年上が好みなんだ。学校を出たばかりの若い娘は退屈でね。成熟した女性のほうがいい」

「成熟した女性」タリアは低い声で言った。「つまりわたしが成熟していると言いたいのね。まるで中年の主婦みたいに聞こえる。ちっとも慰めになってないわ、レオポルド卿」

「きみは魅力的で美しいと言っているんだ。きみがいくつでも――たぶんぼくとそれほど離れていないだろう――興味をそそられるのに変わりはない。それで、いくつなんだ？　二十八歳、それとも二十九歳？」

タリアはなんと答えようか考えた。でも彼が言うとおり、そんなことにこだわっても意味はない。年齢は年齢で、変えることはできないのだ。それにどのみち、この関係がずっとつづくわけではない。二十六歳の誕生日を迎える前に、レオは自分の前から立ち去るだろう。だとしたら、実年齢を教えてもどうということはないはずだ。

「三十一歳だけど、もうすぐ三十二歳になるわ。誕生日が来月なの」

「三十一歳？　なるほど、たしかにかなりの年配だ」レオはからかった。

タリアは唇を結んだ。「ちっともおもしろくないわ」

「ああ、ばかげたことさ。タリア、きみは健康で生命力にあふれた若い女性で、いままさに人生の最盛期を迎えようとしている。きみは最高だ。ことばにできないほどすばらしい。そうでなければ、なぜぼくがきみを追いまわしていると思う？」

「ええ、でも――」

「でも、なんだい？」レオは立ちあがって身を寄せ、一方の手をソファの背に、もう一方の手をタリアの頭の横についた。「きみはなにかと理由をつけてぼくを遠ざけようとしているが、少しぐらいの年齢の差など取るに足らないことだ。少なくともぼくにとっては」

「少しぐらいの差じゃないわ」タリアは言った。「七歳近く離れているのよ。わたしが祭壇で誓いのことばを口にしているとき、あなたはまだ家庭教師から勉強を教わっている子どもだった」

「そのとおり」レオは淡々と言った。「でもきみの結婚の誓いは過去のものだし、ぼくももう子どもじゃない。大人の男だ。そしてきみという大人の女性を求めている。ひとつ訊いてもいいかな」

「なに？」タリアは身構えた。

「これが逆だったらどう思う？」

タリアは眉根を寄せた。「どういうこと？」

「ぼくが三十一歳できみが二十五歳だったとして、年の差が気になるかい」

タリアは一考した。

いつの時代も男性は年下の女性と結婚するものだ。社交界もそれを歓迎している。年上の男性には知恵があり、若い妻の面倒をよく見られるとされている。祖父ほど年の離れた相手に喜んで娘を嫁がせる親もいる。さすがにそこまでの大きな年齢差だと、抵抗を感じる人も少なくないが、けっして社会的に認められないというわけではない。男性は自分と同年代かそれより下の相手と結婚するのが当たり前だ。

「いいえ、ならないわ」

レオはタリアの目を見た。「だったらなにも問題はないだろう。きみがぼくより何歳か上であっても、それがどうしたというんだ」

そう言われてみると、性別だけで年齢差を問題にするのはばかげている気がしてきた。けれども社会的には、それが眉をひそめることであるのはまちがいない。

タリアはため息をついた。「しかたないでしょう。世間ではそう決まってるの」

「だとしたら、まちがっているのは世間のほうだ。こうされたらいやな気持ちになるかい？」

レオは上体をかがめて濃厚なキスをした。その瞬間、タリアの頭のなかからすべてのことが消えた。目を閉じて甘い快楽に身をゆだねた。

「これは？」レオはささやき、頬とまぶたと額にくちづけたあと、耳の後ろのやわらかな肌に鼻を押しつけた。耳に舌をはわせ、それから息を吹きかける。

タリアは身震いした。「罪深い気持ちになるわ」

レオはのどの奥で低く笑った。「そうだろう。でもそれは年の差のせいじゃない。きみとぼくは信じられないほど相性がいいんだよ」ふたたびキスをし、タリアの唇を軽く嚙んだ。「ぼくたちは完璧だ。きみは最高の女性だ。それに以前、年下の男と年上の女性は最高の恋人どうしになると聞いたことがある。どうしてか知りたいかい？」

ああ、なんていけない人なの。タリアはうっとりした。彼は解けない魔法をわたしにかけている。

「どうして？」

「女ざかりの女性は、自分がどんな悦びを求めているかわかってるし、健康な若い男はそれを与えられるだけの体力と情熱を持っている」レオはタリアの耳をまた愛撫した。「ぼくにそれを与えさせてほしい」

タリアは力をふりしぼって顔をそむけた。「足首が治るまで待つと言ってたじゃない」

「ああ、完全にひとつになるのは待つが、キスもしないと言った覚えはない。きみはすでにぼくのものだ。それをわかってもらうためなら、どんなことでもする」

タリアがそのことばの意味を考える間もなく、レオがまたくちづけてきた。激しいキスにタリアの欲望がかきたてられた。身を震わせながら片方の手を伸ばし、ひげをそったすべすべの頰をなでた。

この人の圧倒的な力にあらがうすべはない。

はじめて会ったときからわかっていた。レオは自分にとってただの若い男性ではなく、簡単に拒むことはできないと。彼のことが好きだ。この情熱にもう嘘はつけない。

タリアは知らず知らずのうちにレオのなめらかな髪に指をからめ、その顔を自分のほうへ引き寄せていた。彼が満足げな声を出し、ふたりのキスはどんどん濃密さを増した。

レオがふいにうめき声をあげて唇を離し、額と額をつけた。「もうやめないと約束を守れなくなりそうだ。けがのことを忘れて、きみをベッドに連れていきたくなる」

タリアははっとわれに返った。いますぐ彼の肩にしがみつき、ベッドへ運んでもらいたかった。でも午後の陽射しが窓から降りそそぎ、テーブルにはお茶のトレーが載っている。おまけに居間の扉もあいている。

タリアは顔をそむけた。「ええ。やめなくちゃ」

「そう言うと思っていたよ」

驚いたことに、レオは気を悪くしていないようだった。最後にもう一度、額にくちづけてから自分の席に戻った。

「楽しいな」まだ温かい紅茶をカップに注ぎながら言った。「きみとお茶を飲むのは楽しい」

タリアは返事をせず、ショールの乱れを整えた。

一時間後、ふたりはドミノをしていた。ヘラが火のついていない暖炉のそばの、お気に入りの椅子で丸まっている。タリアはふとマチルダとの約束を思いだした。

「レオ」

「うん?」レオは牌《はい》を盤《ばん》に置いた。

6—6だ。タリアは6を持っていなかった。

「もしかしてキャスカート卿と知り合い?」

タリアは山札(数字の面を伏せた牌の山)に手を伸ばし、一枚とった。

4だった。これも使えない。

「パスするわ」

「キャスカート卿? さっき会ったレディ・キャスカートのご主人のことかい」

「そうよ」

タリアはレオが牌を出すのを待った。

腹のたつことに、やはり6—3だ。

「いや」レオは言った。「〈ブルックス〉でときどき顔を合わせることはあるが、とくに知り合いというわけじゃない。どうしてだ?」

タリアは眉をひそめて牌を引いた。「いいえ、別に。たいしたことじゃないの」

レオは盤越しにタリアの目をのぞいた。「嘘はつかないと約束してくれたんじゃなかったかな。もう一度訊くよ。どうしてキャスカート卿のことを知りたい?」

タリアは引いた牌に目を落とした——3だ。「話す前に、だれにも言わないと約束してくれるかしら」

「ぼくが口の軽い男に見えるかな?」

「いいえ、まさか。それでもまず約束してほしいの」

レオはおもしろがっているとも怒っているともつかない顔で、しばらくのあいだタリアを見ていた。「いいだろう。紳士として約束する。話してくれ」

「ティリーはヘンリーが——キャスカート卿のことだけど——浮気していると思ってるの。でもあの夫婦は強い愛の絆で結ばれているから、わたしにはどうしても信じられなくて」

「ものごとは見かけではわからないものさ」レオは山札から牌を引いた。

「そうね」タリアはだれよりもそのことを知っていた。「でもティリーの話を聞いていると、キャスカート卿は女性と会ってるんじゃなくて、なにか別の用事で忙しいんじゃないかという気がするの」

「それをぼくにつきとめてほしいと?」レオは3の牌をならべた。

タリアは顔をしかめた。「ええ、でも知り合いじゃないなら——」

「ぼくには知人が多い。それとなく探りを入れてみようか。もちろん、きみさえよければの話だが」

タリアはティリーの訴えに思いをめぐらせた。「ええ、あなたを信じることにするわ。ありがとう」

レオは真剣な面持ちで言った。「礼にはおよばない。ぼくを信用してくれないか、タリア。いつでも、どんなことでも。それを憶えておいてほしい」

「ええ」タリアは力のこもらない声で言い、盤に視線を落とした。

いまはもう、だれかを心の底から信用することができない。あまりに多くの悲しみと裏切りを経験し、人間の善良さを信じられなくなってしまった。

それでもどういうわけか、レオのことをだんだん信じるようになっている。とくに理由があるわけではない。レオはタリアを求めていて、手に入れるためならどんなことでもすると言っているが、それは彼を信用していい理由にはならない。

だがいま自分は、嘘をつかないという約束同様、キャスカート卿のことについてもレオを信用している。

われながら驚くべきことだ。でも相手がレオなら、どんなことが起きても不思議ではない気がする。

タリアはひとまずすべてを忘れることにして、新しい牌に手を伸ばした。

18

一週間後、レオは書斎の机につき、口笛を吹きながらペンを走らせていた。

「やけに楽しそうだな」ローレンスが書斎にはいってきた。

レオは顔をあげようともせず、手紙に署名をしてから羽ペンを置いた。「そうかな」

「きみが口笛を吹くのは上機嫌のときだけだ」

レオは笑った。「そうかもしれない。今夜、レディ・タリアを劇場に連れていくんだ。最初は渋っていたが、最後には首を縦にふってくれた」

「けがをしたんじゃなかったっけ。足首をねんざしたと聞いた記憶がある」

「ああ、でももうよくなった。昨日、はじめて公園で馬車に乗ったよ。とてもいい雰囲気だったから、劇場に誘ってみた」

「劇場に？　公爵家専用のボックス席を使うつもりかい」

「当たり前だ」レオの声音がわずかにこわばった。「庶民と一緒の席にすわるわけにはいかないだろう。彼女はレディなんだぞ」

ローレンスは言いよどんだ。「ああ、わかってるさ。でも劇場は……人の目があるだろう。もうそこまで関係が深まっているのか」

「いまはそれなりだが、もうすぐもっと深い関係になる。それにしても、いつからきみはそんなに頭が固くなったんだ？　最高にむっつりしているときのネッドよりもたちが悪い」

「次に兄上に会ったとき、きみがそう言っていたと伝えておくよ」

「あのまじめくさった性格をぼくがどう思っているか、本人も知ってるさ。でもクレアと結婚してから、兄上はずいぶん変わった。家族ができてから人間らしくなったよ」

「ああ。この前ブラエボーンで、子どもたちと芝生の上で笑っているのを見た。しかもそのあと肩車までしていた」

「ぼくも見たかったな。でもジャックからこっそり聞いたけど、娘たちとヒナギクの花輪も作っていたそうだ。ジニーにせがまれて、自分の首にもかけたらしい。さぞや見ものだっただろう。エズメがその場にいたら、花輪をかけたネッドの肖像画がブラエボーンの屋敷の壁に飾られて、末永く子孫に受け継がれていっただろうに」

レオとローレンスはそっくりの顔でにやりと笑い、それから吹きだした。

「ところで、きみの話に戻るが」レオは言った。

ローレンスはまじめな口調で言った。「ぼくが最近、いろんなことに慎重になっているからといって、頭が固くなったなどと言わないでもらえるかな」

「レディ・ヒグルストンと会っているらしいな。われらが隣人のノースコートに対して訴訟を起こすにあたり、きみを代理人に雇ったと聞いたぞ。ぼくの情報が正しければ、レディ・ヒグルストンはノースコートが自宅でみだらなパーティを開いていることを、破廉恥で倫理にもとるとして訴えるそうじゃないか」

「たしかに隣りではみだらなパーティが開かれている。でもぼくはレディ・ヒグルストンの代理人を引き受けてなどいない。ただ、ノースコートに話をしてみると言っただけだ」

レオは忍び笑いをもらした。「次に隣りで楽しいパーティがあっても、きみはまちがいなく招いてもらえないだろうな。まさかノースコートの代理人を務めるわけじゃないだろう？」

「いまはだれの弁護も引き受けていない。ふたりの隣人の仲裁をして、この地域の平和を守りたいだけだ」

「なるほど、平和を守る正義の味方というわけか」レオは立ちあがり、ローレンスのまぶたの一方をめくろうとした。「きみはほんとうにぼくの弟かい。真夜中に別の人物と入れ替わったんじゃないか」

ローレンスは身をかわした。「おもしろい冗談だな。参考までに言っておくが、ぼくはノースコート邸のパーティにはさらさら興味がない」

レオは大笑いした。「嘘つきめ」

「きみだって招待されていないじゃないか」

「ああ。でもぼくにはこれと決めた相手がいるし、女性ならだれでもいいわけじゃない」

「ぼくも同じだ」

レオは腕を組んだ。「ほう。聞かせてもらおうか」

「新しい恋人ができた」ローレンスは顔をほころばせた。「相手は歌手で、ひと目見て気に入った。それで最近、付き合いだしたんだ」

「まったく気がつかなかったよ」

「それはきみの頭が別のことで――だれかのことで――いっぱいだったからじゃないか」

「たしかにそうだ」レオはにやりとした。

「ここからほどよい距離にある彼女の自宅で会っている。とてもうまくいってるよ。ノースコートもレディ・ヒグルストンみたいな婆さんを怒らせるより、外に愛人を作ったほうがいいのに」

レオの頭にあることが浮かんだ。「もしかすると、あの御仁はわざとやってるんじゃないか。レディ・ヒグルストンを怒らせようと思って」

ローレンスは首をかしげた。「さあ。正直に言って、ノースコートの意図がなんであれ、穏便に解決できるとはあまり思っていない。でも試してみる価値はあるだろう」

「それと、ノースコート邸をのぞいてみたいんじゃないか。ハーレムの裸婦の絵や性愛を題材にした美術品を、たくさん飾っているという噂だ」

「性愛に関するものを片っ端から集めているらしいな」

「もしも屋敷に行ったら、あとでくわしく話を聞かせてくれ」

「それまでは？」

「それまではタリアと一緒にいる」

*　　　*　　　*

親愛なるレオポルド卿
申しわけありませんが
タリアはそこで手を止め、文字を線で消した。しばらくしてふたたび書きはじめた。
今夜、劇場へご一緒すると約束しましたが
これもだめだ。

残念ながら、気分がすぐれなくて

こんなことを書いても、レオはすぐに言いわけだと見抜き、様子を見にやってくるだろう。この一週間、毎日レオが訪ねてきているので、使用人は迷わずなかへ招きいれるようになった。最初のころ冷ややかだったフレッチャーでさえ、レオの陽気な性格と育ちのよさから来る人懐っこさに魅了されている。わずか数日のうちに、レオは使用人全員の心をつかんだ。

タリアは眉根を寄せ、黒いインクで乱雑に線が引かれた便箋をながめた。居間の窓から射しこむ早い午後の陽射しのなかで、それはいかにも無粋に見えた。タリアは紙をくしゃくしゃに丸めてごみ箱にほうりこんだ。

新しい便箋を取りだして机に置き、ふたたびペンを執った。

親愛なるレオポルド卿

劇場へお招きいただいたことに心から感謝を申しあげます。でも残念ながら、今夜はご一緒できなくなりました。

これで充分だろう。

署名をしようとして手が止まった。これでレオが納得するわけがない。きっと説明を聞きたがる――いや、要求する――に決まっている。そうしたらなんと言えばいいだろう。

タリアはレオと深い関係になることに迷いを感じていた。

一緒に劇場へ行ったりしたら、恋人になることを了解したも同然だ。それだけでなく、社交界に対しても恋人宣言をしたことになる。

レオは劇場を出たあと、この屋敷へ来て、朝まで一緒に過ごすつもりでいるにちがいない。

タリアは目を閉じた。甘いキスと彼の手が体を這《は》う、めくるめく感覚がよみがえる。

でも欲望だけで前へ進んでいいのだろうか。

そのあとにどんな厄介な問題が待ちかまえているかもわからないのに。

タリアが便箋の上で手を止めたまま迷っていると、扉を軽くたたく音がした。

「レディ・キャスカートがお見えです」フレッチャーが言った。「ご案内いたしましょうか」

「お願い」タリアはペンを置き、ひそかに安堵の胸をなでおろした。

「ティリー」数分後、友人に歩み寄ってその体を抱きしめた。

「かなりよくなったみたいで安心したわ」体を離すとティリーは言い、タリアの足に目を落とした。「もうすっかりいいの?」

「ええ。たまに少しうずくぐらいよ」

ふたりはソファに腰をおろした。

マチルダはひざに置いた手を握りあわせた。「手紙を受けとったわ。それで急いで来たの」

タリアは朝食を終えてすぐにマチルダに手紙を書いていた。「フレッチャー、もう下がってちょうだい。扉は閉めておいてね」

執事はお辞儀をし、静かに扉を閉めて立ち去った。

「さあ、教えて」マチルダは急かした。「なにがわかったの？　早く聞きたくてうずうずしてる。わたしったらばかよね」

「いいえ、人間なら当然よ。じらすみたいで悪いと思ったけれど、だれかに見られると困るから、手紙にはくわしく書けなかった」

マチルダはうなずいた。「賢明な判断だわ」

「まずはいい知らせから。キャスカート卿は不倫なんかしていない」

「ほんとうに？　ああ、神様」マチルダの肩から力が抜けるのが傍目《はため》にもわかった。「それはまちがいない？」

「ええ、わたしの……友人が確認したところによると、女性と密会したり売春宿に通ったりしている形跡はまったくないそうよ」

「すばらしい知らせで安心したわ」マチルダの顔に大きな笑みが広がった。

だが一分もしないうちにその笑顔が消え、眉間に小さなしわが刻まれた。「でも女性と会っていないのなら、どこに行ってるのかしら。おかしな行動の理由はなに?」

「そのことについても友人が調べてくれたわ」タリアはマチルダの手に自分の手を重ねた。

「ティリー、ヘンリーは領地のことをなにか言ってない?」

「領地のこと?」マチルダは困惑顔をした。「いいえ。それがどうかしたの?」

「ご主人は農場と、ほかにも領地の一部を抵当に入れているらしいの。ラムトン以外のね」

「でもうちは収入のほとんどを農場から得ているのよ。それを抵当に入れたですって? どうしてそんなことを」

「投資に失敗して、損失を出してしまったみたい。二、三カ月のうちに債務の返済期限が来るわ。それまでにお金を用意できなかったら、抵当に入れた土地をすべて没収されてしまうの」

マチルダは青ざめ、タリアの手を強く握った。「どうしよう、貧乏になってしまうわ。子どもたちはどうなるの。ああ、タリア、あの子たちになんと説明すればいい? トムを学校に通わせてやれるのかしら?」

「絶望しないで。少なくともラムトンの屋敷と領地の一部は守られるわ」

「でもそれを維持する手段を失ってしまう。ああ、かわいそうなヘンリー。だから様子がおかしかったのね。わたしに打ち明けてくれればよかったのに。わたしは彼の味方よ。富めるときも貧しきときも、ずっと一緒にいると誓ったんだから」

「あなたを心配させたくなかったのよ。それにまだ希望はあるわ」

マチルダはタリアの目を見た。「どういうこと？」

「友人が金融界の鬼才を知っているらしいの。ご主人を助けられる人がいるとしたら、それはその男性以外にありえないと言ってたわ。あなたさえよければ、その人に話をしてみるって」

「どうしよう。ヘンリーはとても誇り高い人なの。でもいまはそんなことを言ってる場合じゃないわね。わたしから説得してみるわ。ところで、その男性とはだれなの？ それからあなたの友人って？」マチルダは首をかしげた。青い瞳がきらりと光る。「レオポルド卿じゃないでしょうね」

タリアは否定するべきか迷った。だがちがうと言ったところで、いずれマチルダにはわかるだろう。レオの助けを借りることになれば、なおさらそうだ。タリアはうなずいた。「あの人に相談してよかったかしら。あなたが困っていたから」

「もちろんよ。あなたにもレオポルド卿にも感謝してる。ヘンリーは渋るでしょうけど、レオポルド卿のお申し出をありがたく受けるわ。その金融界の鬼才に話をしてくれるよう、お願いしてちょうだい。なんというかたなの？」

「ペンドラゴン。たしかレイフ・ペンドラゴンだったわ」

「そう。なんとしてもヘンリーを説得しなくちゃ」

タリアは微笑んだ。「レオに伝えておくわね」

「レオですって？」マチルダは片眉をあげた。「つまり、あなたたち――」

「ちがうの！　いえ、ある意味ではね。向こうはわたしの恋人になりたがっているけど」

「あなたは？」マチルダはおだやかな口調で尋ねた。

「わたしは――わからない」

「ほんとうに？　この前ここへ来たとき、あなたたちのあいだに情熱の火花が散っているように見えたわ。レオポルド卿はあなたを熱い目で見つめていた。そしてあなたは……」

タリアは腕を組んだ。「わたしがどうだったって？」

「あなたがあんな目で男性を見るのは、わたしが知るかぎり、はじめてだった。あなたはあの人を求めているのよ。それにいとおしくも思っている」

「まさか」

いいえ、そんなはずはない。

欲望以上の感情をレオにいだくのは、取りかえしのつかないあやまちだ。彼にとっても自分にとっても、いい結果を招かない。

「そうは思わないけれど。恋人はいらないし、そもそもあの人はわたしには若すぎるもの」

「そう？　年齢のことなんて気にならなかったわ。堂々とした大人の男性だとしか思わなかった。あなたたちはお似合いじゃないかしら」

「お似合いだろうとどうだろうと、もう会わないことに決めたの」そう言ったとたん、タリアの胸に鋭い痛みが走った。「さっきあなたが来たとき、今夜、一緒に劇場へ行く予定を取りやめたいと手紙を書いていたところだったのよ。それがお互いのためだと思うの」

タリアは目を伏せ、とつぜん襲ってきた悲しみと闘った。

「わたしは反対よ」

タリアは視線をあげた。「え?」

「あの人と別れるのはまちがっているわ」

「でも、ティリー——」

「あなたのかかえている苦しみはわかってる。不当なあつかいを受けて、心に深い傷を負ったのよね。でもあなたは孤独な人生を送っているじゃないの、タリア。このまま寂しく生きていくなんてだめ。あなたにはレオポルド卿のような人が必要よ。たまには人生を楽しんで。なにをしたって批判する人はいるんだから」

「その点については同意するわ」

マチルダは真剣な表情で身を乗りだした。「いわゆる社会のしきたりなんて無視するのよ。大切なのは、レオ卿と一緒にいると楽しいかどうかということだけ。どう?」

タリアの心臓が激しく打った。答えは考えるまでもなくわかっている。「楽しいわ」

「だったらその手紙を出さないこと。ただふたりで楽しい時間を過ごすのよ」

三十分後、タリアはレオへの手紙を手に、火が弱々しく燃えている寝室の暖炉の前に立っていた。さまざまな思いや感情が頭を駆けめぐっている。

ティリーの言うとおりだろうか。思いきってレオと深い仲になるべきだろうか？

タリアのなかの育ちのいいレディはだめだと言っている。でも情熱を知った大人の女性は別のことを訴えている。

罪深いことを。

レオにすべてを捧げることを思うと、胸が高鳴って体が火照った。彼はすでにあれだけの悦びを味わわせてくれた。すべてを忘れて自分を縛っている鎖を解き放ったら、いったいどれほどの快楽が待っているのだろう。

レオは素敵だ。女ならだれでも欲しがるに決まっている。

でも彼と付き合ったら、自分は社交界の人びとが言うとおりの女になってしまう。世間の評判どおりのふしだらな女に。何年も前につけられた緋文字が、ついに本物になるのだ。

だが、それでだれか傷つく人がいるわけではない。レオは結婚していないし、自分もいまは独身だ。

それにティリーの言うとおり、もう充分苦しんだではないか。

タリアは手紙を指先でなでた。
ふいに手首をひねり、炎に手紙を投げこんだ。
くるりと後ろを向き、メイドを呼ぼうと呼び鈴に近づいた。
今夜着ていくドレスを選ぼう。

19

「今夜はとても機嫌がいいね」数時間後、劇場の座席にもたれかかり、レオはタリアに言った。

隣りにすわるタリアはとてもまぶしい。

アメシスト色のサテンのドレスが肌を美しく輝かせている。黒い髪を頭の高い位置でまとめているので、首筋のなめらかな白い肌がよく見える。ふっくらした胸もとを飾るカメオは、はじめて会ったときにもつけていたもののようだ。あのやわらかな胸に顔をうずめ、彼女のにおいを思いきり吸いこみたい。

でもそれができるのはもう少し先だ。そのときが来ることを願うしかない。

タリアがやわらかな褐色の目をレオに向け、ふっくらした赤い唇に笑みを浮かべた。「ええ、ご機嫌よ。劇場へ来たのは何年ぶりかしら。とてもうれしいわ。ありがとう、レオポルド卿」

「どういたしまして。誘ったときは、ほんとうに来てくれるかどうか自信がなかった」

「わたしもどうしようか迷ったけど、急に気が変わったの。気まぐれは女性の特権ね」

「ああ。でも気が変わった理由を尋ねてもいいかな。もちろん、来てくれてとてもうれしいよ」

「ええ、どうぞ」タリアは扇を広げてゆっくり顔をあおいだ。「尋ねられたからといって、かならず答えなくちゃならない義務はないもの」からかうように言った。「ほら、お芝居がはじまるわ」

眼下で分厚いベルベットのカーテンが開き、役者が舞台上に現われた。演目はシェリダンの代表作のひとつ、『悪口学校』だ。だがレオはタリアをじっと見つめ、彼女が急に見せた茶目っ気について思いをめぐらせていた。

どこがどうとはうまく言えないが、今夜のタリアはいつもとちがう。肩の力が抜けて屈託がない。先のことをくよくよ考えるのをやめて、いまを楽しむことに決めたかのように見える。ボックス席についたときからそそがれている、周囲の好奇の視線もどこ吹く風だ。

この時期の劇場は比較的空いているが、それでも自分たちがふたりで観劇したことは、またたくまに社交界の人びとの知るところとなるだろう。タリアは注目を浴びるのをいやがるかと思っていた。だが彼女はまったく気にするそぶりもなく、まるで劇場にいるのが自分たちふたりだけであるように、口もとをほころばせたり笑い声をあげたりしている。

いますぐふたりきりになってキスができるなら、なにを差しだしてもかまわない。タリアをうまく説得して、幕間になったら屋敷に帰ることはできないだろうか。

熱い抱擁を交わした夜のことを思いだし、レオの下半身がずきりとした。

視線は舞台上の役者に向けられていたものの、芝居そのものはまったく頭にはいらなかった。幸いなことに、以前観たことのある演目なので、もしあとでだれかに感想を訊かれても困ることはない。

レオは太ももに置いた手をこぶしに握り、懐中時計で時間を確かめたい衝動と闘った。ほうっておいても時間は過ぎる――いまはそれをじっと待つしかない。

数分後、観客がどっと声をあげて笑った。タリアが身を寄せて尋ねた。「お芝居はどう？」

「ああ、楽しいよ」レオは薄明かりのなかでタリアの目をのぞいた。「きみは？」

「わたしも楽しいわ。でもなんだか疲れてきちゃった。できれば幕間で切りあげたいんだけど」

タリアはレオの心のうちを読んだかのように言った。あまり疲れすぎていなければいいのだが、とレオは思った。「きみがそうしたいなら」

「ええ、そうしたい」

そう言うとタリアは、いきなりレオの手に自分の手を重ねた。「わたしが今夜したいことはほかにもたくさんあるのよ、レオポルド卿」

レオの全身を熱い血が駆けめぐった。タリアの顔をちらりと見たが、その目はすでに舞台に向けられていた。

だが手は重ねたままだった。

レオは手のひらを上に向け、指と指をからませた。劇場内は薄暗く、ふたりが手をつないでいるのは周囲からは見えなかった。親指でタリアの手のひらに小さな円を描くと、その肌が震えるのが伝わってきた。

幕間の時間はなかなか来なかったが、レオはこれから待ち受けていることを思って辛抱した。

ようやくカーテンがおりて幕間になった。レオはタリアと視線を合わせた。「ほんとうに帰ってもいいのかい」

タリアの唇にうっとりした笑みが浮かんだ。「ええ。お願い、わたしを家に連れて帰って、レオ」

「喜んで」レオは言ったが、できればいまこの場でタリアを抱きたかった。

その気持ちをぐっとこらえてタリアにマントを着せ、ひじに手を添えてボックス席を出た。

人混みのあいだを縫って静かに通路を進んだ。出口に通じる階段に近づいたところで、ふいにひとりの男がふたりの前に現われた。

タリアの足が止まりかけ、体がこわばった。

そしてその顔から笑みが消えた。

男は長身でがっしりし、濃褐色のまっすぐな髪を広い額から後ろになでつけていた。きざな笑みをかすかに浮かべて、こちらに悠々と歩いてくる。表情はともかく、整った顔立ちであることはまちがいない。だがレオは、その上品な外見の下にひそんでいる悪意を感じとった。

「タリア、こんなところで会うとは驚いたよ」男は言った。「まだ劇場へ顔を見せているとは知らなかった」

タリアは背筋をまっすぐに伸ばしてあごをあげ、無意識のうちにレオに身を寄せた。

レオは彼女のひじにかけた手に力を入れた。会ったばかりだが、目の前の男に反感を覚えた。タリアが男と面識があるのはあきらかだ。

「最後に観劇を楽しんだのは、もうずいぶんむかしのことよ。あなたに出くわすとわかっていたら、別の日にしていたのに」

男は笑い声をあげたが、氷のような青い目は笑っていなかった。「また冗談を。きみのそんなところが恋しいよ」

「それは残念ね。わたしはあなたを恋しく思うことなんてない。ではこれで失礼するわ」

レオはわけがわからないまま、タリアを守るように背中に腕をまわした。

「お連れのかたに紹介してもらえないのかな」男は言った。「しかしいくらきみでも、いささか若すぎるんじゃないか。最近は年下が好みなのかい」

「どなたか存じませんが」レオはタリアと男のあいだに立った。「こちらのレディはあなたとお話しする気がないようです。それにわたしも、あなたとお近づきになりたいとは思わない」

「おやおや、威勢がいいな。タリア、青二才ながら見どころがあるじゃないか」

「レディ・タリアだ」レオは厳しい口調で言った。「敬意を表して呼ぶべきだろう」

男はそこではじめてレオに視線を向けた。「わたしの妻なんだから、好きなように呼ばせてもらう」

タリアはゴードンことケンプ卿を茫然と見つめ、体じゅうを走る寒気と闘った。

もう五年以上、顔を見ていなかったのに、よりによって今夜ばったり会うとはなんという運命の皮肉だろう。彼はほとんど年をとっていないように見える。目尻にほんの少ししわが増え、髪に白いものが交じりはじめたぐらいだ。ゴードンはむかしから自分の容姿に過剰なほどの自信を持っていた。それでも整った外見の下にある傲慢さと冷酷さは、いまでもはっきり透けて見えている。

タリアは脇におろした手をぎゅっと握った。「妻ですって？　ゴードン、念のために言っておくけれど、わたしたちはずっと前に夫婦であることをやめたのよ。あなたはわたしを離縁した。議会と社交界の人たちの前でね」

ゴードンはにやりとした。「言われてみればそうだった。それでもきみのことを考えるときは、いまでも自分のものだと錯覚してしまう」

「だったら、わたしのことをいっさい考えなければいいでしょう」

ゴードンは首を後ろに倒して笑った。「さっきも言ったが、きみとこうしておしゃべりしていたころが懐かしいよ。こんなに楽しかったのに、もう忘れかけていた」

楽しいわけがないわ。

「元気だったかい、タリア」

「ええ、とても」タリアはにっこり笑い、レオに体を寄せた。「そろそろ第二幕がはじまるわ。どうぞ行ってちょうだい」

「お連れのかたに紹介してもらってから行くよ」

タリアはまた寒気を覚えた。ゴードンにはレオの名前さえ教えるわけにはいかない。

ところがタリアが口を開く前に、レオが言った。「レオポルド・バイロン卿です。そちらはケンプ卿ですね」

「そのとおり。公爵である兄上のことはよく存じていますよ。貴族院でご一緒させていただいているのでね」

「へえ、そうですか」レオはうんざりした口調で言った。「エドワードからあなたのことを聞いた覚えはないいな。でも議会には、数えきれないほどたくさん貴族がいますからね。いちいち全員のことを憶えていられないでしょう」そっぽを向き、ゴードンよりも尊大な表情を浮かべた。どこから見ても、公爵の息子であり弟だ。

タリアを見おろして言う。「もう行こうか」

タリアは小さく微笑んだ。「ええ、行きましょう」

ふたりは立ち去ろうとした。

「金持ちの相手をひっかけたな、タリア」ゴードンが背後から大声で言った。「いい子にしていれば、ご褒美に現金や宝石をもらえるだろう」

タリアははっと息を吞んでふりかえった。結婚しているときもたびたび暴言を吐かれたが、いまはもう黙って耐えるつもりはない。「あなたに奪われた持ち物や相続財産の穴埋めに？曾祖母の真珠もそのひとつだったわね」

ゴードンは目を細くすがめた。「わたしはなにも奪ってなどいない。もし曾祖母上の真珠をなくしたのなら、それはきみの不注意だ。もっと自分の持ち物を大切にしたほうがいいぞ、タリア」

「あなたこそもっとうまい嘘をついたほうがいいわ、ゴードン。でも真実はお互いによくわかっているはずよ。すべての真実をね」

タリアは歩きだそうとしたが、レオはそっとそれを止めた。「謝るんだ、ケンプ」

ゴードンは眉をあげた。「なにを？　謝らなければならないようなことはなにも言っていない」

「レディ・タリアに謝れ」

「無礼な若造だな」

「殴られたいのか」

「ほう。劇場で芝居の幕間にわたしを殴ろうというのか？　いま以上に周囲の注目を集めることがわかって言ってるんだろうな。みんな芝居よりもそっちのほうをおもしろがるだろう」

ゴードンの言うとおり、すでに小さな人だかりができて、ひそひそささやきながらこちらを見ていることにタリアは気づいた。騒動が大きくなる前にふたりを止めなければ。自分ではなく、ほかならぬレオのために。

「レオ、行きましょう」小声で言って上着の袖を軽くひっぱった。「相手にする価値はないわ」

「そうだ、レオポルド卿」ゴードンがあざけるように言った。「わたしの元妻の忠告にしたがって、おとなしく帰ったほうがいい。自分より年上の人間の言うことを尊重するよう教わらなかったのか」

レオはその場にとどまり、挑戦的にあごをあげた。「彼女に謝るんだ」

「きみもしつこいな。だが若者というのは往々にしてそうだ。頭に血がのぼると前後の見さかいがつかなくなる」ゴードンはあたりを見まわし、野次馬と笑みを交わした。「わかった、謝ればいいんだな。だったら謝ってやろう」

タリアは身を硬くした。ゴードンの残酷さはいやというほどわかっている。

「申しわけありません、レディ・タリア。あなたを売春婦だなどと侮辱して」ゴードンは言った。「もっと正確に、あばずれと呼ぶべきでした」

そのことばが終わるか終わらないかのうちに、レオが突進してゴードンの首を片手で絞めた。

ゴードンは呼吸ができず、両手でレオの手をふりはらおうともがいた。レオがさらに首をきつく絞めあげる。もはやどちらが強いかはあきらかだった。

何人かの男が駆け寄ってきてレオの体に腕をまわし、ゴードンから無理やり引きはがした。

ゴードンは体をふたつに折って咳きこみ、息を吸おうとしてのどが詰まったような声を出した。顔を真っ赤にし、青い瞳を苦痛と怒りで大きく見開いている。

レオは自分を押さえている男たちの腕を払い、上着のすそをさっとひっぱって整えた。

タリアは恐怖でただ見ていることしかできなかった。忘れられない素敵な夜になるはずが、どうしてこんなことになってしまったのだろう。

「本来なら決闘を申しこむべきなんだろうな」ゴードンは耳障りな声で言った。

「介添人を決めろ」

「やめて！」タリアは悲鳴をあげた。「もうやめてちょうだい」

レオとゴードンはタリアを無視した。

「ああ。おまえに銃弾をぶちこむためなら、なんだってしてやりたい。でもおまえごときのために、決闘後、ヨーロッパ大陸へ逃げるのはまっぴらごめんだ」

「どうして自分が勝つと思うんだ」

ゴードンはまた咳をし、ポケットからハンカチを取りだして赤くなった顔をふいた。

「とっとと消えろ、若造。おまえも捨てた元妻も、顔を見ているだけでうんざりだ」

「臆病者め」

ゴードンは黙り、ヘビのような目をした。「わたしを挑発しているつもりだろうが、おまえになにを言われようと痛くもかゆくもない。おまえはしょせん、不貞を働いた元妻の新しい愛人にすぎないからな。妻とはとっくに別れたし、おまえともこれでお別れだ」

それだけ言うとくるりと背中を向けて歩き去った。

レオはゴードンを追おうとして、足を一歩前に踏みだした。タリアはその腕をつかんで止めた。「レオ、お願い」低い声で言った。「行きましょう。わたしの名誉を守ろうとしてくれたことには感謝するけれど、もう終わったのよ。あの人のことはほうっておいて」

「下劣な男だ。よくああいう人間と結婚して一緒に暮らせたな」

「楽な生活じゃなかったわ。お願い、帰りましょう。早く帰りたいの」

レオはようやくまともにタリアの顔を見た。「わかった。ぼくが軽率だった。すまない」

第二幕がはじまっていたが、何人かの見物客がその場にとどまり、興味津々の顔でこちらを見ていた。

レオはそのことに気づいたらしく、タリアの腕を自分の腕にかけた。ふたりは階段をおりて劇場をあとにした。

20

タリアの屋敷へ帰る馬車のなかで、ふたりはことばを交わさなかった。

到着するとレオはタリアをエスコートして階段をのぼり、寝室に隣接した居間に向かった。なかにはいると、軽い食事が用意されていた。牛肉のスープがはいった小さな鍋が炉床に置かれ、テーブルにはパンとチーズと果物が載っている。

タリアは出かけるとき、侍女のパーカーを含めた何人かの使用人に、今夜は遅くなるから起きて待っていなくていいと言った。レオとの時間を邪魔されたくないという思いもあった。それなのに、すべてが台無しになってしまった。

じっとしていられず、ふたりぶんのスープを碗に注いでパンを皿に載せた。碗と皿を差しだすと、レオはありがとうとつぶやいて受けとった。

部屋にふたたび沈黙がおりた。

タリアは食べられなかった。スープは熱すぎるし、パンはのどにつかえて飲みこめない。やがて黙ってスプーンを置いた。

レオが向かいの席で顔をあげた。「お腹が空いてないのかい」

「ええ」

「ぼくもあまり食欲がない」レオもスプーンを置いた。

しばらくしてため息をついた。「帰ったほうがいいかな」

タリアはレオの目を見た。「いいえ。でもあなたが帰りたいならそうして。今夜はごめんなさい」

「どうしてきみが謝るんだ？　悪いのはきみじゃない。ひどいことを言ったケンプだ」

「そうね」タリアは苦い口調で言った。「ゴードンは人を不愉快にさせる天才なの。でも明日の朝には、みんながあなたのことを噂しているでしょう。レディ・Ｋの新しい愛人が元夫と殴り合いになったと」

「言いたい連中には言わせておけばいい。ぼくは噂話などまったく気にしない」

「よかった。ほかの季節より少ないとはいえ、おおぜいの人がまだロンドンにいるから」

ひざの上で両手を組み、タリアは暖炉に目をやった。「かばってくれてありがとう。とても頼もしかったわ。けれど、あんなことをする必要はなかったのよ」

「どういう意味だ？」

タリアはレオに視線を戻した。「わたしの評判はとうのむかしに地に落ちているの。だからどんなにひどいことを言われても、これ以上、傷つきようがない。でもあなたには感謝しているわ。わたしをあそこまでかばってくれた人は、あなたがはじめてだった」

「だとしたら、きみは周囲の人に恵まれていないということだ」レオは手で髪をすいた。

「ぼくはどうすればよかったんだろう。あの男が暴言をはくのを、黙って聞いていればよかったのか」

「みんなわたしに背中を向けたわ。たくさんの人がね。それにゴードンからは、あれよりもっとひどいことを言われてきたのよ。しかも、劇場よりずっと人の多い場所で」

「畜生にも劣る野郎だ」

タリアはレオの激しいことばにも表情を変えなかった。「ええ、そのとおりよ」ゴードンはレオが思っている以上にひどい人間なのだ。

「こんなことを言ってはいけないんでしょうけど、あなたがあの人の首を絞めるのを見て、胸がすっとしたわ。ゴードンに立ちむかう勇気がある人はそうそういないもの。しかも野次馬がいる前で。でもあの人が決闘を拒んでくれて、ほんとうによかった」

想像しただけで血の気が引きそうだ。

レオはあごをこわばらせた。「どうしてだ。ぼくが負けるとでも？」

「いいえ。あなたは剣も拳銃も、だれよりもうまく使いこなせると思う。でもゴードンが正々堂々と戦うとは、わたしにはとうてい思えないの。きっとなにか罠をしかけてくるわ。そういう人なのよ。どんな手段を使ってでも、かならず自分の思いどおりにしようとする」

「きみに対してもそうだったのか」

「どういうこと？」タリアははっとした。

「きみも罠にかけられたんだろう、タリア。きみの離婚について周囲が噂していることがはたして真実なのかどうか、ぼくは少し前から疑問に思うようになっていた。きみはほんとうに彼を裏切ったのか、それとも別の事情があったのか？　きみにはたくさん愛人がいるとも聞いていたが、ぼくはいままでその影をこれっぽっちも感じたことがない。ほんとうのことを話してくれないか。きみの口から」

タリアは内心で驚き、レオの顔をまじまじと見た。いままでそのことを直接、自分に訊いてきた人はひとりもいなかった。ゴードンの話がはたして真実なのかどうか、だれも疑念すら持とうとしなかったのだ。

ジェインとマチルダはなにも聞かずに味方になってくれた。ゴードンとの結婚生活がどれほどみじめであるか知っていたので、タリアがなにをしたのであれ、責めることはできないと思っていたようだ。わずかに残っていた親戚も含めて、ほかの人たちはみなゴードンの話を無条件で信じた。そしてタリアを悪者にして冷たく背中を向けた。

でもいま世界でただひとり、レオポルド・バイロンはわたしの言い分を聞きたいと言っている。長い離婚裁判のあいだに、訴えることすら許されなかった言い分を。

レオの瞳を見つめ、ひとつ大きく息を吸った。「いいえ、裏切っていないわ。少なくとも、みんなが言っているような意味では」

「つづけてくれ」レオは言った。

「わたしの不倫相手と言われた男性はただの友人だったわ。というより、わたしはそう思っていた。ときどきおしゃべりをしたり、ならんで歩いたり。なにもやましいところなどない関係だったのよ。でもある夜、わたしはパーティでその人とふたりきりになるというまちがいを犯してしまった。彼は――」

「なにをしたんだ？」

「わたしの手を握ったの。それだけよ。不幸な結婚生活を送っていたわたしを慰めようとしただけ。でも貴族の結婚なんて、愛情ではなくていろんな都合で決まるものでしょう。ゴードンとわたしの結婚もそうだった」

タリアは目をそらした。「あの夜、わたしはとても落ちこんでて、その人にいつものように話を聞いてもらっていたの。彼はわたしを元気づけようとして手を握ったわ。そのときとつぜんゴードンが現われて、浮気現場を押さえたと大声で騒ぎだしたのよ。わたしは頭が真っ白になり、なにを言われているのかよくわからなかった」

いったんことばを切り、震える息を吸った。「みんなが戸口に集まってきて、ゴードンの大ぼらを聞いていたわ。わたしはてっきりその友人がかばってくれるものだとばかり思っていたのに、彼は申しわけなさそうな顔をして謝ったの。まるでわたしたちがほんとうに浮気していたみたいに。そのあとでわかったわ」

「なにが?」

「すべてはゴードンが仕組んだことだった。わたしが友人だと思っていたその男性は、じつはゴードンの手先だった。そして自分たちは不倫関係にあって、わたしにはほかにもたくさん愛人がいると証言したの。世界に向かって、わたしをふしだらな女だと宣言したのよ。だれもわたしの言い分なんて聞いてくれなかった。わたしのことを無実だと信じる人はいなかったから」

タリアは首をうなだれ、関節が白くなるほど強く両手を握りしめた。レオが隣りにすわり、冷たくなった手に自分の手を重ねるまで、タリアはそのことに気がつかなかった。

「ぼくはきみを信じるよ」レオは言った。「きみのことばのすべてを」

温かくて力強いレオの腕に抱きしめられ、タリアはその肩に顔をうずめた。

「かわいそうに、タリア」レオはこめかみにキスをした。「できることなら時間を巻き戻してやりたい。きみの苦しみを思うと胸が痛くなる」額と鼻と頬にそっとくちづける。その唇が触れるたび、タリアのなかの痛みが少しずつやわらいでいった。「でもきみがあの男と別れたことは、かわいそうだと思わない。それでよかったんだ」

タリアは顔をあげてレオの目を見た。「あの人の妻として生きるのは苦痛でしかなかったわ。お願い、忘れさせて、レオ。今夜だけでもいいから、すべてを忘れたいの」

レオはゆっくり唇を重ね、やさしいキスをした。まるで繊細な壊れやすいガラスに触れているかのようだ。

タリア自身も、自分がいまにも壊れそうな気がしていた。でもそれは、レオが思っているような理由からではない。

もう疲れた。

嘘に。

孤独に。

そしてなによりも、人間として当然の欲求から目をそむけつづけることに。

ふしだらな女という烙印とは裏腹に、タリアは肉体の悦びを感じたことが一度もなかった。レオと会うまで、それを欲しいと思ったことすらなく、自分は悦びを感じられない体だと思いこんでいた。

でもレオは快感を味わわせてくれた。自分が欲望で身を火照らせるなど、以前は想像もできなかった。寝ても覚めても、あのめくるめく夜のことが頭から離れない。

彼がもっと欲しい。

タリアはまぶたを閉じてキスを返し、無言で情熱的な抱擁を求めた。だがレオはあくまでゆっくりとやさしいキスをしている。時間の流れが遅くなり、世界じゅうに自分たちふたりしかいないような錯覚にとらわれた。

レオがまぶたから鼻、頰、あごへとくちづける。のどに軽いキスの雨を降らせてから、あとが残るほど強く胸もとの肌を吸いはじめた。

しるしを残そうとしている。

タリアはぞくぞくした。レオの髪に指をからめて、その頭を自分のほうへ引き寄せた。首の後ろをなでると、レオが満足げな低い声を出し、胸のふくらみのすぐ上へ唇を移した。左右の胸に舌をはわせて濡れた筋を残していく。

体が熱くなったかと思うと冷たくなった。急に服がきつくて邪魔になったように感じられる。薄いサテンの靴も腹立たしいほど重い。

靴を脱ぎ捨てた。

レオがそのことに気づいて言った。「侍女は起きて待っているのかい」

タリアは首をふった。「いいえ。今夜は自分で寝じたくをするから、待たなくていいと言ってあるわ」

レオはうれしそうに口をほころばせた。「今夜はぼくが手伝うよ」瞳がきらりと光る。「きみさえよければ」

「ええ」タリアはささやいた。「いますぐベッドに連れていって、レオ」

レオはふたたびキスをし、タリアの手をとって立たせた。手をつないだまま居間を横切って寝室へ行き、扉をしっかり閉めた。

そしてサテンノキの大きな鏡台の前にタリアを連れていった。そっと鏡のほうを向かせて、自分はその後ろに立った。鏡越しにふたりの目が合った。

耳の後ろに唇を押しあてられ、タリアのつま先がやわらかなウールの絨毯の上でぎゅっと丸まった。「いつもなにからはじめるんだい」

「宝石よ」タリアはかすれた声で言った。

レオはタリアの前にまわってブレスレットの留め金をはずし、バラの絵が描かれた磁器のヘアピン入れの横に置いた。

次はネックレスだ。

ふたたびタリアの後ろに立ち、小さな留め金を器用にはずした。タリアはじっと動かず、閉じかけたまぶたのあいだから、温まった金のネックレスをレオが手のひらに載せるのを見ていた。

レオの唇が頬とこめかみに触れた。タリアは彼の肩に頭をもたせかけ、甘く情熱的なキスを受けた。

まぶたが完全に閉じた。

だがレオは唇を離し、また鏡台の前に行ってブレスレットの隣りにネックレスを置いた。

「次はドレスかな」

タリアは無言でうなずいた。

レオは先に自分の上着を脱ぎ、ベストとシャツとズボンをつけた姿でタリアの後ろに立った。

ドレスの背中にならんだ小さなボタンに指をかけ、手際よくはずしはじめた。「はじめて会った夜から、このときが来るのをずっと待っていた」

タリアは鏡越しにレオの目を見つめ、小さく微笑んだ。「ええ、知ってるわ。あなたはとても熱心にわたしを口説こうとしていた」

「どうしようもないほどきみに魅了されたんだ」

レオはタリアのむきだしの肩に温かな手を置いた。「あの日の午後、ホランド・ハウスのそばの湖に行ったときは、きみの気が変わったとばかり思っていたのに、まさかぼくを置いていなくなるとはね」

「ええ。あのときはごめんなさい。わたしのせいであなたは撃たれてしまった」

「前にも言ったとおり、そのことはもういいんだ。まさか農夫が小銃を持って現われるなんて、だれだって予想できないさ」

レオはタリアのドレスを肩から脱がせた。はらりと床に落ちたドレスをタリアがまたぐ。

「でもこうなるまで時間をかけたきみは正しかった。いまはそれがわかる」

「そうなの？」タリアは激しい胸の鼓動を感じながら、シュミーズとコルセットだけの姿で立っていた。

レオはドレスを近くの椅子の背にかけると、タリアのそばに戻ってきてコルセットのひもをゆるめはじめた。「ああ。いまのぼくはきみという女性を知っている。きみもぼくを知っている。きっと最高の夜になるだろう」

タリアの体が期待でぞくぞくした。彼の言うとおり、これから最高の時間が待っている。

女性の下着のあつかいに慣れているらしく、レオはてきぱきとコルセットをはずしてドレスの上に置いた。

それからまたタリアの後ろにまわり、鏡越しに視線を合わせた。ゆっくり抱き寄せられて、タリアの背中に硬くなったものがあたった。

タリアは身震いした。彼が薄い綿のシュミーズに指をはわせ、ボタンをはずそうとしている。

まぶたが自然に閉じた。

「目をあけて」レオはベルベットのようになめらかな声で命じた。「自分を、そしてぼくを見て。ぼくたちがどれほどすばらしい相性であるか、その目で確かめるんだ」

レオはタリアがまぶたをあけるのを待ってから、シュミーズを肩からおろして胸の前を開いた。大きな手でむきだしの乳房を包み、親指を先端にはわせる。タリアは鏡のなかでピンクの乳首がつんととがるのを見ていた。彼の指の感触が体の芯まで伝わっていく。

「きみは美しい」レオは感に堪《た》えぬように言った。

目をそらすことができなかった。彼が乳房をもみ、その先端を親指と人差し指でつまんだりさすったりする。

思わず声をあげ、たくましい肩にもたれかかった。「こうされるのが好きかい」レオは訊いた。

「ええ」タリアはあえいだ。

「よかった」

レオは最後のふたつのボタンをはずし、シュミーズを腰までおろした。シュミーズが床にすべり落ちた。「蹴って」

タリアは震える脚で言われたとおりにした。

レオはウエストに長い腕をまわし、タリアをさらに自分のほうへ引き寄せた。

鏡に全裸の自分が映っているのを見て、タリアは思わず息を呑んだ。身につけているのはストッキングとガーターだけだ。一方のレオはまだ服を着ている。タリアは彼がベッドへ連れていってくれるのを待った。

だがレオはそうしなかった。

「脚を開いて」

タリアは目を丸くした。「なんですって?」

「脚を。開くんだ」レオは頭をかがめてタリアの首筋にキスをした。「ぼくを信じてほしい。

だいじょうぶだから」

タリアはレオを信じていた。そうでなければ、そもそもこうして寝室に招きいれ、肌に触れさせたりしていない。

しばらくためらったのち、言われたとおりにした。

鏡のなかでレオの片手がウエストから腰、太ももへと動くのが見えた。太ももの内側の肌をじらすようになで、それから脚のあいだに触れる。

タリアの体がかっと熱くなった。

レオは一本の指をゆっくりと奥まで差しこんだ。

「すっかり濡れている。しずくがしたたりそうだ」満足そうに言う。

それを聞いてタリアのなかからさらに熱いものがあふれた。レオがもう一本指を追加し、入れたり出したりしている。

鏡に映るその光景と彼の指の感触に、ひざが震えた。たくましい腕に支えられていなかったら、床に崩れ落ちていただろう。だがレオはタリアをしっかり支え、もう一方の手でさらなる高みへと導いた。

タリアは熱に浮かされたような声をもらし、腰をひねってまぶたを閉じた。

「ちゃんと見るんだ」レオの指の動きが激しさを増し、彼女の深い部分をさいなんだ。「喜悦の表情を浮かべた自分が、どれほど美しいかを」

しまいそうだ。タリアは高まる欲望に身もだえしながら鏡を見つめた。情熱の炎に全身を焼きつくされて
彼が手のひらを脚のあいだに押しあて、指をさらに奥へと入れている。親指で禁断の場所をさすられ、タリアは電流に打たれたような激しい快感を覚えた。

次の瞬間、叫び声をあげながら絶頂に達した。頭が真っ白になり、全身が震えて力が抜けていく。

でもレオが倒れないように支えてくれている。本人が言うとおり、彼と一緒ならばわたしはだいじょうぶだ。

もうろうとした意識のなかで、レオに抱きかかえられてベッドに連れていかれるのを感じた。シーツに横たえられると、火照った肌にリネンがひんやりして気持ちよかった。

「髪をほどくのを忘れていた」レオは腰をかがめ、濃厚なキスをした。

唇を重ねたままタリアの髪から次々とピンをはずし、ベッド横のテーブルに小さな山を作った。豊かな長い髪に指を差しいれ、残ったピンがないか探した。

その官能的な指の動きに、タリアはぞくりとした。レオの髪に手を差しこんでその頭を自分のほうへ引き寄せる。唇をさぐりあて、すべての抑制を解き放って夢中で舌をからませた。

レオはうめき声をあげながら熱いキスを返した。

しばらくして顔を離し、ベストのボタンをはずしはじめた。

タリアはレオが服を脱ぎ、その体が少しずつあらわになるのを見ていた。彼は美しい。

がっしりした肩や胸は彫刻のようで、腹部には贅肉ひとつない。長い手足は筋肉で覆われ、腰もきゅっと引き締まっている。脚のあいだから大きなものが突きだし、先端が濡れて光っている。

タリアは無意識のうちに手を伸ばしてそれを包み、親指でしずくをぬぐった。またすぐに濡れた先端を、指先でふいた。

レオはかすれた声をもらし、気持ちよさそうにまぶたを閉じた。「そのへんにしておいたほうがいい」

「そう？　あなたならまだだいじょうぶそうだけど」

レオは欲望で目をぎらつかせた。そしていきなりベッドに乗ってタリアの脚を開かせ、一気にその体を貫いた。唇を重ね、息の止まるような濃密なキスをする。

タリアは荒い息をつきながら、片方の脚をレオの背中の高い位置に置いた。「ストッキングが」まだ脱がせられていないことにそのとき気づいた。

「そのままでいい」レオは片方の乳房を手で包んだ。「そのほうが興奮する」

ふたたび唇を奪ったかと思うと、今度は乳房を吸いはじめた。唇と舌と歯を使い、容赦なく彼女をいたぶっている。タリアはこれまで感じたことのない強い欲望を覚えた。

レオが手を腰の下に入れ、奥まではいってきた。男性を迎えいれるのは六年ぶりだ。それがどういう感じであるか、わかっているつもりだったが、彼と一緒にいるとなにもかもが新鮮な驚きで満ちている。

レオはそのまま動かず、タリアの脚の角度を整えた。さらに奥深くまで腰を沈める。タリアの唇からあえぎ声がもれた。

「きみの入口は狭い」レオが耳もとでささやいた。

「ずいぶん久しぶりだから」

レオは軽くくちづけた。「力を抜いて。夜はまだ長い」

「ひと晩じゅうつづけられるとは思えないわ。そうでしょう?」

レオが笑い声をあげると、その振動がタリアの内側の肌に伝わってきた。「きみを快楽の世界の住人にしたいから、努力してみるよ」レオの体が小刻みに震えている。必死で欲望を我慢しているのはあきらかだ。

タリアもこれ以上、レオに我慢させるつもりはなかった。

いつのまにか体が手袋のように彼を包みこんでいる。タリアはレオの腰にかかとを押しつけて首にしがみつき、燃えるようなキスをした。「お願い。わたしを奪って、レオ。さあ、早く」

レオは彼女の体を両手でなでながら、大きく速く腰を動かしはじめた。

タリアはぞくぞくし、その刹那に身をゆだねた。頭がぼうっとしてすべての思考が停止する。押し寄せる欲望と、この体を貫いているレオのこと以外、なにもかもが消えていく。レオはさらに激しく彼女を揺さぶった。タリアは背を弓なりにそらし、無我夢中で彼の背中や腰に手をはわせた。

そのとき体が浮かびあがったような感覚とともに、ふたたびクライマックスを迎えた。甲高い声が唇からもれ、永遠に尽きることのない悦びが体の奥に沁みわたっていった。ひと筋の涙がこぼれた。歓喜の涙だ。心と体が癒やされていく。

タリアはこれが生まれてはじめての経験であるかのように感じた。自分がすべてを捧げたのはレオだけだ。

これから先も彼ひとりしかいない。

すぐにレオも絶頂に達し、震える息をついた。タリアは快楽の余韻にひたりながら、彼をぎゅっと抱きしめた。唇に笑みをたたえ、その体をゆっくりなでて至福のときを味わった。

ふたりはしばらく体を重ねたまま、キスをしたりささやきを交わしたりしていた。

「重いだろう」やがてレオは言った。

タリアはその頬に指をはわせ、腰をかかとでさすった。「いいえ。こうしていて」

「ああ」レオはうめき声をあげた。タリアのなかで彼がびくりと動いた。「気持ちいい。もう一度やってくれないか」

「なにを？　これ？」タリアはレオの腰をかかとでなでた。

レオは身震いした。「どうやらぼくはきみをみだらにしてしまったようだ」

タリアは彼の腰に手をはわせ、ふたたび硬くなった男性の部分を内側の筋肉で締めつけた。

「そうみたいね」

レオはタリアをいっぱいに満たした。

そしてなにも言わずに仰向けになり、彼女を上にまたがらせた。両手を伸ばして乳房を包む。「ひと晩じゅう愛しあえそうだ。試してみようか」

タリアは自分の大胆さに驚きつつも、レオの上で体をはずませて笑い声をあげた。「ええ」欲望にふたたび火がついた。「もちろんよ、わたしのレオポルド卿」

21

タリアが最後に目を覚ましたとき、レオはすでにいなくなっていた。

両腕を頭の上に伸ばしながら、太もものあいだが少しひりひりすることに気づいた。激しい愛の営みのせいだ。

レオはそのことばどおり、夜中に何度もタリアを起こして、尽きることのない体力と情熱で抱いた。しかもただ性欲が旺盛であるだけでなく、さまざまな愛しあいかたを知っていて、そのなかのふたつをタリアに教え、これからももっと教えると請けあった。

でもタリアがいちばん気に入ったのは、背骨の線に沿ってくちづけられ、夜明け前に目を覚ましたときのことだった。

タリアは思いだしてぞくりとした。背骨のつけ根まで来てもレオはキスをやめず、さらに下へと唇を進めた。そして脚のあいだに顔をうずめて禁断のキスをした。タリアはそれまで経験したことのない悦びに身を震わせ、枕に顔をうずめて歓喜の声をあげながら解放のときを迎えた。

だがレオは容赦せず、タリアを四つんばいの姿勢にさせて後ろから貫き、ふたたび絶頂を味わわせた。

昨夜は何度、愛しあったか憶えていない。体はへとへとに疲れ、これ以上ないほど満たされている。でもレオは、これはまだほんの序章にすぎないと言った。きっと彼の言うとおりなのだろう。

レオポルド・バイロンは嘘をつかない。

タリアは身震いし、乱れたシーツのあいだで上体を起こした。遅い午前の光が窓から射しこんでいる。あまりに疲れていたので、レオが出ていったときの記憶はあいまいだ。だがキスをされ、午後にまた来るからもう少し寝ているといい、とささやかれたことは憶えている。たしか馬車で郊外に出かけようと言っていた。それとも美術館だっただろうか。いずれにしても、もうすぐあの人が来ればわかる。

部屋の向こうにちらりと目をやると、鏡台の椅子の背に服がきちんとかかっているのが見えた。居間に脱ぎっぱなしだった靴も、椅子の下にそろえて置いてある。なんてやさしくて気がきく人だろう。もっとも、いまごろ使用人は全員、レオがタリアを屋敷に送ってきてそのまま泊まっていったことを知っているにちがいない。

自分たちがベッドをともにしたことを。

わたしはいまやレオの愛人だ。

いや、そうじゃない。愛人ではなくて恋人だ。金銭をからめることなく、欲望のおもむくままに求めあう関係でいたい。

愛人は屋敷や馬車やドレスや宝石など、さまざまな贈り物を相手の男性から受けとるものだ。だが自分は一緒にいること以外、レオになにも求めていない。お互いに飽きる日が来るまで、あの人の情熱だけがあればいい。

世間の目から見れば、愛人と恋人にたいした差はないのかもしれないが、わたしにとってはちがう。いまのまま自立したひとりの女性として生きていくつもりだ。レオと一緒にいてもそれは変わらない。周囲からは愛人だと後ろ指をさされるだろうし、それに対してなすべはない。タリアはつらい体験から、そのことが身に沁みてわかっていた。

それにしても、ほんの少し前まで至福のときを過ごしていたのに、どうしてこんな暗いことを考えているのだろうか。

いまはとにかく、いつか終わるときが来るまでこの関係を楽しもう。人生で一度だけ、幸せな時間を過ごすのだ。

レオとふたりで。

禁断の甘い世界で。

タリアはベッドを出て裸足のまま部屋を横切り、呼び鈴を鳴らした。熱いお風呂にはいり、空っぽの胃袋を満たさなければ。それから少ししかない服のなかから、できるだけきれいなドレスを選ぼう。

レオのためにきれいでありたい。

恋人であるレオのために。

タリアは頬をほころばせてガウンをとりに行った。

「また口笛を吹いてるぞ」

レオは階段をおりて一階についたときも、まだ口笛を吹いていた。最後まで吹き終えてからローレンスを見た。「そうかい」

ローレンスは眉を片方あげた。「昨夜は楽しいことがあったんだな」

「ああ、そのとおり」タリアのことを思い浮かべ、レオは微笑んだ。

「人の多いドルーリー・レーン劇場で、ケンプ卿を絞め殺そうとしたあとのことだと思うが」

レオは書斎に足を踏みいれた。

ローレンスもついてきた。

「絞め殺そうなんてしてないさ」レオはのんびりした口調で言った。「ちょっとのど笛を押さえて、まちがいを正してやっただけだ」赤ワインのはいったデカンターの栓を抜く。「飲むか？」

「いや、いらない」

レオは肩をすくめて自分のグラスにワインを注いだ。

「まちがいを正してやった？」

「ケンプはタリアを侮辱した。それを正してやったんだ」

ローレンスは短く笑った。「勇ましいな。でもレディ・タリアがしたことを考えたら、残念ながら侮辱を受けるのもやむをえないだろう」

「ぼくがそばにいるときは、だれにも侮辱させない」レオはワインをごくりと飲み、あいたほうの手をこぶしに握った。「ケンプのことばを聞いたら、きみだって黙っていられなかったはずだ。とうてい許せるものではなかった」

ローレンスは真顔で言った。「そうかもしれない。ただ、彼女を守るために取りかえしのつかないことをするのはやめてくれ」

「なんのことだ？」

「きみとケンプのあいだで、決闘の話が出たと聞いた。でも向こうが断わったそうだな」

レオは顔をしかめた。「なんでそんなことまで知ってるんだ。まだ――」懐中時計を取りだしてふたをあける。「――午前十一時二十三分なのに」

「ロンドンじゅうの噂になっているのに、ぼくの耳にはいらないわけがないだろう。朝食のとき、友人が手紙で知らせてきたよ。ブラエボーンに噂が届くのも時間の問題だ」

「別にかまわない。ケンプは下劣な臆病者だ。今日の明け方、あいつに銃弾を撃ちこめなかったのが残念でならない」

「そんなことにならなくてよかった」

レオはワインを飲み干した。「タリアもそう言っていた。ケンプのことはほうっておけと」

「だったらレディ・タリアの言うことを聞くんだ。彼女は意外に賢明なんだな」

「タリアはきみが思っているような女性じゃない」レオはローレンスの目を見た。「みんな彼女のことを誤解している。ほんとうはやさしくて知的で愛情深いんだ。あんなにすばらしい女性にはいままで会ったことがない」

ローレンスは長いあいだレオの顔を見ていた。「ぼくには関係ないことだとわかっているが、きみとレディ・タリアの関係は……どこまで深まっているんだ？」

「しばらくは会うつもりだよ。それ以上のことはわからない。なりゆきにまかせるつもりだし、そもそもまだ付き合いはじめたばかりだ。心配しなくても、恋には落ちないから安心してくれ」

ほんとうにそうだろうか。

レオは口を閉じて一考した。だがすぐに頭のなかからその考えをふりはらった。タリアのことはたしかに好きだ。それに昨夜の情熱的な抱擁が示すとおり、欲望も感じている。これからもめくるめく時間をともに過ごしたいと思っているが、情熱の炎はいつか消えるものだ。

そう、情事には終わりがある。

レオは奇妙な胸のうずきを覚えた。グラスを置き、内心の動揺を隠そうとした。無理やり笑みを浮かべ、ローレンスに心のうちを見透かされまいとした。

ローレンスはまだレオを見ていたが、やがて満足したようにうなずいた。「わかった。もうよけいなことは言わないよ。ただもう少し将来のことも考えて、慎重にふるまってほしい。国外追放されるきみと一緒にフランスに渡るなんて、まっぴらごめんだからな」

「きみは法廷弁護士だろう。それを言うならぼくだってそうだ。国外追放される前に、なにかいい手を考えるさ」

ローレンスはほっとしたように笑った。「ああ、そうしよう。法律といえば、これから出かける用事があるんだった」

「新しい依頼人と会うのかい」

「いや」ローレンスは憂鬱そうに言った。「隣りに行くんだ。レディ・ヒグルストンの件で、ノースコートが会ってくれるそうだ」

レオはにやりとした。「そうか。興味深いな。徒労に終わるだろうが興味深い」

「きみはレディ・タリアと会うんだろう」

レオの笑みが広がった。「もちろんさ。ほかになにをするというんだ?」

「今日は絶好のお出かけ日和ね」数時間後、タリアはレオの馬車に乗っていた。視線をあげると、綿毛のような白い雲が三つ、真っ青な空を流れていくのが見えた。好天を祝うかのように、スズメの群れが自在に方向を変えながら飛んでいる。十月も後半とあって空気は冷たかったが、暖かな手袋と厚手のウールのマントのおかげで、それほど寒さを感じなかった。

「行き先は決めてあるの？」馬車がロンドンから遠ざかっていくのに気づき、タリアは訊いた。

「まあね」レオはあいまいに答えた。「いまにわかる」

「教えてちょうだい。不意打ちで驚かされるのはあまり好きじゃないの」

少なくとも、いまはもう。これまでの人生で、つらく悲しい不意打ちをたくさん経験してきた。

レオはタリアの目をのぞきこみ、その手をとって自分の腕にかけた。「これから行くところは好きになってもらえると思う」

「どうかしら。いまにわかるわ」タリアはさっきのレオのことばを真似た。

レオはそのことに気づいて吹きだした。

しばらくして馬車の速度をゆるめ、赤れんがの塀で囲まれた小道へはいっていった。道の先に重厚な黒い鉄の門がある。

門は開いていた。馬車は門を通ってまっすぐ進み、塀と同じ赤れんが造りの屋敷の前でとまった。玄関扉も窓の鎧戸も黒く塗られている。庭はきれいに手入れされ、木々の葉はすっかり落ちているが、常緑樹の緑が景色に色を添えていた。

「ここはどこ?」

「ブライトベール館だ。二年ほど前にカードゲームで勝って手に入れた。あまり遠くまで行きたくないが、郊外で過ごしたい気分のとき、とても便利だよ」

「女性との密会に使っているということかしら」タリアの口調がふいにとげとげしくなった。

レオはタリアと目を合わせた。「いや。ここに連れてきた女性はきみがはじめてだ」

タリアの体からふっと力が抜け、唇に笑みが浮かんだ。

「行こうか」

タリアはうなずいた。「ええ」

レオはタリアが屋敷のなかを見まわすのをながめていた。どうやら気に入ってくれたようだ。ここを手に入れてから、レオは建物自体にも内装にもほとんど手を入れていなかった。

ギャンブルの相手は、卑怯な手段を使ってレオから金を巻きあげようとしていたペテン師だった。だがバイロン家の人間のなかで、カードゲームの才能があるのは兄のジャックだけではない。レオは見事に形勢を逆転させ、ブライトベール館の所有者だったその男に勝利した。

建物の状態は良好だったが、土地には手を入れる必要があった。耕地にはなにも農作物が植えられておらず、庭の草木は生え放題で、小作人の家は修理がされていなかった。最初は売却するつもりで、資産価値を高めるために手を加えることにした。だがそうするのがだんだん楽しくなり、かつて見捨てられていたものが自分の手でよみがえるのを見ているうちに、達成感のようなものを覚えた。

それでも一回の訪問で滞在するのはせいぜい数日で、領地の世話は管理人として雇った夫婦にまかせていた。だが今朝、タリアとどこへ出かけようか考えているとき、ここのことが頭に浮かんだ。

そしていま、タリアが喜んでいるのを見て、レオもうれしくなった。

「もうひとつ見せたい場所があるんだ」ひととおりタリアに屋敷を案内してからレオは言った。

「そうなの？　どこ？」

「いまにわかる。目隠しをはずしてから」

タリアは眉を高くあげた。「目隠しって？」

「これだ」レオは上着の内ポケットから細長い黒布を取りだした。

タリアはけげんな顔をした。「どうしてそんなものをつけるの？」

「なぜなら」レオはタリアの後ろにまわった。「きみを驚かせたいからだよ」

「わたしは驚かされるのがあまり好きじゃないと言わなかったかしら」

レオはのどの奥で低く笑った。「いいからぼくの言うとおりにしてくれ。絶対に後悔させないから」

「わかったわ。あなたがそこまで言うなら」

レオはタリアの首筋にくちづけ、黒い布でタリアの目を覆って後ろで結んだ。「見えるかい」

「いいえ。真っ暗よ」

「それでいい。ぼくの手をとって」

「歩くの？」

「ああ。でも心配しなくていい。きみを転ばせるようなことはしない」

「そう願いたいわ。ねんざが治ったばかりなのよ。またけがをするのはいやだもの」

「充分気をつけるよ」レオはタリアの手を握り、ゆっくり歩きだした。

屋敷を出たとたん空気が冷たくなった。やわらかな芝生の上をふたりは進んだ。

「まだ遠いの？」一分後、タリアは訊いた。

「いや、そうでもない」

タリアはレオを信頼し、視界を失ったまま歩きつづけた。

まもなくレオは小さな建物の扉をあけてタリアをなかへ案内した。暖かく湿った空気がふたりを包み、土と植物のにおいがした。

「なんのにおい？　花かしら」

「さあ、どうだろう」レオはタリアのウエストに腕をまわし、建物の奥へ進んで立ち止まった。「目を閉じてるかい」

「ええ」

「まだあけないでくれ。これから目隠しをとるが、ぼくがいいと言うまで見てはいけない」

「今日はやけに命令が多いわね。前からわかってはいたけれど」

「きみこそやけに饒舌《じょうぜつ》じゃないか。いいから目をつぶって」

「ほら、また命令してる」

レオは笑い声をあげて目隠しをはずした。タリアの肩に両手をかけて体の向きを変える。

「もういいよ。見てごらん」

タリアはまぶしさに何度かまばたきをした。やがてはっきり見えるようになり、思わず息を呑んだ。

温室の高い窓から午後の陽射しが降りそそぎ、夏のように暖かい。無数の鉢植えの植物がまわりに置かれている。バラやユリやランの鉢もあれば、レモンやオレンジやライムの実をつけた鉢もあり、室内はさまざまな種類の植物と色彩であふれていた。

だがタリアが驚いたのはそれだけではなかった。美しい白のクロスがかかったテーブルと椅子が、隅のほうに置かれている。テーブルの上には磁器の食器とクリスタルグラスと銀器がふたりぶん用意され、そのそばにあるこぶりなテーブルに、おいしそうな料理がならんでいた。

「どうやってこれを用意したの？　いつのまに？」

「家に帰ってからすぐ、使いをやったんだ。厨房は大変だったと思うけど、ここの使用人はみんな優秀だからね」

「そうにちがいないわ」

「席について力作の料理を食べようか」

レオはタリアの返事を待たず、マントのひもをほどいてボタンをはずした。タリアはじっとしていた。レオはマントを脱がせて扉のそばの服掛けにかけると、次に自分の上着もそこにかけてから、タリアの手をとって椅子にすわらせた。

「召使いには屋敷のなかで待つように言ってある。ぼくが料理を取り分けるよ。そうすれば邪魔がはいらない」

タリアの体が火照ってとろけそうになったが、それは室内が暖かいせいではなかった。土と草花のにおいを深々と吸いこんで味わった。これほどだれかに大切にされて幸せだと感じるのは、いったいいつ以来だろうか。

タリアはふと眉根を寄せた。

幸せはすぐに手からすり抜けていってしまうものだ。レオに特別な感情をいだいてはいけない。自分たちはすでに、思った以上に深い関係になっている。用心しなければ、彼に恋をしてしまうかもしれない。

タリアはひざで握ったこぶしを見つめ、とつぜん乱れた胸の鼓動が鎮まることを願った。

レオに恋をする？

考えるだけでばかげている。

正気の沙汰ではない。

そんなことが起きるはずがない。自分たちはちょっとした情事を楽しんでいるだけなのだ。気の向くままに快楽を分かちあい、二、三週間もすれば終わってしまう関係だ。思い出に残る時間が過ごせればそれでいい。

それまでは幸せにひたり、思う存分楽しんでもいいだろう。

レオとふたりで。

タリアは料理を皿に盛っているレオをながめた。あの手が昨夜、暗闇のなかでこの体に触れたのだ。やさしく激しく、官能的に愛撫した。肌がぞくりとし、ドレスの下で胸の先端がとがった。

彼はたったひと晩で、タリアが結婚生活のあいだに経験したすべてを合わせてもとうていかなわない快楽を味わわせてくれた。いつか関係が終わるときまで、一緒にいたいと思うのは当然だろう。

タリアの視線に気づいたのか、レオが顔をあげた。料理を載せた皿をタリアの前に置く。

「口に合うといいんだが」

「合うに決まってるわ」

でもタリアが言っているのは、料理のことだけではなかった。

フォークを手にとって食べはじめた。

22

「暖炉の前は気持ちがいいわね。寒いなか、馬車を走らせてロンドンに帰ることを考えると気が重いわ」三時間近くたったころ、タリアはため息をついた。

絶品の料理を堪能したあと、ふたりは屋敷へ戻ってきて、居間のソファにならんで腰をおろした。

管理人の妻は気さくで明るい人柄で、熱い紅茶と小さなビスケットでもてなしてくれた。だがタリアは満腹で食べられなかった。タリアがレオとふたりきりでここにいることをどう思ったかはわからないが、管理人の妻はいやな顔ひとつせず、なにか用があったら呼び鈴を鳴らすように言った。使用人の目が気になるわけではないけれど、親切にされるのはうれしいものだ。

今日はすばらしい一日だった。

でも窓の外では秋の弱い日が傾きかけ、楽しかった一日もそろそろ終わろうとしている。いますぐ出発しても、ロンドンの自宅につくころにはあたりは真っ暗になっているだろう。

タリアはティーカップをテーブルに置き、暖かな隠れ家を離れる心の準備をした。

レオがふいに手をつかみ、指と指をからませた。「泊まろうか」

タリアはさっと目をあげた。「泊まる？　今夜ここに？」

レオは体を近づけ、ゆっくりと甘いキスをした。「寝室を準備させればいい。それに食べるものなら、さっきの料理がたくさん残っている。ハムがまる一本近く出てきたから、ほかになにもなくても、ひもじい思いをすることはない。さっき紅茶と一緒においしいビスケットも食べたし」

「ふうん」タリアはからかうように言い、ソファの背もたれに頭をもたせかけた。「ビスケットはあなたに全部食べられちゃったもの」

「体力を回復するためだ」レオはまた唇を重ねた。「昨夜と同じことをするなら、体力をつけておかないと」

タリアは身震いし、レオの髪に指を差しこんだ。「信じられないわ。そんなことができるの？」昨夜の記憶がよみがえり、脈が乱れた。全身がかっと熱くなる。

「やってみるよ」レオはタリアの唇に舌をはわせ、それから口のなかに入れた。タリアは息を呑み、ふいに欲望を覚えて激しいキスを返した。

「きみのほうはどうだい」レオはいったん顔を離して言った。「昨夜と同じことをする用意はあるかな」

「ええ」タリアは震える息をついた。

「じゃあ決まりだ。ここに泊まろう」レオはタリアの背中から腰へ手をはわせた。丸いヒップをぎゅっとつかみ、情熱的なキスをした。

泊まるわけにはいかないわ。タリアはぼんやりした頭で思いながら、レオの肩に手をかけて自分のほうへ引き寄せた。

着替えもネグリジェも持ってきていない。ブラシやヘアピンや室内履きもない。それにひと晩、家をあけるわけにもいかない。

スキャンダルになる。

でも考えてみれば、いまさらスキャンダルを気にするのもおかしなことかもしれない。夫に離縁された悪名高い女が新しい愛人と外泊するなど、めずらしいことでもなんでもない。使用人が心配しないよう、今夜は帰らないと手紙で知らせればいい。たったひと晩だけのことだ。レオはきっと、ネグリジェなど必要ないと言うだろう。

「ええ」唇を重ねたままつぶやいた。「そうしましょう」

数時間後、レオは目覚めた。体は疲れているが満たされている。薄いカーテンの隙間から朝の光が射しこみ、寝室は薄明かりに包まれていた。横でタリアが枕に頭を乗せ、片方の脚をレオの脚にからませてぐっすり眠っている。

レオはタリアを起こそうかと考えた。この二晩で彼女は驚くほど感じやすくなった。情熱的なキスをして敏感な箇所に触れると、すぐに体が反応する。タリア自身も、新しく知った官能の世界にとまどっているようだ。

考えてみると不思議だ。出会ったばかりのころは、自分より彼女のほうが性的な経験が豊かだろうと思っていた。ところがふたをあけてみると、何年か結婚生活を送っていたはずのタリアに、自分が性の手ほどきをしている。いままで足を踏みいれたことのなかった世界へと導き、彼女に快楽と驚きと衝撃を与えている。

そして自分もまた、タリアの悦ぶ姿に悦びを感じ、肉体と情熱の限界を試しているところだ。

まだ付き合いだしたばかりで、たった二晩、一緒に過ごしただけなのに、こんなに深い満足を覚えるとは思ってもみなかった。これから先、どれほどすばらしい夜が待っているのだろう。

さっきまで抱きあっていたにもかかわらず、レオの下半身が硬くなった。

へとへとに疲れているはずなのに、もうタリアが欲しくてたまらない。

眠ったままの彼女を深く貫いて起こすのもいいかもしれない。

レオは高まる欲望にうめき声をあげた。

昨夜は約束どおり、何度も彼女を抱いた。新しい愛しあいかたを教えると、タリアは枕に顔をうずめて喜悦の叫び声をあげた。

それから深い眠りに落ちた彼女を抱きしめて、自分も眠った。

そしていまこうして目を覚まし、また欲望に身を焦がしている。

だが、せめてもう少し時間を置いたほうがいいだろう。

レオは目を閉じて眠ろうとした。二十分近くたち、うとうとしはじめたころ、扉をそっとノックする音がした。

レオは顔をしかめて目をあけた。タリアを起こさないように気をつけてベッドをおりた。ズボンとシャツを身につけて、シャツのボタンを途中までかけると、裸足のまま出口へ向かった。扉の向こうに管理人の妻が立っていた。

「起こして申しわけありません、閣下」管理人の妻は目を伏せて言った。「たったいま、使者がこの手紙をロンドンから持ってきました。緊急だと言われたので、すぐにお渡ししたほうがいいかと思いまして」

レオは手紙を受けとった。「賢明な判断だ。ありがとう」

「紅茶でもお持ちしましょうか」

「いや、まだいい。なにか必要になったら呼び鈴を鳴らすよ」レオはもう一度、礼を言って扉を閉めた。

扉に背を向け、封蠟をはがして中身に目を走らせた。読み終えたところで、笑っていいのかうめいていいのかわからずに首を横にふった。そしてできるだけ静かに身支度をはじめた。

タリアはペンが紙をこするかすかな音で目を覚まし、重いまぶたをあけた。「レオ？」小声で言った。

レオは部屋の向こうにある小さな書き物机の前に立っていた。もう服を着ている。

タリアはまた名前を呼んだ。

今度は聞こえたらしく、レオが顔をあげてこちらを見た。「すまない。起こすつもりはなかった。ちょうどきみに手紙を書いていたところだ」

タリアは目を細くした。「どういうこと？」

「すぐにロンドンへ帰らなくてはならなくなった。弟のローレンスが厄介なことになり、ぼくの助けを求めている」

「まあ」タリアは顔にかかった髪を払い、眠気を覚まそうとした。「だいじょうぶなの？」

「ああ、たぶん。行ってみればわかるだろう」

「どこにいるの？」

「ギルトシュプール・ストリート破産監獄だ」

「なんですって」タリアが上体を起こすと、シーツが腰まで落ちた。タリアはあわててそれを引きあげて裸の胸を隠した。「弟君《おとうとぎみ》が監獄に？」

「きっと疲れているだろうから」

「いや、きみはここでもう少し寝ているといい」レオはタリアの目を見た。「きっと疲れているだろうから」

昨夜の記憶がよみがえり、タリアは肌が火照るのを感じたが、レオから目をそらさずに言った。「たしかに少し疲れてはいるけれど、もうとても眠れそうにないわ。第一、あなたがいなくなったらどうやってロンドンへ帰ればいいの？」

「すぐに迎えに来るよ」

タリアは小さく首をふった。「どれくらい時間がかかるかわからないでしょう。何時間もかかるかもしれない。やっぱりわたしも一緒に帰るわ」

レオは金色の眉をひそめて一考した。「先にきみを家に送り、それから監獄へ行くことにする」

「ローレンス卿にうらまれるわ。わたしも監獄についていく。そのあとで送ってちょうだい」

レオは渋面を作った。「あそこはレディが行くような場所じゃない」

「外で待ってるから」

「ギルトシュプール・ストリートで？　それはだめだ」

「だれも声をかけてこないと思うけど、もし心配だったら、わたしもなかにはいるわ。見学してみたい気もするし」

「ばかなことを言わないでくれ。ひどい場所だぞ」

「だったら一刻も早く、ローレンス卿を出してあげなければ。さあ、シュミーズを渡してちょうだい」

レオは反論しようと口を開きかけたが、椅子に近づいて下着を手にとり、タリアに渡した。

「後ろを向いて」タリアは、レオが服を着ているのに自分が全裸であることをふいに意識した。

レオは信じられないという顔をした。「きみの裸ならもう見ている」

「わかってるわ」タリアはシーツで胸を隠したまま言った。「いいからあっちを向いてて」

レオは声をあげて笑った。「ばかだな」

「ぐずぐずしてる時間はないわ。早くして」タリアは後ろを向くよう身ぶりで示した。

「わかったよ」レオは一瞬、間を置いてから言った。「でもその前にキスをしたい」

「時間がないのよ」

レオは身をかがめ、タリアの顔を両手で包んだ。「キスをする時間ならいくらでもある」

そう言うと唇を重ね、甘くとろけるようなキスをした。タリアの髪に手を差しこみ、頭皮をゆっくりなでた。

「やめなくちゃ」タリアはかすれた声で言った。「ローレンス卿が――」

「あいつはどこにも行かない」レオはタリアの腕をなでた。「あと二、三分ぐらい、いいじゃないか」

「ローレンス卿は喜ばないでしょうね。レオ、弟君はあなたの助けを必要としているのよ」

だがタリアの体は、ことばとは裏腹に熱く燃えていた。

レオは最後にもう一度キスをしてから、ため息をついて顔を離した。「シュミーズをつけてくれ」ぶっきらぼうに言う。「あとはぼくが手伝うから」

上体を起こして後ろを向いた。

23

ギルトシュプール・ストリート破産監獄の重い扉を抜けると、吐物と排泄物と、風呂にはいっていない不潔な体のにおいが鼻をついた。薄暗い空間に、この世の不幸とみじめさが詰まっているようだ。

だが、この近くにある大きな監獄への移送が決まっている囚人にとって、ここはまだ天国であることをレオは知っていた。それはニューゲート監獄で、殺人や窃盗、強姦などの凶悪犯罪者が数多く収監されており、そのほとんどがいずれタイバーン刑場で絞首刑に処せられる運命にある。不幸中の幸いというべきか、ここは軽犯罪者や債務不履行者のための監獄だ。法廷弁護士であるローレンスは、囚人に接見するためにたびたびここを訪れていたが、接見される側になるのははじめてだった。自分の力では釈放を勝ちとれなかったらしい。おそらく気が動転していたのだろう。

「後悔していないかい」レオは隣りでハンカチを鼻にあてているタリアに言った。「もっと奥を見てみたいかな」

タリアは訳知り顔のレオを見た。ハンカチをおろしてポケットにしまう。「すぐには忘れられそうにない場所ね。早くローレンス卿に会って、一緒にここを出ましょう」

レオは苦笑いを押し殺し、看守のあとをついていった。看守の男にはすでに手間賃を渡してあった。ここで働いている者は、みななにかしらの報酬を要求する。たいていの場合、払わされるのは囚人だ。金を多く渡せば、そのぶん待遇がよくなる。

たぶんローレンスは持ちあわせがなかったのだろう、とレオは思った。やがてふたりは独房のある場所に案内された。

通りすぎるとき、何人かの囚人が声をかけてきた。そのなかのひとりが、汚れた手でタリアのドレスのすそに触れようとした。タリアが跳びあがってレオに体を寄せるのを見て、囚人は声をあげて笑った。レオはタリアを守るようにウエストに腕をまわした。

レオが怒鳴り声をあげる前に、看守が持っていた長い棒を囚人の手に打ちつけた。囚人は痛みでわめきながら、独房の奥にひっこんだ。

「すみませんでした」看守は通路を進みながら言った。「上流階級のかたが来たのは久しぶりでして。みんなそわそわしています」ある独房の扉の前で立ち止まる。「ここです。お兄さんでしたよね？」

レオは格子越しに独房のなかをのぞいた。木の椅子の上に人影が見える。囚人は顔をあげ、自分とそっくりのふたつの目を見つめた。

といっても、ローレンスの目は片方しかあいていなかった。もう一方は青黒く腫れて閉じている。唇と左の頰が切れ、あごに紫色の大きなあざがある。髪はぼさぼさで不精ひげも生え、いつものきちんとした身なりのローレンスは見る影もない。シルクのベストはどこかに消え、上着と白いリネンのシャツは破れて泥だらけだ。ズボンはそれよりはましで、ブーツも履いていた。

看守は目をぱちくりさせ、レオとローレンスを交互に見た。「これは驚いた。あざを除けばそっくりですね。まちがいなく家族だ」

「そうだ」レオは低い声で言った。「早く扉をあけろ」

「なかにはいるには追加で二ファージングかかります」看守は言ったが、レオににらまれて目を見開き、ごくりとつばを呑んだ。

レオは上着の内側に手を入れ、半クラウン硬貨を取りだした。「弟のローレンス卿を一時間以内に釈放するよう、州長官に伝えてくれ。罰金はわたしが払う」

看守は目を丸くしてうなずき、レオの手から硬貨をひったくるようにしてとった。「はい、伝えます」

震える手で重そうな鍵束をいじり、目当ての鍵を探しだして独房の錠前に差しこんだ。

レオとタリアは独房に足を踏みいれた。

背後で扉が閉まり、看守が急ぎ足で立ち去った。

ローレンスが立ちあがって近づいてきた。「レオ、感謝するよ。手紙が届くかどうか不安だった。ここはとんでもない連中ばかりで、なにをするにもいちいち金を要求する。紙とインクとペンと引き換えに、金のタイピンを渡したんだ。ベストは使者の手間賃代わりだよ。きみがすぐに来てくれなかったら、上着も手放すことになるかとやきもきしていた」

「ちゃんと来たぞ。いったいなにがあった?」

「話すと長くなる。昨夜、ノースコートと酒場に繰り出したとだけ言っておこう。波止場近くの柄の悪い酒場に行って、けんかに巻きこまれたんだ。大騒動になって、気がついたらここにぶちこまれていた。ノースコートがけんか好きとは知らなかったよ。あの男もここにいるのかい?」

「さあな。とにかくきみの釈放が先だよ。ほかのことはあとまわしだ。医者に診せるか?」

「いや。切り傷とあざがほとんどで、肋骨が一、二本痛むぐらいだ。これよりひどい目にあったこともある」

レオはうなずき、過去にローレンスが負ったひどいけがに思いをめぐらせた。

隣りでタリアが同情したような声を出した。

その声にローレンスはタリアに目を向けた。「レディ・タリア。ご挨拶が遅れて申しわけありません。それに品のないことばを使ってしまいました。こんな姿をお目にかけたうえ、レディに対する作法も忘れてしまうとは、お恥ずかしいかぎりです」

タリアは安心させるように微笑んだ。「気になさらないでください、ローレンス卿。この状況ではしかたがありませんわ。少しぐらい品のないことばを使っても許されるでしょう。それに近侍がいないのですから、身なりが整っていなくても当然です」

ローレンスは独房に入れられてからはじめての笑みを浮かべた。

「失礼ですが」しばらくしてから言った。「どうしてあなたがここに？」

「一緒に行くと言って聞かなかったんだ。監獄のなかを見たかったそうだよ」レオは腕を組んでタリアをじろりと見た。「たぶんもう好奇心は満たされただろう」茶化すように言う。「それとも、帰る前にニューゲート監獄にも連れていこうか？」

タリアはむっとして唇を結んだが、おそろしさに体がかすかに震えるのを止められなかった。「いいえ、遠慮しておくわ。ここだけで充分よ」

レオは口もとをゆるめ、吹きだした。

一瞬ののち、ローレンスも笑った。


それから二時間後、三人の乗った馬車がレオとローレンスの屋敷の前でとまった。三人はタリアを真ん中にして、さやにはいった豆のようにならんで座席にすわっていた。

先に自宅へ送っていってもらうつもりだったが、タリアはふたりと一緒にキャベンディッシュ・スクエアの屋敷に来ることにした。表面上は元気にふるまっているものの、ローレンス卿がひどい苦痛に耐えていることはあきらかだった。殴られて傷を負い、全身ぼろぼろだ。まずは手当てをして休ませなければならない。レオとふたりでローレンス卿を屋敷に連れて帰り、必要な処置をしなければ。

それが終わってから自宅に送ってもらえばいい。

レオが最初に地面に飛びおり、タリアに手を貸した。

ローレンス卿は手をひとふりして助けを断わり、痛むはずの肋骨に手を添えて、そろそろと馬車からおりた。屋敷を見あげてため息をつく。「神に感謝するよ。わが家に帰ってくるとほっとする」

「感謝する相手は神じゃないだろう」レオはやさしく言った。「州長官に話をつけたぼくに、感謝してほしいな」

「あれは正当防衛だ――」

「ぼくが法律家として州長官を説得した」

「賄賂を渡す前、それとも渡したあとのことか」

レオは肩をすくめた。「それなりの額の保釈金で決着がついたよ。なんだったら監獄に戻って、判事の前で申したてればいい。三、四日も待てば、審理がはじまるだろう」

「あそこに戻るのはごめんだ。感謝するよ、レオ」

レオはローレンスの肩に手を置いた。「いいんだ。立場が逆だったら、きみも同じことをしたたろう」

「きみのためならどんなことでもする。ぼくたちは兄弟だ」

「ああ」

ふたりは笑みを交わした。レオがタリアのほうを見て手を差しだし、タリアはその手をとって屋敷に向かって歩きだした。

「バイロン」その声に三人は足を止めた。

レオとローレンスは同時にふりかえった。その動作は不気味なほどそっくりだった。ひとりの男が近づいてきて立ち止まり、ローレンスに向きあった。「無事で安心したよ。なかなか帰ってこなかったら、捜しに行かなければと思っていた。大変な夜だったね」

「ああ、大変な夜だった」ローレンスは言った。

この人がノースコート卿だろう、とタリアは思った。

ローレンス卿にくらべれば、ノースコート卿はほとんど無傷で、左の頬にひとつ青あざがあるだけだった。それを除けば完璧な身なりだ――清潔で立派な服を着て、ひげもきれいにそられている。長身のレオとローレンス卿よりも、さらに二インチほど背が高い。ぶっきらぼうだが、型にはまらない魅力があると言えなくもない。しかしなによりも印象的なのは、鷹を連想させる鋭い黄褐色の目だった。賢くて、狙った獲物を確実に仕留める鷹だ。

洗練された雰囲気と色気を感じさせるが、どこか狡猾で、うっかりかかわるとひどい目にあいそうな気がする。幸い、いまはローレンス卿の飲み友だちであり隣人として、にこやかな顔しか見せていない。でもレオとローレンス卿なら、こうした猛禽類のような隣人とも適当にうまく付き合っていけるのだろう。とはいえこの双子の兄弟も、いざとなれば獰猛な一面を見せるにちがいない。

いや、レオは鷹よりもライオンに似ている。

わたしのライオンだ。

タリアはレオに体を寄せてぎゅっと手を握った。

レオはその手を強く握りかえした。

「はぐれてしまって残念だった」ノースコート卿は深みのある声で言った。「殴り合いがはじまってからは、なにがなんだかわからなくなってね。だいじょうぶかい」

「これくらいなんともない。あなたは？　なんだか——」

「とても一時間前に監獄から出てきた人間には見えない」レオが口をはさんだ。

ノースコート卿はレオを見た。「二時間前にニューゲート監獄から戻ってきた。ローレンス卿が窮地に陥ってるとわかっていたら、助けに行ったのに。こんなことになってしまって申しわけない」

ローレンスは首を横にふった。「いいんだ。たいした傷じゃない」

「今度の木曜日にパーティを開く」ノースコート卿はローレンスに言った。「ぜひ来てくれないか。もしよかったらレオポルド卿も」鋭い目でレオを見たあと、タリアに視線を移した。「そちらの美しいレディも歓迎しますよ」

レオは体をこわばらせた。「お誘いはありがたいが遠慮しておくよ。レディ・タリアとわたしはほかに予定がある」

ノースコート卿は、そんな予定がないことはわかっていると言いたげな笑みを浮かべた。ローレンスに向きなおる。「もうへとへとだろう。こんなところでいつまでも立ち話に付き合わせては申しわけない。早く屋敷にはいって休んでくれ。また近いうちに会おう。では失礼します、レオポルド卿。レディ・タリア」さっと会釈をして自宅に向かって歩きだした。

「油断のならない感じの人ね」タリアは相手に聞こえないように言った。

「ああ、ろくでもない男だ」レオは言った。

そしてなぜか嫉妬したような表情を浮かべ、ノースコート卿の背中をにらんだ。

レオはローレンスに言った。「あんなやつの招待を受けるのか？」

ローレンスは切れた唇で微笑んだ。「ああ、もちろん」

24

四日後、タリアは十一月上旬の寒風が窓ガラスを揺らす音で目を覚ました。空は雲に覆われて、いまにも雨が降りだしそうだ。

憂鬱な天気だわ。胸のうちでつぶやいた。今日という日にふさわしい。

誕生日だ。

またひとつ年をとって、三十二歳になった。

タリアはそのことに思いをいたし、ますます暗い気持ちになった。でも誕生日を祝う習慣はとうのむかしに捨てている。自分にとって誕生日は、ほかの一日となんら変わらない。なぜ今年にかぎって思いだしたりしたのだろう。

それはレオとの年の差がまたひとつ開いたからだ。

タリアはため息をついてシーツをめくった。体が冷えないよう、すばやくガウンをはおって室内履きに足を入れた。

ベッドに戻ってもう一時間寝ていたいが、そろそろ起きる時間だ。

レオは夜が明けてまもなく、用事があると言って、まだ寝ぼけているタリアにキスをして帰っていった。どんな用事かは知らないが、このところいつも一緒に過ごしているので、きっと仕事が溜まっているのだろう。

タリア自身にも、屋敷のことや家計のことでやらなければならないことがあった。ちょうどいい機会なので、午後にまたレオがやってくる前に、それを片づけることにしよう。

窓辺に敷かれた毛布の上で、ヘラが甘えた声で鳴いた。近づいてなでてやると、ヘラは満足そうにのどを鳴らした。タリアは微笑んだ。

それから洗面台の前へ行った。ありがたいことに、侍女のパーカーが用意しておいた水差しの湯はまだ温かかった。

数分後、顔を洗ってシナモンの歯磨き粉で歯を磨き終え、ブラシで髪をとかしていると、パーカーが扉を短くノックして部屋にはいってきた。

満面の笑みを浮かべ、朝食の載ったトレーをかかえている。おいしそうなにおいがして、タリアのお腹が鳴った。

「おはようございます。よくおやすみになれましたか」

「ええ」タリアはいつも朝食をとる居間の小さなテーブルについた。もっとも、レオと付き合いだしてからは、食事の時間が不規則になっている。

パーカーがふたをとった。タリアは思わず目を丸くした。トレーの上にご馳走がならんでいる——ビスケット、卵料理、ステーキ、ポリッジ（オートミールや穀類を水かミルクで煮詰めてどろどろにした粥）、とろ火で煮たアンズ、蜂蜜、バター、熱い紅茶にミルクだ。

「驚いた。ミセス・グローブはまた腕をあげたわね。全部食べられるかしら」

ひどくお腹が空いた朝には、卵か薄切りのベーコンを食べることもあるが、ふだんはトーストと紅茶という質素な朝食をとっている。こんなにたくさん用意するなんて、ミセス・グローブはなにを考えているのだろう。

タリアは皿と碗を見おろした。ステーキに目を留める。生肉は高価で贅沢品なので、最近はほとんど食べていない。ミセス・グローブはほんとうにどうしたのだろうか。

「今朝、大きな籠が届いたんです」タリアの頭のなかを読んだように、パーカーが言った。「配達の少年によると、代金はすべて支払い済みとのことでした。籠のふたをあけてからというもの、ミセス・グローブはずっとにこにこして鼻歌を歌っています。もうひとつ、使用人宛ての籠も届きました。大きなハムや新鮮な鶏肉、干し果物や木の実がぎっしり詰まっていました。ミセス・グローブが今夜、みんなの夕食のデザートにタルトを焼いてくれるそうです。もちろん、レディ・タリアのお許しがあればですが」

「ええ、もちろんよ」タリアはとっさに答えた。

眉根を寄せて考えた。代金はすべて支払い済みですって？　贈り主がだれであるか、すぐにわかった。

レオだ。

ほかにだれがいるだろう。

先日の夜、レオは夕食のときに肉が少ないというようなことを言っていた。月末で食品庫が寂しかったのは事実だが、こんな高価なものを送ってくるとは思ってもみなかった。もう二度とこんなことをしないよう、彼にあとできちんと言わなければならない。

すでに受けとった食材については、使用人宛てのものを返すのは気が引ける。思いがけない贈り物に大喜びしているみんなをがっかりさせたくない。でも自分宛てのものは別だ。すべて籠に戻して、キャベンディッシュ・スクエアの屋敷に送りかえすように厨房へ命じるべきだろう。

タリアは目の前に置かれた料理をまたながめた。せっかく作ってもらったのに、食べないのは無作法だし、もったいない。手をつけずに厨房へ戻したところで、生ごみとして捨てられるのがおちだ。

では、ほかの食材はどうしようか。

このまま受けとるが、レオポルド卿が来たときだけ出すようにミセス・グローブに命じて、それ以外のときは手をつけないことにしよう。

タリアはフォークとナイフを手にとり、ステーキを切って口に運んだ。舌がとろけそうなおいしさに、ひそかにため息をついた。とてもやわらかくて肉汁が多い。熱々の紅茶をカップに注ぎ、豪華な朝食に舌鼓を打った。

ほぼ食べ終えたころ、侍女がふたたび居間にはいってきた。今度は大きな箱をふたつと小さな箱をひとつ持っている。

タリアはフォークを置き、ナプキンで口をふいた。「どうしたの？」

「また別の贈り物です。たったいま届きました。あけましょうか？」

タリアはうなずいて立ちあがり、侍女がソファに箱を置くのを無言で見ていた。パーカーがひとつめの箱のリボンをほどいてふたをあけた。

なかにはいっていたのは、美しいイブニングドレスだった。カードを読まなくても、〝L〟と書かれた太い頭文字をひと目見ただけで送り主がわかる。

パーカーがドレスを持ちあげた。ウエストの切り替え位置が高い、濃いばら色の豪華なサテンのドレスだ。短い袖の上に薄手の白い生地がふわりとかぶさり、スカートのすそに白いバラのつぼみをかたどった小さな飾りがならんでいる。まるで最新の服飾雑誌から抜けだしてきたようだ。こんなに美しく、流行の最先端のドレスを間近で見るのは、かれこれ六年ぶりだ。

パーカーはそのドレスを注意深く椅子に置き、ふたつめの箱のふたをあけて別のドレスを取りだした。青緑色のちりめんのアフタヌーンドレスで、長い袖の縁にレースが飾られ、スカートのすそには波形模様の刺繍が施されている。

「まあ、見てください」パーカーはもうひとつの箱に手を伸ばした。「おそろいのぴったりした上着《スペンサー》と手袋ですわ。それにクジャクの羽飾りのついた見事な帽子も。きっとみんながふりかえるでしょう」

タリアの胸が躍った。レオの反応が目に浮かぶようだ。宝石のような瞳が賞賛と欲望で輝く。自分が選んで買ったドレスを身につけたわたしを見て、誇らしく思うにちがいない。

彼が買ったドレス……。

パーカーはドレスをたたんで腕にかけた。「お食事を終えるまでにアイロンをかけてまいります。そんなに時間はかかりません」

「いいの」タリアはきっぱり言った。「全部、箱に戻して、いつものドレスを出してちょうだい。紺のメリノウールにしようかしら」

「でも――」

「それに食事はもう終わったわ。ミセス・グローブにすばらしい朝食をありがとうと伝えてね」

パーカーの表情が曇り、一瞬、反論したそうな顔をした。だがすぐにうなずいてドレスを脇に置き、寝室へと消えた。

ひとりになるとタリアはがっくり肩を落とし、贈り物に目をやった。近づいてドレスのレース飾りに指をはわせる。ホニトンレースだ。

とてもやわらかくて繊細で美しい。

そして高価だ。

自分には高価すぎる。

タリアは嘆息し、服を着替えに寝室へ向かった。


それから一時間近くたったころ、タリアは書斎に足を踏みいれた。ヘラが走ってきて机に飛び乗った。雨が降っているので、今日は外に出たくないらしい。

タリアも同じ気分だった。

こんな寒くて憂鬱な天気の日は、暖かいショールにくるまって熱い紅茶を飲み、家計簿とにらめっこしているほうがいい。

だが今日の書斎は寒くなかった。

むしろその反対だ。タリアは暖炉で赤々と燃えている炎に目をやった。銅の入れ物に予備の薪も追加されている。

タリアは眉をひそめた。

この屋敷では日が落ちるまで暖炉に火をくべてはいけないことを、使用人はみな心得ているはずだ。たしかに暖かくて気持ちがいいが、あとでフレッチャーに注意しなければ。

ヘラが帳簿や書類の上で気持ちよさそうに寝そべっているのを見て、タリアは頬をゆるめた。幸せそうで愛らしくて、どかすのはかわいそうだ。

　でもそんなことを言っていては仕事ができない。タリアが心を鬼にして愛猫を追いはらおうとしたとき、聞き慣れた足音がした。

「レオ」顔をあげ、扉のところに立っているレオを見た。

　レオは部屋の奥へ進んだ。「フレッチャーからきみがここにいると聞いた。わざわざ案内しなくてもいいと言ったんだ。かまわなかったかな？」

　そう言うとタリアの返事を待たず、腰をかがめてキスをした。

　タリアは体を火照らせ、目を閉じてキスを返した。

「誕生日おめでとう」レオはそっとくちづけてささやいた。

　タリアは驚いて目をあけた。「どうして誕生日だと知ってるの？」

　レオはにっこり笑って背筋を伸ばした。「小鳥がさえずっていたとだけ言っておこう」

「その小鳥の名前は？」タリアは眉根を寄せて一考した。ふいに答えがひらめいた。「ティリーね」

「彼女しか訊く相手を思いつかなかったけど、とても親切に教えてくれたよ」

「そうでしょうね」タリアはレオの上着の襟に手をはわせた。「あなたが金融界の鬼才ペンドラゴン氏を紹介してくれたことに、ティリーはとても感謝していたもの。さっそく連絡をとったそうよ。おかげで負債がずいぶん減ったと言ってたわ。わたしからもあなたにお礼を言わなくちゃ。友だちを助けてくれてありがとう」

レオは肩をすくめた。「たいしたことはしてないさ。でもきみがもっと感謝の気持ちを表わしたいと言うなら、反対はしないけど」自分の頰を指で軽くたたく。

タリアはつま先立ちになって頰にくちづけ、それから唇を重ねた。「これでいいかしら」

しばらくして浅い息をつきながら言った。

「とりあえずいまのところは。ところで、きみにいくつか荷物を送ったんだが、もう届いたかな」

タリアはふいに目をそらした。「食材とドレスのことなら、たしかに届いたわ」

レオはタリアの両手を握って一歩後ろに下がり、全身にさっと視線を走らせた。「だったらどうして着てないんだ。新しいアフタヌーンドレスに身を包んだきみを見たかったのに」

「ドレスなら箱にはいったままよ」

「ここで待ってるから、上に行って着替えておいで」

「それはできないわ」タリアはいったん間を置き、ため息をついた。「あなたの気持ちには感謝しているわ。ありがたいと思ってる。でもわかってちょうだい、レオ。あなたからドレスを受けとるわけにはいかないの。ほんとうは食材も受けとるべきじゃなかったけど、ミセス・グローブがあんまり喜んでいるから、なにも言えなかった」

「ミセス・グローブが喜んでくれてよかったよ。でもドレスはどうしてだめなんだ？　気に入らなかったのかい」

「気に入ったに決まってるでしょう」レオががっかりした顔をしているのを見て、タリアの胸が痛んだ。「どちらのドレスも素敵だった。だれが見てもそう思うに決まってるわ。それでも、受けとるわけにはいかない」タリアはレオの手をふりはらおうとした。

だがレオは放さなかった。「どうしてだ」硬い声で言う。

「わからない？　口に出して言わなくちゃだめかしら」

レオのあごがこわばった。「ぼくの贈り物が欲しくないというなら、その理由を聞かせてほしい」

「わたしはあなたの恋人であって、愛人ではないわ。ドレスを受けとることは、いいえ、ほんとうは食べ物を受けとることでさえも、わたしたちの関係を安っぽいものにしてしまう。わたしはあなたに囲われているも同然になるのよ」タリアは、今度は思いきり強く手を引いてレオの手からのがれた。「それに、いやなの……そう呼ばれるのが……」

「なんと呼ばれるのが？」

「わかるでしょう」タリアは両腕で自分の体を抱いた。「売春婦よ」蚊の鳴くような声で言った。

「タリア！」レオは憤りをあらわにした。ふたたびタリアの手をとり、その体を抱きしめた。「もうそんなことばをぼくに聞かせないでくれ。きみは売……いや、さっき言ったような女なんかじゃない。きみがそんなことを考えるだけで、ぼくは許せない」

「みんな陰でそう言ってるわ」

「周囲がどう言おうと、きみは気にしないと思っていた。真実がどうであれ、人というのは自分が見たいものしか見ない。きみはそのことをだれよりもよくわかっているはずだ」

「ええ、でも――」

「ドレスもほかのものも誕生日の贈り物だよ、タリア。ぼくはきみの特別な日に贈り物をすることも許されないのかい？」

「あなたの言いたいこともわかるけど、高価だし贅沢すぎる――」

「食材と薪とドレス二枚が贅沢すぎる？ ぼくは裕福な男だ。たまに贅沢をするぐらい、どうということもない」

「薪も？」タリアは暖炉に目をやった。「そういうことだったのね……」眉根を寄せる。「こんなことをしなくてもよかったのに」

レオはタリアの背中をなでた。「いいじゃないか。いままで言ったことはなかったが、きみが家計を切りつめているのは気づいていたよ。暖炉をつけるのは夜だけだし、食卓に肉がならぶことも少ない。それに服も。最後に新しいドレスを買ったのはいつだい」

タリアは体をこわばらせた。「パーティにはほとんど行かないから、新しいドレスは必要ないもの。収入をうまくやりくりして、ちゃんと暮らしているわ」

「ああ、それはわかってるし、きみの姿勢は立派だと尊敬もしている。でもきみはつましい生活をしているじゃないか。ぼくがささやかな贈り物をすることのどこに問題があるというんだ?」

「わかってるでしょう」

「自尊心の問題かな」

「ええ、いまのわたしにはそれしか残っていないの」

レオはしばらくタリアを見つめ、ため息をついた。「ただの贈り物だよ、タリア。誕生日のお祝いなんだから、素直に受けとってくれてもいいだろう。きみの生活にほんの少し潤いを与えるのが、そんなに悪いことだろうか」

タリアは眉間にしわを寄せた。「食材と薪はありがたくちょうだいするわ。ここで働いているみんなのためでもあるから。でもドレスは——」

「きみによく似合うはずだ。いいから着てみせてくれ」

「レオ」

「頼むよ」レオにくちづけられると、かたくなだったタリアの気持ちが少しだけほぐれた。

「今日以外に贈り物はしないことを約束すると言ったら?」

「今日以外に?」

「ああ。きみがドレスを受けとってくれれば、ぼくはこれ以上、きみになにも贈らないと約束する。少なくともクリスマスまでは。クリスマスは特別だ」

クリスマスは二カ月近く先だ。そのころにはレオとの関係もとっくに終わっているだろう。だとしたら、彼の言うとおりにしてもいいのではないか。

沈黙があった。やがてタリアは折れた。「わかったわ。誕生日の贈り物を受けとる——」

「クリスマスの贈り物も」

「ええ。でもそれだけよ。いい？」

レオの唇にゆっくり笑みが広がった。「いいよ」またキスをした。

「新しいドレスに着替えてこようかしら」タリアは急にはずんだ声を出した。

「ああ。でもその前に、いくつか渡したいものがある」

「なんですって？　でもさっき——」

「今日は贈り物を受けとる約束だろう」

「やっぱり約束を取り消そうかしら」

「だめだ」レオはにっこり笑った。「いったん交わした約束は取り消せない」

タリアはひとつ息を吸った。「わかったわ。でもまたとつぜんなにか渡そうとしても、もう受けとらないわよ」

「きみがそう言うなら」

「ええ」タリアは一歩後ろに下がった。

レオはすぐそばのテーブルに近づき、タリアがそれまで気づいていなかった小さな箱を手にとって差しだした。タリアは箱を受けとり、きれいな青いリボンをうっとりとながめたのち、結び目をほどいた。

なかにはいっているものを見て、息が止まりそうになった。かすかに震える手で、サテンと羽のクッションにくるまれたそれを慎重に取りだした。

それはマイセンの小物入れだった。じゃれている二匹の子猫が描かれた小物入れで、まだ少女だったころに父親から贈られたものだ。

タリアはこの美しい磁器の小物入れのことを頭から締めだしていたが、レオは忘れていなかったのだ。そしていま、こうして手もとに戻ってきた。

「ああ、レオ」タリアはつぶやいた。

「きみにいつ渡すのがいいか、ずっと時機をうかがっていたんだ。競売のとき、これをひどく気に入っていただろう。いまでもまだ興味があるかな」

タリアはまばたきして涙をこらえ、うなずいた。「宝物も同然よ。これはもともと、わたしのものだったの」

レオは眉を高くあげた。「なんだって？」

「まだ子どもだったときに父にもらったんだけど、ゴードンが……」

「離婚するとき、きみから取りあげて売りはらった」レオはタリアのことばを継いだ。「血も涙もないやつだ」

「いまはあの人の話はやめましょう。お願い、忘れてちょうだい。ああ……なんて素敵なの。こんなにすばらしい誕生日の贈り物はないわ」タリアは小物入れをそっと手で包んだ。

「じゃあ約束を取り消す気はないんだね」

タリアはうなずいた。「この前あなたにこれを送りかえしたときは、胸が張り裂けそうだった。もうあんな思いはたくさん」

レオはタリアのウエストに腕をまわした。「これはもともと、きみのものだった。そしていまもこれからも、ずっときみのものだ」

「ありがとう」タリアはレオの髪に手を差しこんでキスをせがんだ。

レオは喜んでタリアの願いをかなえた。

ようやく顔を離したとき、タリアは少しめまいを覚えて目をしばたたいた。レオはタリアの手から小物入れを受けとり、箱に戻して脇へ置いた。

「最後の贈り物を見るかい」

「まだあるんだったわね。なにかしら」

「どこにあるか訊いたほうがいい。傘はあるかな」

「あるわ」タリアは急に話題が変わったことにとまどった。「でもどうして?」

「これから厩舎に行く」

25

レオは厩舎でタリアの隣りに立ち、その横顔をながめていた。外では弱い雨が降りつづけている。馬丁がタリアへの贈り物を連れてきた。

「あの糟毛の雌馬だわ！」タリアは両手を胸にあて、信じられないという顔をした。「ああ、なんてきれいなの。憶えていたとおりよ」

「誕生日おめでとう、タリア」

タリアの表情がさっと曇った。「レオ、気持ちはうれしいけれど受けとれないわ。この子は返して」

「約束がちがうだろう」

「まさか馬をくれるなんて思わなかったもの。わたしにはとても――」タリアはレオを脇に連れだし、馬丁に聞こえないよう声をひそめた。「この子を飼えないわ。馬車馬が一頭いるだけでも贅沢なのに、乗用馬、とくにこんな立派な馬は分不相応よ。お願い、わたしをその気にさせないで」

「だいじょうぶだ。馬の飼育にかかる費用はぼくが全部出す」

タリアは唇をぎゅっと結んだ。「やめて。キャベンディッシュ・スクエアのお屋敷の厩舎に連れていってちょうだい」

なんて頑固なんだ、とレオは思った。でも頑固さなら自分も負けていない。

タリアがすんなり受けとらなくても、説得する方法はある。

「誤解しないでほしい」レオは、最初からそのつもりであったかのように言った。「この馬はきみにあげるわけじゃない。貸すだけだよ」

「どういうこと?」

「来年の春、妹のエズメが社交界にデビューするから、街中で乗る優秀な馬が必要なんだ。それまできみにこのアシーナを預けたい。訓練と充分な運動を頼めないか」

「馬丁に頼めばいいでしょう」

「ああ、でもアシーナを横鞍と女性の軽い体重に慣れさせておきたくてね。うちの馬丁ではそれができない」

タリアはきれいな眉をひそめて考えた。「それはそうでしょうけど、でも――」

「ぼくだけじゃなくて、妹のためにもお願いできないかな。きみがアシーナを立派な乗用馬にしつけておいてくれたら、エズメは大喜びするだろう。きみは乗馬が抜群にうまいし、世話だって安心してまかせられる。頼むよ、タリア。妹をがっかりさせたくないんだ」

タリアはさらにきつく眉根を寄せ、ふたたび馬に目をやった。その表情がふっとやわらぎ、褐色の瞳が明るく輝いた。

「預かるだけよ。来年の春まで」

レオは微笑んだ。「妹もきみに心から感謝するだろう。ほかのことは心配しないでくれ――アシーナの飼育にかかる費用はぼくがすべて負担する」

だがタリアはもう聞いていなかった。ゆっくり馬に歩み寄り、やさしく首をなでる。アシーナが小さくいななき、ビロードのようにつややかな鼻から息をはいた。

「ああ、なんてかわいいの」タリアはうっとりしてため息をついた。「おてんばそうだけど、とてもいい子よ。そうよね、アシーナ」

タリアが首を軽くたたいてやると、馬はそうだというように頭を後ろに倒した。

タリアは笑い声をあげ、ばら色の唇をほころばせた。

レオはこみあげる感情で胸がいっぱいになった。彼女は美しい。外見だけでなく、その下にある魂も美しい光を放っている。

毎日、少しずつ彼女のことがわかってくる。

毎日、もっと知りたい、もっとそばにいたいと思う。

いつか関係を終わらせたいと思うときが、ほんとうに来るのだろうか。いまは想像もできない。

なぜだかわからないが、これから先も想像できない気がする。

レオは咳払いをした。「こんな天気じゃなかったら、これから乗ろうと誘うところなんだが。明日の朝はどうかな」

タリアはうなずき、アシーナの赤茶色の体をなでた。「そうしましょう」

「とりあえずいまは、屋敷に戻って新しいドレスを試着して見せてくれ」レオはタリアだけに聞こえるよう、耳もとでささやいた。「そのあとでぼくが脱がせるから」

タリアの目が欲望で暗い色を帯びた。

最後にもう一度、馬をなで、今夜は多めに餌を与えるよう馬丁に念押ししてから、レオと一緒に厩舎をあとにした。

傘の下でぴったり寄り添い、ふたりは雨のなかを急ぎ足で屋敷に戻った。

それから長い時間がたって夜が更けたころ、タリアはすっかり満たされ、ベッドでレオの腕に抱かれていた。

指先で弧を描くように彼の胸をなで、ゆっくり顔をあげてキスをしてからささやいた。

「ありがとう」

「ぼくのほうこそお礼を言うべきだ。すばらしい夜だったよ」レオはタリアの裸の背中をなでおろし、軽くヒップをつかんだ。「でもきみが言っているのは、そのことじゃないんだろうね」

「今日はありがとうという意味よ。人生で最高の誕生日だったわ」

レオは金色の眉を片方あげた。「人生で？」

「ええ」

「子どものときも含めて？」

タリアはうなずいた。「うちで開くパーティは、わたしではなくていつも母が主役だったの。ある年の誕生パーティなんて、子どもをひとりも招かなかったのよ。招待客は母の友だちだけだった。わたしはほぼ一日じゅう子ども部屋に下がって、ひとりで本を読んでいたけれど、そのことにむしろほっとしていたわ」

「きみがいくつのときのことだ？」

「たしか七歳よ」

「ひどい話だ」

「そうでもないわ」タリアは肩をすくめた。「わたしの両親は、たまに自分たちのことに夢中になってまわりが見えなくなるときがあったけど、やさしい一面も持っていたのよ。わたしも誕生日だからといって、とくになにも期待していなかった。それにふたりとも、そんなにひどい親だったわけじゃないわ。わたしに手をあげたりしなかったし」

「当たり前だ」レオは考えるだけでも我慢できないというように、不機嫌な声で言った。

タリアは目をそらした。それよりはるかに暗い記憶がよみがえり、体が震えそうになった。だがすぐにそれを頭から追いだした。レオとの大切な時間を忌まわしい過去の記憶で台無しにしたくない。

「わたしはただ、あなたにお礼が言いたかったの」タリアはレオの目をじっと見つめた。「人生で最高の一日をありがとう」

レオはタリアを抱く腕に力を入れた。「きみをもっと喜ばせたい。きみさえ許してくれたら、欲しいものをなんでも贈るのに」

タリアは首を横にふった。「もう充分よ。充分すぎるほどだわ。あまり欲張ってはいけないことを、わたしはとうのむかしに学んだの。そうすれば失望しなくてすむから」

「どうして失望が待っていると決めつけるんだ」

「それが人生というものでしょう」

「いつもそうだというわけじゃないさ」

レオに腰をなでられ、タリアは悦びを覚えた。

「そうね」静かに言った。「いつもではないかもしれない」

手を伸ばしてレオの頰にあてた。ひげで少しざらざらしている。

でもタリアは気にならなかった。レオのものだと思うと、たとえ伸びはじめたひげでも好ましかった。

「もう一度、抱いて」タリアは小声で言った。

レオの瞳が欲望で光った。その表情はタリアにとって、すでに見慣れたものとなっていた。

「喜んで」レオはかすれた声で言った。

情熱的にくちづけられ、タリアの頭からなにもかも吹き飛んだ。濃厚な甘いキスを返す。彼自身が最高の贈り物だ。

裸の肌と肌が触れあう。キスをするたび、愛撫を受けるたびに、胸の鼓動が激しくなる。すべてを忘れ、燃えあがる情熱を彼にぶつけた。

レオが彼女を自分の上にまたがらせ、下から深く貫いた。タリアは背中を弓なりにそらして、すすり泣くような声をあげた。

なんてすばらしいのだろう。

これほどの幸せがこの世にあるなんて。

タリアは無我夢中だった。骨も血もすべてがいったん溶けてなくなり、新しく作りかえられているような気がする。もう以前の自分には戻れない。レオがいなくなったら、どうやって生きていけばいいのだろう。

タリアはふいにおそろしくなった。

だがすぐにレオが腰を突きあげ、彼女を高みへと導いた。

次の瞬間、タリアは絶頂を迎え、天上にいるような悦びに包まれてレオの腕のなかに崩れ落ちた。

翌朝、レオはタリアがはじめてアシーナに乗るのに付き合った。いつものように早朝に起きて自宅に戻り、風呂にはいって服を着替えた。それから一緒に公園で乗馬を楽しむため、自分の雄馬に乗ってタリアの屋敷に引きかえした。

糟毛の雌馬はふたりの予想以上に優秀で、タリアの巧みだがやさしい手綱さばきにすぐに慣れた。

タリアは満面の笑みを浮かべ、興奮で目をきらきらさせていた。朝食をとりに屋敷へ戻るころには、頬が紅潮して息が切れていた。

ふたりはダイニングルームのテーブルにつき、誕生日の贈り物の食材で作った豪勢な料理を食べながらおしゃべりを楽しんだ。いくら話しても話題が尽きることはなかった。

レオが送った薪と石炭のおかげで、屋敷じゅうが暖かかった。タリアと口論になるのがいやなので黙っていたが、レオはクリスマスの時期にまた燃料がここに届くように手配していた――来年の春まで充分もつ量だ。

驚いたことに、タリアはロンドン塔へ行ったことも、戴冠用宝玉を見たこともないという。そこで午後はテムズ川のほとりを訪ね、ロンドンの住人ではなく観光客のようにロンドン塔を見物した。

それからタリアを説得して新しいイブニングドレスを身につけさせ、クラレンドン・ホテルへ連れていって、かつてルイ十八世に仕えていたという有名な料理人が作る絶品のフランス料理を味わった。

タリアは紳士とホテルで食事をするのも、本場パリと変わらない本格的なフランス料理を食べるのも、今回がはじめてだったらしい。そして帰りの馬車のなかで、制約の多い上流階級の女性はこんな楽しみがあるなんて想像もできないだろう、と言った。

「夫に離縁されたスキャンダルまみれの女になるのも、悪いことばかりじゃないかもしれないわね」タリアは微笑み、レオの肩にもたれかかった。「結婚しているときは、こんなに楽しい思いをしたことはなかったもの」

だがいちばんの楽しみは、屋敷へ戻ったあとに待っていた。やわらかなろうそくの明かりのなかで、ふたりは互いの体をむさぼり、極上の快楽を味わった。

レオはタリアを何度も高みに昇らせ、その唇からもれる甘い吐息と歓喜の叫び声に聞き入った。だが屋敷じゅうの人を起こさないよう、唇か枕で彼女の口をふさぐことは忘れなかった。

レオ自身も何度も絶頂に達してくたくただったが、またすぐに彼女が欲しくなった。うまく説明できないが、タリアの腕のなかにいると魔法にかけられたようになる。

レオはタリアを深く激しく貫いた。彼女の手と脚が背中に巻きついている。ふたりは目を見つめあったまま、互いの体の震えを感じながらクライマックスを迎えた。

それからしばらくたったころ、レオは暗闇のなかでタリアを抱きしめ、その寝息を聞いていた。自分も寝たほうがいいとわかっていたが、なぜか眠ってしまうのがもったいない気がした。

とても満ち足りた気分だ。

タリアと一緒にいると、いままで感じたことのない幸せな気持ちになる。

出会ってからはじめて、先のことがわからなくなった。付き合いだしてからまだ日が浅くはあるが、タリアとの関係にまったく飽きを感じない。

終わらせたいとも思わない。

彼女のほうはどうだろうか。

タリアはあらゆる意味で、自分にとって謎めいた存在だ。こんなに毎日一緒にいるのに、けっしてこちらに見せようとしない部分がある。

自分だけの秘密にしていることが。

それがなにかを知りたい。彼女の心の奥深くにしまわれた秘密を。

外側も内側も、彼女のすべてを知りたい。

レオはタリアの髪をなでた。タリアが眠ったまま吐息をついて身をすり寄せる。

微笑んで額にくちづけ、レオは自分も夢の世界へ行くことにして目を閉じた。

26

タリアはまぶたをあけ、乱れたシーツの上で伸びをした。まだレオのにおいが残っている枕の上で顔を横に向け、窓の外でちらつく雪をながめた。

もう十二月になり、クリスマスがすぐそこまで来ている。この六週間半はあっというまだった——人生でもっともすばらしい六週間半だ。

だがそれも明日でひとまず終わる。レオは明日、バイロン家の先祖伝来の土地であるブラエボーンへ帰り、家族と一緒にクリスマスシーズンを過ごすことになっている。

レオはロンドンに残ってタリアと一緒にクリスマスを過ごすと言ったが、タリアは反対した。

「ご家族はあなたに会うのを楽しみになさっているのよ。帰らなかったらがっかりするわ」

「兄も姉もそれぞれ結婚して家庭を持ったから、家族がものすごい数に増えたんだ。ぼくひとりがいなくても、だれも気がつかないかもしれない」レオは苦笑いした。

しかしタリアは納得しなかった。

「気がつくに決まってるでしょう。あなたは存在感があるもの。どれだけおおぜいの人がいたって、影がかすむことはないわ」レオの手をとった。「行ってちょうだい。ご家族と一緒に過ごして。わたしはここで待っているから」

レオは眉をひそめた。「きみは？　クリスマスをどんなふうに過ごすんだ？」

「いつもの年と同じように過ごすわ」タリアは無造作に肩をすくめた。でもほんとうは、レオと離れてひとりになると思うだけで胸が張り裂けそうだった。

タリアは無理やり微笑んでみせた。「ミセス・グローブがご馳走を作ってくれて、みんなでクラッカーを鳴らすの。それからヘラとふたりで暖炉の前で丸くなって、温かいワッセル酒（ブランデーやリンゴ酒に香料を加えた、温かい飲み物）を飲みながら本を読むのよ」

「寂しそうだ。やはりぼくもロンドンに残る」

「いいえ、行って」

どんなにそばにいたくても、レオを愛する人たちから引き離すことも、自分のせいで家族のあいだに亀裂がはいることもタリアは望んでいなかった。

「それに言い忘れていたけれど、友だちのジェイン・フロストがロンドンに戻ってくるから、クリスマスの午後に一緒にシラバブ（ミルクにワインなどを入れ砂糖を加えた飲み物）を飲む約束になってるの。だから寂しくないわ」

それはまるきりの嘘というわけではなかった。ジェインからロンドンに戻ってくるという手紙が届いたのは事実だ。でもクリスマスのあと、一日か二日いるだけだというので、会う時間があるかどうかもわからない。

タリアは会えることを願っていたが、期待はしていなかった。ジェインは夫と一緒だし、その夫もまたキャスカート卿と同じで、妻とタリアがいまだに付き合っていることを快く思っていないのだ。

「わたしのことは心配しないで」タリアは努めて明るく言った。「ひとりでだいじょうぶよ。それにしばらく屋敷のことをほったらかしにしていたから、ちょうどよかったわ」レオの首に抱きついて胸と胸を密着させた。「だれかさんのせいですごく忙しかったもの」

レオはにやりとした。「ああ、だれかのせいでね」

そう言うといきなり唇を重ね、まだ昼間であるにもかかわらず、タリアを抱きかかえてベッドへ連れていった。やがて息を切らして体を離すころには、ふたりともすっかりその話を忘れていた。

だがいよいよ明日の朝、レオはロンドンを発つ。タリアの胸が締めつけられ、悲しみが襲ってきた。

それでもいまはまだ、くよくよするのはやめよう。悲しみに暮れる時間なら、これから三週間もある。レオは新年と十二夜（クリスマスから十二日めの夜）のお祝いまでブラエボーンにとどまることになっている。

でもこのへんで、しばらく離れて過ごすのもいいかもしれない。いまではすっかりレオに依存し、ふたりで過ごす時間のためだけに生きているような気がする。

毎朝、ふたりで馬に乗り、屋敷に戻って朝食を食べ、今日はなにをしようかと話しあう。以前のレオは早朝にいったん自宅へ帰って、風呂と着替えをすませていた。でも最近はこの屋敷で風呂にはいり、近侍に服や身のまわりのものを持ってこさせることが多くなった。いまもタリアの鏡台の上には、レオの銀製のヘアブラシ二本、かみそり、革砥《かわと》とひげそり用石けんが置いてある。たんすにも予備の服がかけられ、鏡台の上の小皿に金のカフスボタンが載っている。

ひとつひとつはささいなものだが、タリアにとっては大きな意味があった。

今朝は帰ってほしくなかった。朝も昼もずっと一緒にいたかった。

もちろん夜も。

けれどレオは、ブラエボーンへ行く前にどうしてもやっておかなければならないことがあるらしく、昼までには戻ってくると言って出ていった。

自分たちはほぼ毎晩、一緒に夕食をとってから、ベッドで愛しあっている。しかも一度だけではなく、何度も。ただ、月のものがはじまったときだけは別だ。それでもレオは自宅に帰らず、朝まで抱きあって眠っている。

レオのいないベッドはさむざむとしている。

空っぽだ。

屋敷のなかも同じだ。使用人も、無償の愛で寄り添ってくれるヘラもいるというのに、空虚に感じられる。

タリアはため息をつき、両手で目をこすった。彼がいないあいだ、どうやって寂しさに耐えればいいのだろうか。

でも三週間たてば戻ってくるのだから、それまで我慢して待つしかない。

いいえ、いいえ、いいえ、もし戻ってこなかったら？

別れのときはいずれやってくる。

タリアは両手を体の脇におろし、窓の外の雪をながめた。

いまは考えたくない。その日が来るまで、考えるのはやめよう。

胸の痛みをふりはらい、上体を起こしてガウンを手にとった。

「明日、夜が明けたらすぐにローレンスとロンドンを発つことにした」その夜、リンゴと干しブドウの温かいタルトにブランデー風味のクリームを添えたデザートを食べながら、レオはタリアに言った。

ふたりはレオの提案で、いつものダイニングルームではなくタリアの寝室に隣接した居間で夕食をとっていた。最後の夜なので、だれにも邪魔されずにふたりきりで過ごしたかった。

レオは眉根を寄せた。ブラエボーンへ帰るのだから、もっとわくわくしていてもいいはずだ。豪華な広間や美しい庭園で、愛する家族とにぎやかに過ごすことを、毎年とても楽しみにしていた。

だが今年は気分が乗らない。その理由は向かいにすわっている女性にある。

レオはその美しさを記憶にとどめておこうとするかのように、タリアをまじまじとながめた。彼女の姿をまぶたに焼きつけておきたい。ばかげているかもしれないが、たった三週間でもタリアと離れるのがつらい。

一緒に連れていけたらどんなによかったか。

でも男は愛人を――タリアは恋人と呼ばれるのを好む――故郷の家族のもとへ連れて帰ったりしないものだ。母もきょうだいもみなざっくばらんで寛大だが、同棲しているも同然の女性をクリスマスのお祝いに連れていけば、さすがに眉をひそめるだろう。親戚連中はなおさらだ。

やはりロンドンに残ることにしたほうがよかったのかもしれない。いくら本人に反対されても、タリアをひとり残して、遠く離れたグロスターシャー州へ帰ることにするべきではなかった。

「ほんとうにひとりでだいじょうぶかい」レオは言った。「やっぱり帰るのをやめようか」

「ばかなことを言わないで。もうその話は終わったはずよ。わたしのことは心配いらないから、故郷でクリスマスを楽しんできてちょうだい」

「きみがそう言うなら――」

「ええ」タリアはきっぱり言った。「愛する人たちと一緒に過ごして」

レオはふと思った。自分はすでに愛する人と一緒に過ごしているのではないだろうか。タリアこそ、自分がだれよりも愛している人かもしれない。

だがレオはなにも言わず、熱いコーヒーをひと口飲んだ。

彼女も同じ気持ちだとはかぎらない。

このところ昼も夜もずっと一緒にいるので、しばらくひとりになりたいと思っていたとしてもおかしくない。もしかすると、自分との関係にそろそろ飽きてきたということもありうる。

レオは小さな音をたててカップを受け皿に置いた。

「今夜は帰ろうかと思う。きみもそのほうがゆっくり寝られるだろう」

タリアの目に一瞬、見たことのない表情が浮かんだが、レオにはそれがなにを意味するのかわからなかった。でもタリアはすぐに目を伏せて言った。「あなたがそうしたいなら」平坦で感情のこもらない声だった。「あなたもひと晩ぐっすり眠れるでしょうし」

「そうだね。そうするよ」

レオはナプキンをほうり投げ、椅子を引いて立ちあがった。上着のポケットがふくらんでいるのを見て思いだした。

ポケットに手を入れ、細長いベルベット張りの箱を取りだした。「これを。ぼくからなにも受けとりたくないということはわかってるが、クリスマスの贈り物ならいいだろう」

タリアは箱を受けとったが、ふたをあけることはしなかった。「わたしからも渡したいものがあるの。ちょっと待ってて」

スカートを揺らしながら、急いで隣りの寝室へ向かった。すぐに長方形の包みを手に戻ってきた。白い包装紙に、蝶結びにした赤い平織物《グログラン》のリボンがかかっている。

「たいしたものじゃないけど、気に入ってもらえるとうれしいわ」少しかすれた声で言った。

「クリスマスまであけないと約束して」

レオはタリアの目を見た。「わかった、約束する」

「あの、それじゃあ――おやすみなさい。どうぞいい旅を」タリアは体の前で両手を握りあわせた。

「ああ。当日は言えないから、いま言っておくよ。メリー・クリスマス、タリア」

「メリー・クリスマス、レオ。それから、新しい年があなたにとってすばらしいものでありますように」

レオはのどになにかがつかえているような気がした。「ぼくがいなくても、きみは寂しくないのかい」

タリアは驚いた顔をした。「寂しいに決まっているわ。毎日、あなたに会いたいと思うでしょうね」

沈黙がおりた。ふたりのあいだの空気が急に濃密さを増した。

次の瞬間、レオはタリアを抱き寄せた。その唇をむさぼるように、思いのたけをこめて甘くせつないキスをした。

タリアも彼の髪に手を差しこみ、夢中でキスを返した。唇を開き、情熱的に舌をからませる。そのなめらかな舌の感触にレオはぞくぞくした。

硬くなった下半身を押しつけながら、丸みを帯びたヒップを両手でしっかり支えて彼女を抱きあげ、そのまま寝室へ向かった。

マットレスに横たえると、タリアの体がわずかにはずんだ。スカートを腰までめくりあげ、脚のあいだに体を割りいれる。上着を脱ぎすて、ズボンのボタンをすばやくはずした。

そしていきなりその体を奥まで貫いた。彼女がベルベットの手袋のように自分を包んでいる。自分のためだけに作られた手袋のように。

タリアが背中を浮かせてあえいだ。

レオは激しく腰を動かし、彼女の情熱に応えた。やがてタリアは彼の肩に爪を食いこませながら絶頂に達した。きっと爪のあとが残るにちがいない、とレオは思った。

そしてすぐに自分も解放のときを迎えた。

タリアの上に崩れ落ち、鼓動が鎮まるのを待った。彼女の顔から湿った髪を払い、そっとやさしくくちづけた。

「そろそろ帰るよ」しばらくしてからレオは言った。

「ええ、そうね。寝たほうがいいわ」

「いや」今度は濃厚なキスをする。「寝るのはあとまわしだ」

タリアはレオの背中に脚をからめて唇を重ねた。「わたしもそうするわ」


レオの唇の感触に、タリアは暗闇のなかで目を覚ました。キスを返そうと両手を首にまわしたところ、レオが服を着ていることに気づいた。しかも隣りに横たわっているのではなく、ベッドのそばに立ってこちらに身をかがめている。

「起こすのは申しわけないと思ったけど、さよならも言わずに出ていきたくなかったんだ」

暖炉の残り火を受けて、レオの顔がぼんやり浮かびあがっていた。緑色の瞳がきらりと光る。タリアはその顔を記憶に刻みつけようとした。

「いま何時?」

「四時ごろだ」

心臓がぎゅっと締めつけられたが、タリアはしっかりするのだと自分に言い聞かせた。

「もう行かなくちゃね。気をつけて」

レオはもう一度キスをした。「三週間後に会おう」

「ええ、三週間後に。贈り物を忘れないで」

「ああ。タリア、ぼくは――」

「なに？」

レオは口をつぐみ、首を横にふった。「なんでもない。もう少し眠るといい。楽しい夢を」

だがタリアには、レオがそばにいないのに楽しい夢が見られるとは思えなかった。そこで返事の代わりに、情熱と悲しみのすべてをこめてキスをした。

ここでたったひとこと、行かないでと言えば、レオはロンドンにとどまるだろう。そうすれば離ればなれにならなくてすむ。

でもそんなことをするわけにはいかない。レオのためにも、彼がいないことに慣れるためにも。

まもなくふたりは体を離した。扉が閉まる静かな音を残して、レオは部屋を出ていった。

タリアは彼の残《のこ》り香《が》がするシーツの下にもぐりこみ、目を閉じて涙をこらえた。

27

松の大枝の芳香がただよい、クリスマスの丸太《ユールログ》が聖なる煙の筋をたてていた。これから十二日間、消えることなく燃えつづける大木だ。

前日、レオと兄のエドワード、ケイド、ジャック、ドレーク、それに双子の弟のローレンスと義兄のアダムは、ブラエボーンの屋敷でいちばん大きな暖炉へその木が運びこまれるのを見守った。暖炉は巨大で、大人の男性がなかでまっすぐ立てるほどだった。

それから伝統に則り、大切にしまっておいた去年のユールログの木片を火口《ほくち》に使って、クリスマスのお祝いが正式にはじまった。新しい丸太に火をつける役目は、母のアヴァことクライボーン公爵未亡人が担った。毎年、みながその儀式を楽しみにしていた。

いよいよ今日はクリスマスだ。屋敷は話し声や笑い声であふれ、一族全員が広い居間に集まって、料理を食べたり、ゲームをしたり、贈り物をあけたりしている。子どもたちの大半はレオの甥と姪で、この日は特別に、子ども部屋ではなくみなと一緒に居間で過ごすことを許されていた。年長の子どもたちは廊下まではみだして、騒々しい目隠し遊びに夢中になっている。

　それより小さな子どもたちは、居間の中央に敷かれたやわらかな毛布の上で、両親や子守係に見守られながらおもちゃで遊んでいた。

　赤ん坊も何人かいる——そのなかにはドレークとセバスチャンの第一子で、レオにとってはいちばん小さな甥にあたるオーガストや、ジャックとグレースの第四子である姪のロザリンドも含まれていた。

　ジャックはよく、女の子ばかり生まれることをからかわれている。だがそんなときジャックはただ微笑み、自分は男より女性のほうが好きなので、娘に囲まれて暮らすのは大歓迎だと言う。

　ジャックが幸福でいまの生活に満足していることは、レオにもわかった。独身のころ放蕩者として名をはせたあの兄はもうどこにもいない。結婚して八年近くたつのに、ジャックとグレースがいまでも愛しあっているのはだれの目にもあきらかだ。

　部屋の向こうに目をやると、ジャックとグレースがソファにすわっておだやかに笑っているのが見えた。ケイドとメグ、アダムとマロリーと話をしている。ふたりめの出産を控えて、マロリーのお腹は丸く突きだしている。

　ケイドはメグの背中に腕をまわし、マロリーはアダムの肩に頭をもたせかけて大きなお腹をなで、ジャックとグレースは手をつないでいた。

ドレークとセバスチャン、エドワードとクレアも、相変わらず夫婦仲がいい。もっとも公爵であるエドワードは、少なくとも人前ではある程度の節度を保っている。だがレオは長兄夫婦が一緒にいるところをたびたび目にし、その愛情の深さと強さを知っていた。きょうだいの幸せそうな姿を見るのはうれしい。でも今日はもうひとつ、それとは別の感情を覚えていた。

みんながうらやましい。

タリアはなにをしているだろう。

自分がいなくて寂しいと思ってくれているだろうか。

それともジェインという友人と楽しく過ごしているのか。

その友人の家を訪ね、シラバブを飲みながら聖歌でも歌っているだろうか？　もしかするとたくさんの人と一緒に、クリスマスを祝っているかもしれない。

自分のことを思いだしているだろうか、それともたまに頭をよぎる程度だろうか。

レオは渋面を作った。

周囲がどう思おうと、やはりここへ連れてくればよかった。

ひざでこぶしを握った。

タリアがグレースやメグと同じ立場だったら、いまごろは隣りにいるはずだった。妻であれば、だれもなにも言わない。

ばかげている。

レオははっと息を呑み、激しく動揺した。

「はい、どうぞ。お祝いのお酒でも飲んで」

レオは顔をあげ、妹のエズメをぼんやり見た。手にカップを持っている。「なんだい？」

「ワッセル酒を持ってきたわ。なにを悩んでいるか知らないけれど、少しは気分がまぎれるかも」

エズメはレオの隣りに腰をおろし、紺青色の瞳でレオを見た。まだ十八歳の少女なのに、こちらの心を見抜いているような目だ。

「どうしてぼくが悩んでいるなどと？」レオはカップを受けとった。

「さあね。ずっとひとりで隅っこにいるからかしら。それに熊みたいにむずかしい顔をしているし。なんとなくそんな気がしたの」

レオはますます顔をしかめた。「なんでもないよ」

「いいえ、なんでもないわけがないわ」

「きみには話せないことだ」

「あら」エズメの表情がわずかに曇った。「よけいなことを言ってごめんなさい」

エズメは立ちあがろうとしたが、レオは手を伸ばして引きとめた。

「悪かった。きみが言うところの熊になるつもりはなかった――それにしても、動物を引き合いに出すのがうまいな」

「ええ、もちろんよ。動物は人間よりもたくさんのことを知ってるの。人生のあらゆる面について、いろんなことを教えてくれるわ」

「そう思わない人間のほうが多いだろうが、そのことについてはまたいつか話そう」

エズメはうなずいた。「それで?」

「なにが?」

「どうしてよりによって今日、暗い顔をしているの? クリスマスなのよ。笑顔でいなくちゃおかしいわ」

レオは歯を見せて笑った。

エズメは吹きだしたが、すぐに真顔に戻った。「やっぱりわたしには話せないことなのね」

レオは嘆息し、クッションにもたれかかった。エズメにだけはタリアのことを打ち明けるわけにはいかない。十八歳の少女は愛人のことなど知らなくていい。ましてや離婚を経験した愛人となれば……。

もしもきょうだいのだれかに話すとしたら、ジャックかケイドしかいないだろう。だがエズメは家族のなかでいちばんの聞き上手で、相手を裁かない公平な心の持ち主だ。だれよりも思いやりがあって、けがをした小鳥がいれば手当てし、料理人に叱られて落ちこんでいる台所女中がいれば愚痴を聞いてやる。

レオはワッセル酒を口に含み、温かいブランデーとリンゴ酒、オレンジ、シナモンやクローブの風味を堪能した。「ある人がここにいないことが寂しくてね」

「女の人？」

「ああ。名前は訊かないでくれ」

「わかったわ」

短い沈黙があった。

レオはまたワッセル酒を飲んだ。

「ご招待しなかったの？」エズメは言った。「それとも、来られなかった？」

「どちらも正しい。なんというか……複雑な問題でね」

「どうして？」

「どうして複雑かって？　複雑だからさ」

「そんなに複雑なことではないんじゃないかしら。その人のことを愛しているの？」

レオはふたたび渋面を作った。「わからない」

「その人はお兄様を愛してる？」

レオの胸が締めつけられ、かすかに吐き気がした。カップを置いて言う。「それもわからない」

「だったら確かめなくちゃ。そうすればきっと、いま複雑に思えていることももっと簡単になるわ」

「いや、そうとはかぎらない」

「あまり考えすぎないで。さあ」エズメはレオの手をとった。「カードゲームをしましょう。今日こそはジャックに勝ちたいから、わたしと組んでちょうだい」

「それは無理だろう。ジャックにはかなわない」

「ずっと勝ちつづけられる人はいないわ。いくらジャックでもね。それに心から望めば、かなわないことはなにもないのよ」

「世間知らずの女学生の言うことだ」

「わたしはそれほど世間知らずじゃない」エズメはおだやかに微笑んだ。「ただ、ものごとを前向きに考えるようにしているの」

「世間知らずじゃないとはどういう意味か気になるが、衝撃を受けたくないから訊かないでおくよ」

「お兄様がなにかに衝撃を受けるとは思えないけれど」

「ぼくの隣人に会ったことがあるかな」

「いいえ、ないわ。衝撃的な人なの？　どんなふうに？」

「いいんだ。いま言ったことは忘れてくれ」レオはエズメに手を引かれて立ちあがった。

「ジャックの餌食になるとしよう」

「ええ」

「もうひと勝負どうだい」それから二時間近くたったころ、ジャックが満面の笑みを浮かべ、テーブルにうず高く積まれた賞金を手もとへ引き寄せた。

「やめておく」レオはうめき声をあげ、カードをほうった。

「ぼくもだ。たった一日でこれ以上、巻きあげられてはかなわない」ローレンスもカードをテーブルにほうった。

エドワードとクレアも同じことをし、苦い表情で目を見交わした。

セバスチャンの十八歳の弟ジュリアンがそれにつづいた。最初は大人に交じってカードゲームができると大喜びしていたのに、いまでは茫然とした顔をしている。

「わたしのほうを見ないで。とっくに勝負をおりたんだから」マロリーが言った。

マロリーは近くのソファに横向きにすわっていた。背中と足の下に枕をあてがい、テーブルに手を伸ばさなくてもすむように、大きなお腹の上に甘いビスケットの載った皿を置いている。

ゲームのとき、アダムは勝負の合間に席を立っては、妻の様子を見に行っていた。といっても、マロリーのソファは六フィートも離れていない。アダムがまた立ちあがろうとしたが、マロリーは手をひとふりしてそれを止め、夫にしか見せないやさしい笑みを浮かべた。

同じソファで、マロリーの足もとにドレークがすわっている。カードテーブルの席がいっぱいだったので、喜んでそこに腰をおろしたのだ。いまはなにかを深く考えこみ、カードゲームのことなどまったく頭にないようだ。

「ほら、やっぱりこてんぱんに負けただろう」レオはテーブルの向かいにすわるエズメに、意味ありげな視線を送った。

「それはそうよ」ジャックの後ろに立つグレースが言った。身をかがめて夫の首に腕をまわし、こめかみにキスをした。「カードゲームの名人と勝負したんだから」

「ぼくがほんとうに名人だったら」ジャックが妻の腕をなでた。「こんな小銭じゃなくて、もっと大金を賭けていたさ」

「むかしはとてつもない額を賭けていたじゃないの」グレースは言った。

ジャックは微笑んで妻の目を見あげた。「ああ。そのおかげできみと出会えた」

「お兄様がむかしと変わってくれて助かったわ」エズメが言った。「そうでなければ、四半期のお小遣いが全部消えてるところだった」

「財産の半分がなくなっていただろうな」ケイドが手もとのカードに目を落とした。ため息をつき、戦争で負傷した太ももをこぶしで軽くさすった。十年近くたったいまでも、足をひきずって歩いている。

その隣りの座席からメグが手を伸ばした。ケイドは笑みを浮かべ、妻の手をとってくちづけた。

「ぼくはまた領地を抵当に入れるはめになっていただろう」アダムが首をふった。「でもきみはそれほど大きく負けなかったようだね、セバスチャン」

アダムはセバスチャンの前に置かれた硬貨の山を示した。

セバスチャンはフランス人らしいしぐさで肩をすくめ、きれいな顔にかすかな笑みを浮かべた。「カードゲームをするのはこれがはじめてじゃないもの。それに天才数学者の夫から、次に来る札を予測する方法を教わったし。きっとお兄様のジャックと似たような方法ね」

ジャックの笑みが大きくなった。

「ねえ、そうでしょう？」セバスチャンはソファに目をやった。「ドレーク？」

だがドレークは妻のほうを見ず、心ここにあらずといった顔をしていた。

「ドレーク」セバスチャンは、おだやかだがよく通る声でまた呼びかけた。

ドレークははっとしたように顔をあげ、セバスチャンをまっすぐ見た。「うん？　勝ったのかい」

「いいえ、負けたわ」セバスチャンは言った。

「そうか、それはよかった。もっと小銭が必要になったら言ってくれ」ドレークは眉根を寄せ、ふたたび思案顔になった。鉛筆を持った手をふいに動かし、ひざに置いた小さな帳面になにかを書きはじめた。

だがセバスチャンは気を悪くした様子もなく、みなと一緒に笑った。

「あの風変わりな天才は、今度はなにに取り組んでいるの？」メグが小声で尋ねた。

「定理みたい。それと蒸気機関に関する発明ですって」セバスチャンは微笑んだ。「クリスマスじゃなかったら、わたしも実験室からひっぱりださなかったわ。なにかを創造しているときのあの人を邪魔したくないもの」

全員がうなずいた。みなドレークのことをよく知っているのだ。

「それで、だれも勝負をつづける気はないのかな」ジャックが両手をこすりあわせた。

「ない！」みなが同時に言った。

ジャックは笑い声をあげた。

「楽しんでいるところ、お邪魔してごめんなさいね」アヴァが優雅な足どりでやってきた。

「そろそろ贈り物の包みをあけて、夕食をはじめる時間よ」

レオは母に笑いかけた。みなをやさしくたしなめるその声に、子どものころのクリスマスを思いだした。母は相変わらず美しく、緑色の瞳も澄んでいる。茶色の髪にもほんのいく筋か、白いものが交じっているだけだ。

「ちょうどよかった」レオは言った。「いまゲームが終わったところだよ」

みなが立ちあがったが、ドレークとマロリーは別だった。ふたりともソファに腰をおろしたままだ。マロリーはまだ起きあがりたくないようで、一方のドレークにはだれの声も——

母親の声でさえ――聞こえていないらしい。

セバスチャンがやれやれという笑みを浮かべてドレークに近づき、その体を軽く揺すった。

レオはタリアからの贈り物を最後までとっておき、腰の脇に隠すように置いてから、ほかにもらった山のような贈り物の包みをあけはじめた。

部屋のなかでは紙や箱やリボン、それに騒音が飛び交っている。みなが贈り物を見ていっせいに感嘆の声をあげたり、ほかの人にそれを見せたり、ありがとうと叫んだりしていた。

レオはさっきと同じ静かな隅の席につき、ささやかな孤独を楽しんでいた。いつも人の輪の中心にいるレオにしては、めずらしいことだった。だが今日は少しでいいのでひとりになりたかった。

無言で贈り物をひとつひとつあけていった。

やがて、残っているのはタリアからの贈り物だけになった。包装紙を指先でなで、おもむろにリボンをほどいた。

それは本だった。

ジェイン・オースティンの『高慢と偏見』だ。

表紙を開くと、タリアの流麗な文字が目に飛びこんできた。

レオへ

あまり表には出さないけれど、ほんとうのあなたが頭を使うのが好きな人であることを、わたしは知っています。

メリー・クリスマス

一八一七年

レオは笑った。

彼女にはお見通しだった。たしかに自分はのんきな道楽者のようにふるまっているが、それはかならずしもほんとうの姿ではない。でも優秀な兄がたくさんいる男は、頭脳とは別のことで自分の存在を主張しなければならない。レオの場合、場を明るく盛りあげたり、娯楽に興じることがその手段だった。そしてそのことを楽しんでもきた。

だがタリアはすべてを見抜いていた。レオのほんとうの姿を見ていたのだ。

本をなでながら、レオはロンドンにいるタリアに思いをはせた。いまごろなにをしているだろうか。楽しいクリスマスを過ごしただろうか？

眉間にしわを寄せた。家族に囲まれているのに、心にぽっかり穴があいているようだ。こんなことはいままでなかった。なにかが——だれかが——足りない。

それで、おまえはこれからどうするのか。頭のなかでささやく声がする。

レオは本を強く握りしめた。

そうだ。どうするのか？


「ほかにご用はありますか」

タリアは侍女を見た。「いいえ、今日はもういいわ。ココアをありがとう、パーカー。メリー・クリスマス」

パーカーは微笑んだ。「メリー・クリスマス」

「明日はお休みだということを忘れないでね。あなたもみんなも一日じゅう自由よ。朝早く起きる必要も、わたしに朝食を運んでくる必要もないわ。ミセス・グローブが、冷めてもおいしく食べられる料理をダイニングルームに用意してくれてるし、紅茶は自分で淹れられる。それにあなたが水差しにたっぷり水を入れておいてくれたから、洗面も着替えも自分ひとりでできるわ」

「わたしにお世話をさせてください。姉の家に行くのはお昼前なので、時間があります」

「いつも親切にありがとう、パーカー。でも明日はゆっくり朝寝坊して、夜まで自由に過ごしてちょうだい」

「そこまでおっしゃるなら。それで、明日はどうなさるんですか？」

タリアののどが締めつけられた。ひとりで屋敷にいるのかと思うと、ふいに寂しさが襲ってきたが、それを無理やりふりはらった。フレッチャーまでもが、古い友人を訪ねるので留守にすると言っていた。けれど少なくともヘラがそばにいてくれる――庭へモグラ狩りに行かなければの話だが。

「わたしのことは心配しないで」タリアは笑みを浮かべてみせた。「いつもの年と同じように、適当に暇をつぶして過ごすから」

離婚した直後から、タリアはずっとそうやってクリスマスを過ごしてきた。だが今年は去年までとはちがう。孤独がことさら身に沁みる。

レオのせいだ。

ああ、彼に会いたくてたまらない。

でもあまりくよくよしないようにしなければ。

パーカーにおやすみを言ってから、タリアはココアのお代わりをカップに注ぎ、本を手にソファにもたれかかった。

そのときそれが目にはいった――レオからの贈り物だ。

きっと高価なものにちがいないと思い、タリアは箱をあけるのを我慢していた。いくらクリスマスの贈り物だとはいえ、返すべきだろう。

レオにはすでにたくさんのものをもらった。よく肥えたおいしいクリスマス用のガチョウも、来年の冬までもちそうな大量の薪ももらった。あれもこれもと受けとりつづけるわけにはいかない。でも中身を見もせずに返したら、レオは傷つくだろう。

タリアは身を乗りだして贈り物の箱を手にとった。豪華でやわらかなベルベットの外張りをなでてから、ふたをあけた。

なかにはいっていたのは、一連のクリーム色の真珠だった。ひと粒ひと粒がよく熟れた豆のように丸くて大きい。暖かな光をたたえ、繊細でこのうえなく美しい。

箱の隅に小さなカードが差しこまれていた。タリアはかすかに震える手でそれを取りだして開いた。

タリアへ

曾祖母上から譲りうけた思い出の真珠の代わりにはならないだろうが、これでまた喜びに満ちた新しい思い出を作ってほしい。

メリー・クリスマス
レオ

タリアはしばらく動けなかった。

レオは、ゴードンが離婚のとき返してくれなかった真珠の代わりにと、これを買ってくれたのだ。自分は真珠の話をしたことすらよく思いだせないのに、彼は憶えていた。

ひと筋の涙が頬を伝い、胸が締めつけられて息が苦しくなった。

このネックレスだけは手放せそうにない。ほかのどれよりも大切でいとおしい贈り物だ。

タリアはわっと泣きだした。遠く離れたレオに、いまほどそばにいてほしいと思ったことはなかった。

28

タリアは手綱をやさしく引き、アシーナの速度を落として歩かせた。身を乗りだして肩を軽くたたいて褒めてやった。今日の公園は気を散らすようなものが多いのに、アシーナは動じることなく見事にふるまっている。

空気は冷たいが空は青く澄みわたり、公園にはいつもより人が多かった。このところの雪で家に閉じこもっていた人びとが、久しぶりの青空に外へ出てきたらしい。

子どもたちが歓声をあげて走りまわり、両親がわが子を見守りながら後ろを歩いている。厚手の外套と襟巻をつけた若い男女が腕を組んでぶらぶら歩き、顔を寄せてなにかをささやきあっている。

焼き栗や温かいリンゴ酒のにおいがあたりにただよい、露天商が大声で客を呼びこんでいた。

タリアはいったん馬をとめて焼き栗の小さな袋を買い、まだ温かいそれをポケットに入れて寒さよけにした。これを食べれば少しは元気が出るかもしれないが、あまり期待はしていない。新年のお祝いは終わったけれど、レオが戻ってくるのはまだずっと先だ。

数日前、ジェイン・フロストが屋敷を訪ねてきてくれた。だがジェインはすぐに帰ってしまい、そのあとタリアはよけいに寂しくなった。

それでもベッドにもぐりこんで過ごすのはやめ、自分を奮い立たせてふだんの――レオと出会う以前の――生活に戻った。でも以前とはなにかがちがっていた。むなしくてたまらない。

それでもむかしと同じように、なんとかやっていくしかない。

タリアはアシーナの脇腹を軽く蹴って帰路についた。

屋敷に到着すると速度をゆるめ、馬のひづめが砂利を踏む音を聞きながら厩舎にはいった。

馬丁が出てきて、タリアが鞍からおりるのを手伝った。「お客様がお待ちですよ。ほんの二十分前にお見えになりました」

「お客様？　どなたかしら」

「名前はおっしゃいませんでした。ただ、なかでお待ちになるとだけ言ってました」馬丁はにっこり笑い、いたずらっぽい目をした。

タリアは口を開きかけたが、それ以上、質問するのをやめて屋敷に向かって歩きだした。

ジェインがまた来てくれたのだろうか？

それはなさそうだ。

もしかするとマチルダが？

タリアは頬をゆるめた。

一階の居間につづく廊下の角を曲がり、謎の来客がだれであるか尋ねようと、執事の姿を探した。

だがフレッチャーはどこにもいなかった。

まず二階の寝室へ行って服を着替えようかと考えているとき、居間からひとりの男性が出てきた。

男性はふりかえって微笑み、金色がかった緑の瞳を宝石のように輝かせた。

タリアはその瞬間に駆けだした。心臓が激しく打っている。

「レオ！」

腕のなかに飛びこみ、首に抱きついた。レオに強く抱きしめられて、かかとが床から浮いた。甘く濃厚なキスをする。タリアは胸に秘めた熱い思いと、会えなかった寂しさのすべてをくちづけに込めた。

でももう寂しくない。あふれる喜びで胸がはちきれそうだ。さらに激しいキスをする。彼のにおいを深々と吸いこみ、夢中で抱きあっているうちに、すべてが頭から消えていった。

頭からつま先まで快感が駆け抜ける。

「びっくりしたかな」レオは軽く唇を触れあわせながら言った。

「ええ。いったいどうしたの？　あと一週間は帰ってこないと思っていたのに」

「予定を切りあげて早めに帰ることにしたんだ。きみがそばにいないと落ち着かなくて。きみも寂しかったかい？」

「毎日、寂しくてたまらなかったわ」タリアはレオの唇を探りあて、思いのたけをキスで伝えた。

「寝室に行こう」しばらくしてレオが息を切らしてささやいた。

タリアはうなずき、彼が床におろしてくれるのを待った。だがレオはそのままタリアを抱きかかえ、階段へ向かって歩きだした。


それから永遠とも思える時間が過ぎたころ、タリアは恍惚としてベッドに横たわっていた。シーツや上掛けは蹴られて足もとに丸まっている。

なにか上にかけたほうがいいとわかっていたが、体に力がはいらず動けなかった。思いだすだけでも肌が火照るような愛の営みで、レオは彼女を何度も高みに昇らせた。

いまは乳房を片手でもてあそんだり、弧を描くようにみぞおちのあたりをなでたりしている。やがてレオはタリアのあごに指をかけて顔をあげさせ、とろけるようなキスをした。

タリアは吐息をついて彼に身をすり寄せ、首筋に顔をうずめて目を閉じた。

「最高にすばらしい歓迎の儀式だったよ」レオはタリアの肩や腕をなでながら言った。

タリアは微笑んで首筋にキスをした。「おかえりなさい」

「クリスマスはどうだった?」

「静かだったわ。あなたのほうは?」

「騒々しかった。ブラエボーンの屋敷には数えきれないほど部屋があるのに、どこも人でいっぱいだったよ。きみがそばにいればいいのにと、ずっと思いながら過ごしていた」

陽光が射したようにタリアの胸が温かくなった。レオの胸に手をあててその目をのぞきこむ。「わたしもよ」頬をなで、すべすべした肌の感触を味わった。「贈り物をありがとう」

「真珠のことかな。気に入ったかい」

「もちろんよ。とてもきれいだった」

レオは金色の眉を片方あげた。「返すとは言わないんだね」

「ええ」首を伸ばし、ゆっくりと長いキスをした。「あのネックレスだけは手放せそうにないわ」

「よかった」レオがむきだしのヒップをなでると、タリアの体が震えた。「きみが手放せなくなるような贈り物をまた探さなければ」

「それはやめてちょうだい」

レオはタリアの額にかかった髪を払った。「どうしてだい。ぼくはきみに贈り物をするのが楽しいんだ」

「わかってるでしょう。その話は前にしたはずよ」タリアは甘く情熱的なキスをした。「もう充分もらったわ。あなたの恋人でいること以外、わたしはなにも求めていない。ほんとうよ」

「ぼくはちがうと言ったら？」

「どういうこと？」タリアは眉根を寄せた。

「ぼくはそれだけじゃ満足できない」レオはタリアを抱く腕に力を入れた。「だれにも後ろ指をさされることなく、きみに好きなだけ贈り物をしたい」

「そんなの無理よ。後ろ指をさされるに決まってるわ」

「きみがぼくの妻なら、なにも言われないだろう」

タリアは胸を思いきり殴られたような衝撃を受け、一瞬、息ができなくなった。「なんですって？」かすれた声で言った。

レオは興奮で目を輝かせ、タリアを腕に抱いたまま上体を起こした。「愛してる。ぼくと結婚してくれないか、タリア」

タリアは絶句した。

「ブラエボーンにいるとき、自分の気持ちに気づいたんだ」レオはつづけた。「きみがそばにいないと、すべてがむなしく感じられた。未来の花嫁として、きみを家族に紹介できたらと思った。これから一緒に行かないか。みんなきみを気に入るだろう。ぼくにはわかる」

タリアの全身に鳥肌がたち、骨まで冷たくなったような気がした。レオの腕をふりほどき、ベッドの足もとにかけてあったガウンを手にとって、震えながら袖を通した。

だが寒さはまったくやわらがなかった。

「とつぜんのことで驚いたかな」レオは眉をひそめた。「結婚を申しこむなら、もっとふさわしい場所と状況を選ぶべきだった。いまからひざまずいてもいいだろうか」

「やめて」

「裸であることが気になるなら、服も着るよ」

「そうじゃないの」

レオは長いあいだタリアを見つめたのち、両腕を組んだ。「どうしたんだ？　もしかして断わるつもりかい」その瞳から輝きが消えた。「きみはぼくと同じ気持ちじゃなかったのか。ぼくを愛していないんだね」

タリアは視線をあげてレオの目を見た。「ちがう」消え入りそうな声で言う。「愛しているわ」

体にはいっていた力がふっと抜け、レオは組んだ腕をほどいてタリアに手を伸ばそうとした。

ところがタリアはまたしても身をかわした。

「タリア、いったいどうしたんだ。ぼくを愛しているなら、結婚すると言ってくれ。なにか問題があっても、ふたりで力を合わせれば解決できる」

「無理だわ」タリアの声は自分の耳にもうつろに響いた。

「無理じゃないさ。乗り越えられない壁はない」

「あるのよ」タリアは自分が壊れるのを防ごうとするかのように、両手をぎゅっと握りあわせた。

ひとつ深呼吸をして言った。「あなたとは結婚できないわ、レオ。わたしはだれとも結婚できないの」

「どういうことだ？」

タリアはそれ以上、レオの顔を見ていられず、両手に視線を落とした。「離婚条件のせいよ。元夫のケンプ卿は再婚できるけれど、わたしはできない。二度と結婚の誓いをすることを禁止されているの」

29

レオはことばを失った。無言でベッドを出ると、ズボンを手にとってすばやく身につけた。次にシャツを着たが、ボタンはかけなかった。

険しい顔で暖炉に近づき、新しい薪を一本、追加した。赤い残り火から細い煙があがる。太ももにこぶしを打ちつけ、タリアに向きなおった。「無効化する方法があるはずだ。書類の控えはあるかい」

「ここにはないわ。わたしの弁護士が事務所に保管している。それに議会と、もちろん裁判所にも」

「いまこの瞬間から、ぼくがきみの代理人だ。かならずなんとかしてみせる。ぼく自身にもたくさん知人がいるし、兄たち、とくに長兄のエドワードは幅広い人脈を持っている。事情を説明して、私法律案を貴族院に提出してもらえないか訊いてみるよ」

「クライボーン公爵にとてもそんなご迷惑はかけられないわ」

レオはタリアを一瞥した。「ぼくが頼めばやってくれるさ」

「やめて。お願いだから」タリアは嘆息した。「ゴードンは抜け目がないの。わたしの再婚を防ぐため、弁護士を使ってありとあらゆる手を尽くしているはずよ。条件を無効にすることはきっとできないわ」

「この世に変えられないものはない」

「あるのよ。わたしは何年も前に離婚条件を受けいれたの。わかってちょうだい」

「いや、わかりたくなどない」レオはタリアを鋭い目で見すえ、髪を手ですいた。「きみはどうしてそんな平気な顔をしていられるんだ？　なぜその不条理に立ちむかおうとしない？」

タリアはなにも答えず、両腕で自分の体を抱いた。

その姿を見ているうちに、レオはふとある不安を覚えた。「もしかしたら、ぼくと結婚したくないのか？」

タリアは途方に暮れた顔をした。「レオ、わたしは──」

「そうなのか、タリア？」レオは声を荒らげた。「ぼくと結婚したくないのかい。だからその条件を言いわけにしているのか？」

「ちがうわ。でも……ああ、どう説明すればいいの」

「とにかく話してくれ」

タリアは首を横にふった。「いまのままの関係でいましょう。それで充分幸せだったじゃないの」

「そうだろうか。クリスマスなのに、きみをひとりぼっちでロンドンに置いていくような関係が幸せだと？　きみをぼくのものだとおおっぴらに言えない関係が？　生涯をともに過ごしたい女性として、家族にも紹介できないことが？」

「しかたがないでしょう。もともと期間限定という約束だったんだから」

「その約束をしたのは、きみに恋に落ちる前のことだ」レオはタリアに近づいてその腕に両手をかけた。「いまのままの関係ではいられない。ぼくと結婚できない理由を教えてほしい。法律上の問題ではなくて」タリアが口を開きかけたのを見て付け加えた。

タリアは口をつぐんで目をそらした。

「愛してると言ってくれただろう。あれは嘘だったのか」

「嘘じゃないわ」タリアは小声で言った。

「だったらどうしてだ。ぼくにわかるように説明してくれ」

「あなたを愛しているからこそ」タリアは震える声で言った。「いま以上の関係になるわけにはいかないの。わたしのせいで、あなたの人生を台無しにしたくない」

「ぼくの人生を台無しにする？　なにをばかなことを言っているんだ」

「ばかなことじゃないわ。わたしは……わたしは……」タリアは声を詰まらせた。

「なんだい？　いいから話すんだ」

タリアは苦悩に満ちた顔で視線をそらした。「子どもを産めない体なの。だからゴードンもわたしを離縁したのよ。跡継ぎを産めないとわかったから」

レオを押しのけるようにして、暖炉の前へ行った。体が氷のように冷えきっている。背中がぞくりとし、胸に鋭い痛みが走った。

それはタリアがずっとかかえてきた痛みだった。いくら考えまいとしても、静かな底流のようにつねに心の奥にあって、思いもよらないときにタリアをひきずりこもうとした。

わたしは母親になれない。

タリアはその事実を何年も前に受けいれたはずだった。だがむなしさはずっと消えなかった。三階の子ども部屋は空っぽで、これから先も、かわいい足音や幼い笑い声がすることはない。

レオの沈黙がすべてを物語っている。タリアはふりかえらなかった。彼の顔を見る勇気がなかった。

そのときレオが後ろから近づいてきて、タリアの肩に両手を置いた。「かわいそうに、タリア。でもそれはたしかなのか。男の側に原因があることも――」

「いいえ」タリアはきっぱり首をふった。「わたしが原因であることはまちがいないわ。最後に失ったとき……お医者様から……もうできないと言われたの。そしてそのとおりだった」

「失った？」レオは静かに尋ねた。「子どもを？」

「そう、子どもを」そのことばを口にしたとき、タリアのなかでまたなにかが壊れた気がした。「結婚して最初の四年間で、わたしは三回流産したの。それから長いあいだできなくて……でも……」

「でも？」

タリアは震える息を吸った。「ごめんなさい、これ以上は話せない」タリアはレオの手をふりはらおうとした。

だがレオは手を離さず、タリアをふりむかせて抱きしめた。まず髪に、それから額にくちづける。「ぼくに話してごらん」

タリアは首をふった。

「だいじょうぶだから」レオはやさしくささやいた。「最後のときになにがあったんだ？」

彼に話す？　このことはだれにも言ったことはない。ジェインとマチルダでさえ知らないのだ。どうしてレオに打ち明けられるだろう。でもほんとうのことを話せば、レオはあきらめて、自分の人生を歩こうという気になるかもしれない。

しかしそのためにはゴードンの話をしなければならない。

タリアの体に悪寒が走り、おぞましい記憶が真っ黒な雲のように心を覆った。

「わたしの話を聞いても」タリアは言った。「絶対になにもしないで。なんの行動も起こさないと、紳士として約束してちょうだい」

「どういうことだ？　いったいなにが――」

「いいから約束して」タリアはぴしゃりと言った。顔をあげてレオの目を見る。「そうしないかぎり話さないわ」

レオは眉根をきつく寄せ、相反するふたつの感情のあいだで揺れ動いた。彼女の秘密は知りたいが、そんな約束をさせられるのも納得がいかない。

「わかった、いいだろう」やがてレオは言った。「約束するよ。さあ、教えてくれ」

「まず、すわりましょう」

「ああ」

レオはベッドにすわらせようとしたが、タリアはそれを拒んで居間へ行った。寝室よりも居間のほうが、まだ勇気を出して話せるような気がした。

レオはソファのタリアの隣りに腰をおろしたが、肩を抱こうとはしなかった。これはタリアひとりにまかせるべきことだとわかっていた。

「ゴードンとわたしは愛しあって結婚したわけじゃないけれど、最初のうちはうまくいってたわ」タリアは切りだした。「あの人には爵位と社会的な力があって、見た目も素敵だった。母がわたしの結婚相手に望むものをすべて持っていたの。そしてゴードンにとっても、血筋がよくてそれなりの持参金もあるわたしは、花嫁として理想的だった。その年、わたしが社交界一の美女と言われていたことにも、心をくすぐられたんでしょうね。わたしはまだ十八歳で、悲しいくらい無邪気だった」

タリアは乾いた笑い声をあげた。

「最初のころ結婚生活は順調で、わたしが身ごもったとわかったとき、ゴードンは飛びあがって喜んだわ。でもまもなく、わたしは流産したの。顔には出さなかったけど、あの人が内心でがっかりしているのはわかってた。わたしはというと、心がばらばらに砕け散って、しばらく立ちなおれなかったわ。

それでもわたしたちは、また子どもを作ろうとしたの。何度もね。わたしが流産するたび、ゴードンは冷たくなった。いつも不機嫌で、よそよそしい態度をとるようになったわ。そして流産をくり返すのはわたしのせいだと責めたの。ほんとうは子どもが欲しくないから、わざと……そうなるようにしているんだろうと」

胸が苦しくなり、タリアは大きく息をついた。レオが触れようとしたが、タリアはそれをよけて手をこぶしに握った。

「ゴードンはお酒に溺れて、夫婦仲は……どんどん悪くなった。あの人は次第にわたしを傷つけるようになったわ。はじめは小さないじわるだったけれど、それがどんどんひどく、あからさまになっていった。やがてゴードンはわたしを殴ったり、屈辱を与えたりしはじめたの」

「きみを殴っただと？」レオは怒鳴るように言い、関節が浮きでるほど強く両手を握りしめた。

タリアは視線をあげ、レオの顔を見ていやな予感を覚えた。

「つづけてくれ」レオは感情のこもらない低い声で言った。

よくない兆候だ。

タリアは先をつづけるのをためらった。すべてを知ったら、レオはさっきの約束を守らないかもしれない。でもここまで打ち明けたのだから、最後まで話しても同じことだろう。

「ある夜、屋敷に帰ってきたゴードンから、愛人のひとりが男の子を出産したと聞かされたわ。でも、庶子だから跡継ぎにはなれない。もちろんあの人は酔っぱらっていて、それでもまだグラスを放そうとしなかった。そしてわたしを大声でののしって、泥酔したときはよくそうしたように、暴力をふるったの。もう何カ月も寝室をともにしていなかったのに、その晩は無理やりわたしをベッドに連れていこうとしたわ」

タリアののどが締めつけられ、指先が氷のように冷たくなった。

「でもわたしは拒んだ」タリアは言った。「そうする理由があったから。また悲劇が起きるのが怖くて、打ち明けていないことがあったの。身ごもっていたのよ。今回はお腹のなかですくすく育っていた。もうすぐ妊娠六カ月になろうというところで、お医者様からも経過は順調だと言われていたわ。その日の朝、無事に健康な子が生まれるだろうと言われたばかりだった。わたしは天にも昇る心地だったけれど、まだ半信半疑でもあったわ。胸が裂けるほどの悲しみを何度も味わってきたんですもの。何年にもわたって」

タリアはうつむき、組んだ手に視線を落とした。あの夜のゴードンの顔が脳裏によみがえる。酔いと怒りで血走った目が。

「そのころはまだお腹が目立たなかったから」タリアは聞きとれないほど小さな声でつづけた。「隠していられたの。そろそろ報告しようと思っていたのよ。でも、ゴードンに大声でなじられて怖くなった。ほんとうのことを打ち明けようとしたけれど、あの人は聞く耳を持たなかったわ。おまえは嘘をついていると言って、何度も何度もわたしを殴った。わたしは命の危険を感じて、とっさに暖炉の火かき棒をつかんで抵抗した。でもそのことが、あの人の怒りに油をそそいだの。わたしは逃げようとして……」

……こめかみの傷から流れでた血が、亜麻色のイブニングドレスに落ちて染みを作った。両のまぶたが腫れ、片方は完全に閉じてあかなかった。平手でぶたれた頬と唇も、赤く腫れあがっている。頭がずきずきし、こぶしでくり返し殴られた胸や背中も痛い。タリアはお腹のなかにいる宝物を守ろうと、体をふたつに折りながらも、なんとか足を踏んばって立っていた。

震えながら悲鳴をあげた。ゴードンが怒りに燃えた目で、また殴ろうとこぶしを構えている。逃げなければ。もしここで倒れたら、二度と起きあがれないだろう。タリアは火かき棒を床に落とし、くるりと向きを変えて懸命に走った。階段をのぼって寝室にたどりつければ、なかから鍵を閉められる。時間がたてばゴードンも冷静さを取り戻すだろうし、ひと晩眠って酔いが醒めたら、こちらの話を聞いてくれるかもしれない。

だが居間を出るタリアをゴードンが追いかけてきた。玄関広間の黒と白の大理石の床に、重い足音が響いている。

「戻ってこい、このあま!」ゴードンは叫んだ。

タリアは苦しい息で走りつづけた。

フレッチャーが現われ、いつもはおだやかな顔に驚愕の表情を浮かべた。さっと進みでてふたりのあいだにはいり、両手を広げながらゴードンに駆け寄った。「いけません、閣下。おやめください。お願いです」

「そこをどけ!」ゴードンはわめいた。

タリアはふたりがもみあう音を背中に聞いた。

手すりにつかまり、必死で足を動かして階段をのぼった。だがもう少しで二階につこうというところで、後ろから肩をつかまれた。のがれようともがいたとき、足がすべった。

次の瞬間、タリアは大きな音をたてて階段を転げ落ちた。ようやく階段の下で止まったときには、鋭い痛みに全身を貫かれて意識がもうろうとしていた。足音やはっと息を呑む音や悲鳴が聞こえ、だれかの手が伸びてきた。

やがて意識を失い、その先の記憶が途絶えた……。

「三日後、わたしは流産したわ」タリアは抑揚のない声で言った。「男の子だったそうよ。健康だったけど、お腹の外で生きていくには小さすぎた。父の名をとってデイビッドと名づけたわ。一族の墓所に埋葬したけれど、わたしは衰弱していて参列できなかった。それから二カ月間、部屋に閉じこもって過ごしたの。友だちが訪ねてきても会わなかったわ。みんなわたしがまた流産したとだけ思っていて、ほんとうのことを知らなかった。ゴードンが周囲に触れまわったのよ。わたしは病気だと。ある意味では、そのとおりだったのかもしれない」

タリアは嘆息した。「そのころのことはよく憶えていないの。ほとんど眠れず、食欲もなく、ふさぎこんでいた。あるとき、近づいてきたゴードンの顔を爪で思いきりひっかいてやったわ。それ以来、彼はわたしのそばに来なくなった。精神的な病を患ったという噂もささやかれたのよ。ときどき、いっそそのほうが楽だと思うこともあったわ。

それでもジェインとマチルダに助けられて、少しずつ以前の生活に戻ることができた。ふたりはなにくれとなく面倒を見てくれて、お医者様から子どもはもう望めないだろうと告げられたときも、わたしを支えてくれたの。階段から落ちたとき、致命的な打撃を受けたみたい。あとから知ったことだけど、もう少しで命を落とすところだったらしいわ」

レオは手を伸ばしてタリアを抱き寄せ、額にくちづけた。「かわいそうに。つらかったね」

タリアはレオの胸にもたれかかった。そのときはじめて、頬が濡れていることに気づいた。

レオは指の背でタリアの涙をぬぐった。

「それから三年間、ゴードンには指一本、触れさせなかった。ひとつ屋根の下で、他人どうしのように暮らしていたの。最初のうちはゴードンも反省しているように見えたけど、月日がたつにつれ、わたしにつらくあたるようになってきたわ。子どもができたことを言わなかったと責め、だんだんわたしを憎むようになった。それなのに、跡継ぎを産むのは妻の義務だと、ふたたび言いはじめたの。だからもう一度だけ、がんばってみることにしたわ。でもあの人に触れられると、ぞっとしてとても耐えられなかった。ゴードンがわたしを自分の人生から永遠に閉めだそうと決めたのは、そのときのことよ」

レオの腕にぐっと力がはいった。「きみを離縁することにしたんだね」

タリアは震えながら深呼吸をした。「そう。前にも言ったとおり、あの人は周到な計画をたてて、わたしを不実な妻に仕立てあげた。そうして離婚を申したてる法的な根拠を作ったの。殺さないでいてくれただけ、ありがたいと思うべきかもしれないわ。でも当時のわたしはみんなに好かれていた。社交界の人たちや友人の目も光っているから、わたしをお墓に葬《ほうむ》るのは簡単なことではなかったはずよ。きっと不審に思う人が出てきたでしょう。そこでゴードンは、わたしの名前と評判を地に落とすことにしたの」

レオは慰めるようにタリアの肩をなでた。「あの男こそ墓に葬られるべきだ。ぼくがそうしてやる」

タリアは思わず立ちあがってレオの目をのぞいた。「やめてちょうだい。約束したじゃないの――」

レオは信じられないという顔をした。「でもあれは話を聞く前――」

「約束は約束よ」タリアは強い口調で言った。「わたしの話を聞いても、絶対になにもしないと約束したでしょう」

レオは髪をかきむしり、勢いよく立ちあがって部屋を行きつ戻りつした。「ぼくになにもするなと？　あいつをほうっておけと言うのか？　あの男は悪魔だ。罪を償わせなければならない」

「もうとっくに終わったことだし、いまさら蒸しかえしてもどうにもならないわ」

「復讐すべきだ。当然の報いを受けさせなければ」レオは片方の腕をさっとあげた。「きみはなんとも思っていないのか。肉体的にも精神的にも虐待を受けたのに？　お腹の子どもを殺されたんだぞ。そして友人も名声も奪われて、用済みの売春婦のように無一文で路上にほうりだされた。再婚のことも忘れてはいけない。あの男はその権利すらきみから取りあげた」

タリアの頬から完全に血の気が引いた。レオに指摘されて、ゴードンの残酷さをあらためて思い知った。

「なんとも思ってないわけがないでしょう」タリアは低くかすれた声で言った。「あなたが思う以上に、わたしはゴードンを憎んでる。でもあんな悪意の塊のような人のために、あなたの手を汚させるわけにはいかない。わたしのせいで、あなたの人生まであの人に壊させるわけにはいかないの」

タリアはレオの目を見つめた。「レオ、約束したでしょう」

レオは首と肩の筋肉をこわばらせ、両手を握ったり開いたりした。傍目にもわかるほど体を震わせ、激しく葛藤している。「約束などしなければよかった」吐きだすように言った。

「どうしてぼくにあんな約束をさせたんだ」

いきなり壁に歩み寄り、こぶしを強く打ちつけた。その衝撃で絵が二枚、床に落ちた。小さな磁器の像も落ちたが、下が絨毯だったので割れずにすんだ。

それまで落ち着かない様子だったヘラも、木の床を爪でかきながらあわてて逃げだした。

タリアもぎくりとして身をすくめた。

だが恐怖は感じていなかった。レオが自分に手をあげることはありえない。彼はただ、怒りといらだちを抑えられないだけなのだ。若さも手伝って、頭に血がのぼっている。ゴードンを痛い目にあわせてやりたいとは思うが、レオの身を危険にさらすことだけはできない。たとえけがをしなくても、法律が彼を守ってくれるとは思えない。

レオが憤怒することはわかっていたのに、どうして話してしまったのだろう。

「わかった」息の詰まるような長い沈黙のあと、レオは言った。「あの男を殺しはしない。きみのために。でもそれ以外のことは約束できない」

「レオ——」

「それがぼくの最大限の譲歩だ」

少なくとも、レオの手が血で染まることはない。そう自分に言い聞かせたが、タリアの不安は消えなかった。

レオは部屋を横切り、ブランデーのはいった小さなデカンターを手にとった。タリアが彼のため、この部屋にいつも用意しているものだ。夕食が終わると、レオはブランデーを、タリアは紅茶を飲むのが習慣になっていた。レオはクリスタルの栓をはずし、グラスにブランデーを注いで一気に飲み干した。まだ午後の遅い時間だったが、タリアはそれを指摘するのはやめることにした。

今日という日がとてつもなく長く感じられる。

「ぼくはこれから」レオは音をたててグラスを置いた。「きみの離婚の判決について調べることにする。ローレンスも手伝ってくれるだろう。弟のほうが法律にくわしいから、ぼくが考えつかないような方法を見つけだすかもしれない。きみはとりあえず必要なものだけまとめて、ぼくと一緒にキャベンディッシュ・スクエアの屋敷に来てくれ。残りの荷物はあとで送らせればいい」

タリアは眉をひそめた。「荷物を？　どうして？」

「一緒に暮らそう。ぼくがここに引っ越してきてもいいが、向こうのほうがずっと広いし便利だ」

タリアは唖然とした。「一緒に暮らすですって？　弟君だっていらっしゃるんでしょう？」

「それがどうしたんだ。ローレンスはなにも邪魔なんかしないさ。もし気になるなら、顔を合わせなければいい。ぼくたちにはそれぞれ居住棟があるから、会いたくなければ会わなくてすむ」

「そういう問題じゃないのよ。レオ、あなたと一緒に暮らすことはできないわ」

「どうしてだ。いまだって一緒に住んでいるようなものじゃないか。スキャンダルになることを心配しているなら、その必要はない。結婚してしまえば、みんなすぐに忘れて次のおもしろそうな話に飛びつくに決まっている。それにノースコートは――きみも会ったことがあるだろう――隣りの屋敷で破廉恥なパーティを開いているぐらいだし、きみが引っ越してきたところで、大きな騒ぎになるとは思わない」

「レオ、さっきも言ったでしょう。わたしは結婚できないのよ」

「そんなに悲観的にならないでほしい。きっといい方法が見つかるよ」

タリアの胸が苦しくなり、いまにも心臓が破裂しそうな気がした。「たとえそうだとしても、あなたの妻にはなれないわ」

レオは口をつぐみ、鋭い目でタリアを見た。「なぜだ？」

タリアは唇を震わせた。「理由はわかってるはずよ。わたしの話を聞いてなかったの？　わたしは子どもを産めないの。あなたを父親にしてあげられない」

レオの表情がふっとやわらいだ。「子どもはいらない。たしかに、いつか自分も父親になるんだろうと漠然と考えていたけれど、そんなことはどうだっていいんだ。ぼくには甥と姪がたくさんいる。その子たちをわが子だと思えばいい」

タリアはまばたきして涙をこらえた。「自分の子どもを持つのとはちがうわ」

「そうかもしれない。でもぼくはそれで満足だ」レオはタリアに歩み寄り、その体を抱きしめた。「ふたり一緒なら、きっと幸せになれる」

しばらくしてタリアは身を引いた。「やっぱりだめよ。父親になる機会をあなたから奪うことはできない」

「ぼくは二十五歳だ。赤ん坊にそれほど興味はない」

「いまはそうかもしれない。でも何年かたったらどうかしら。五年後は？　十年後、二十年後は？　自分で言ったとおり、あなたはまだ若いわ。年月がたつと人は変わるものよ」

レオは眉根を寄せた。「きみへの気持ちが変わると言いたいなら、それはちがう。ぼくはきみを愛しているし、これから先もずっと愛しつづける。二十年後、五十年後も。もし子どもに恵まれなかったら、そのときはそのときだ」

「恵まれることはないわ」タリアは悲しげに言った。「ごめんなさい。でもやはりわたしには無理よ。ある朝、目覚めて、あなたが後悔している姿を見たくない。もしかするとあなたは、わたしを恨むようになるかもしれないわ」

「ぼくをあの男と一緒にしないでくれないか」レオはあごをこわばらせ、低い声で言った。

「一緒になんかしてないわ。あなたはゴードンとちがって、やさしくて立派な人よ。でも愛しているからこそ、あなたを罠にかけるようなことはしたくないの」

「ぼくはそれでかまわないと言っているだろう。欲しいのはきみだけだ」

タリアは目をそらし、心に鍵をかけて自分を奮い立たせた。レオのために、なすべきことがある。

「あの……レオ、いつまでもずるずる付き合ってもしかたがないわ。笑顔でさよならが言えるうちに別れましょう。いまが潮時だと思うの」

〝潮時なんて永遠に来ない。彼への思いが消えることはない〟

タリアは勇気をふりしぼってつづけた。「愛してると言ってくれるのはうれしいけれど、あなたは前に進むべきよ。きっとまた素敵な人が出てくるわ。わたしのように複雑な問題をかかえていない、若い女性を見つけるの。あなたを心から愛し、息子と娘を産んで、いい妻になってくれる人と結婚して。わたしにはそれができないから」

「ぼくをそんなに底が浅い男だと思っているのか。すぐに別の相手に乗りかえられると?」

そう思いたくなどなかったが、レオのためにはそのほうがいいと、タリアはわかっていた。

「ええ。すぐに次の人が見つかるわ」

「きみはまちがっている。今日はひとまず引き下がるが、ぼくをずっと遠ざけておくことはできないぞ。また来るよ」

「もう来ないで」

「いや、次は指輪を持ってくる。きみをかならず妻にしてみせる」

レオは全身に怒りをにじませて居間を出ていった。服を身につけ、床を踏みならしながら乱暴にブーツを履く音が寝室から聞こえてきた。

レオは居間へ戻ってきて、険しい顔でタリアを見た。そしていきなり抱きしめ、胸が焦げつくような激しいキスをした。

だがそれはすぐに終わった。

タリアの体を押しのけるようにして放すと、出口へと向かい、勢いよく扉を閉めた。

30

「ちくしょう、この判決を無効にする方法がどこかにあるはずだ！」レオはマホガニー材の大きなテーブルを両手でたたいた。その衝撃で法律書や書類の束が書斎の床に落ちた。

テーブルの反対側の端の席で、ローレンスが顔をあげた。その前にも本や書類が積みあげられている。「残念だ、レオ。あらゆる角度から調べても、その方法が見つからない。これを起草した法廷弁護士を知っている。きみとレディ・タリアには気の毒だが、とても頭が切れる男だ。優秀すぎるんだよ。異議申し立てができないものか、それとなく探りを入れてみたけれど、この離婚条件にはまったく穴がないそうだ。ぼく自身も何度も何度も調べてみた。でもこれをくつがえすことは不可能だよ。その事実をきみも受けいれたほうがいい。レディ・タリアは再婚できない」

レオは椅子にどさりと腰をおろした。身も心も憔悴《しょうすい》しきっていた。

あの雨の降る寒い午後、タリアの屋敷を荒々しい足どりであとにしてから一カ月、法律書や判例を手あたり次第に調べた。

だがなにも成果が得られなかったので、ローレンスに手紙で助けを求めた。ローレンスはなにも訊かず、予定を切りあげてブラエボーンから帰ってきてくれた。ところが優れた法律家である双子の弟でさえも、解決方法を見つけられずにいる。

「ネッドのほうもだめなのか」ローレンスは静かな口調で言った。

レオはうなずいた。「私法律案を提出できないか、貴族院で訊いてくれたそうだ。首相にもそれとなく話をしたらしい。でもだめだった。ケンプの力はあなどれない。離婚条件を無効にしようとする動きに気づいたら、たとえ法律がこちらの味方だとしても、全力で阻止してくるだろう」

「しかも悪いことに、法律はこちらの味方じゃない」

レオはふたたびテーブルに手を打ちつけた。書類がまた何枚か床に落ちた。「あの男を殺さないとタリアに約束したことを後悔しているよ。あいつの首をこの手でまた絞められるなら、なにを犠牲にしてもかまわない。今度は息の音が止まるまで放すものか」

ローレンスにさえ打ち明けていなかったが、レオはケンプ卿の屋敷へ行って直接、対決して、離婚条件を取り消すよう迫ることも考えた。しかし、相手がただ笑って自分を追いかえそうとするのは目に見えていた。

かろうじてそれを思いとどまったのは、ほんとうにケンプ卿を殺してしまうのではないかとおそれたからだ。レオの怒りといらだちは頂点に達していて、ことのなりゆきによっては衝動を抑えられる自信がなかった。

ローレンスは苦笑いを浮かべてレオを見た。「ケンプを墓場へ送れば気がすむかもしれない。でもレディ・タリアの言うとおりだ。彼を殺したところで、きみたちが幸せになれるわけじゃない。愛人の元夫を殺害したとして、タイバーン刑場で絞首刑になるのがおちだ」

レオはうめき声をあげて顔をそむけ、窓の外をぼんやり見た。長い沈黙があった。

「タリアは先週、アシーナを返してきた」暗い声で言った。

「アシーナ？」

「馬だよ。クリスマスに贈った雌馬だ。エズメの社交界デビューに備えて、調教を頼んでいた」

「エズメはもう馬を持っているだろう。というより、ありとあらゆる動物を飼ってるじゃないか」

「贈り物を受けとらせる口実だったんだ。一緒に〈タッターソール〉に行ったとき、タリアはアシーナにひと目惚れしていた。しばらくそばに置いたら、手放せなくなるんじゃないかと思ってね」

ほかの贈り物も返してほしくなどなかった。だが二週間以上前、レオのもとに包みが届いた。

真珠のネックレスだった。

レオはその夜、泥酔するまで酒を飲んだ。

「タリアはぼくに会おうともしない。訪ねていっても執事に門前払いされる。無理やりはいることもできるが、年老いた執事にけがをさせたくない」

レオは荒い息を吸った。

「最後に寝たのはいつだ?」ローレンスは訊いた。

レオは肩をすくめた。「さあ、いつだったかな。あとで寝るよ」

「早く寝たほうがいい。ふらふらじゃないか。いままで黙ってたけど、ひどい顔だぞ。地獄から這いでてきたみたいだ」

「わかってる」

タリアがいない世界は地獄も同然だ。

「寝室に行って休んだらどうだ」ローレンスはレオの心を見通しているかのように言った。たぶんそのとおりなのだろう。自分たちは双子で、顔立ちだけでなく、あらゆる面でそっくりなのだ。

「そうするよ。これらにもう一回、目を通してから」

「レオ、いくら調べても無駄だとわかっているだろう」

「もう一回、目を通すと言ってるんだ」レオは食いしばった歯のあいだから言った。

ローレンスは一瞬、反論したそうな顔をしたのちうなずいた。「わかった。目を通してみよう。もう一回」

「どうする、タリア?」

タリアはどこか遠くから自分の名前を呼ぶ声が聞こえた気がした。はっとして目をしばたたき、顔をあげた。「なに?」

向かいの席にすわるマチルダが、カップを静かにテーブルに置いた。「どうするか訊いたのよ。明日、ボンド・ストリートへ買い物に行かない? むかしみたいに片っ端からお気に入りの店にはいって、なんでも好きなものを買いましょうよ」

タリアはマチルダの話に集中しようとした。紅茶が冷たくなっていることに気づき、カップを置いた。「わたしはもう、なんでも好きなものを買える身分じゃないのよ。でも喜んで付き合うわ。品物選びを手伝わせてちょうだい」

「自分だけ買うんじゃつまらない」マチルダは唇をとがらせた。「あなたが気に入ったものをわたしに買わせて。それくらいのことはさせてちょうだい」

タリアは小さく微笑んだ。「ご親切にありがとう。でも遠慮しておくわ」

「帽子か手袋ぐらいならいいでしょう。まさかそれもいらないとは言わないわよね」

「いいの、わたしのことは気にしないで」

マチルダは美しい眉を片方あげた。

「ほんとうになにも欲しいものがないのよ。そもそも、めったに外出しないから新しい装飾品は必要ないもの。ヘラに見せたって、それほど褒めてくれるとは思えないし」

タリアは笑ってみせたが、マチルダは笑わなかった。

眉をひそめて言った。「やはりクリスマスにラムトンへ連れていくべきだった——」

「誘ってくれたのに、断わったのはわたしよ」

「そうだけど、もっと強く言うべきだったわ。あなたはだれかがロンドンへ戻ってくるのを待っているんじゃないかという気がしたものだから」

タリアは悲しみに胸を突かれて目をそらした。

でもレオのことを考えてはいけない。毎日、彼のことを考えてはいけないと必死で自分に言い聞かせている。アシーナと真珠を返したのは、それも理由のひとつだった。レオの思い出がよみがえるので、どちらも目にするのがつらかった。

「そうね……あのときはそうだったかもしれない」

「いまは？」

タリアはスカートのひだの下でぐっと手を握った。「どういう意味？」

「まだあの人と……」

「いいえ」自分でも思っていた以上に強い声が出た。

タリアは口調をやわらげて言った。「レオポルド卿とはもう会ってないわ」

「そう」マチルダは身を乗りだしてレモンのビスケットを手にとり、少しずつかじった。落ち着かないときの癖だ。「いつ別れたの？　聞いてないわ」

「ええ、言ってないもの」

「気の毒に、タリア。向こうから切りだされたの？」

「いいえ、わたしからよ。潮時だったの」

「ほんとうに？　でも前に会ったとき、あなたたちはとても幸せそうに見えたのに。わたしはてっきり……」

タリアは平静を装い、マチルダの目をのぞいた。「てっきり、なに？」

「レオポルド卿と一緒にいるときのあなたは別人のようだった。それに彼はあなたを特別な目で見ていたわ。てっきり、ふたりは愛しあってると思ったの」

タリアは胸をがんと殴られたような気がした。ふたたび目をそらす。

「お互いの気持ちがどうであれ、わたしたちに未来はないわ。わたしが再婚できないことは知ってるでしょう」

「再婚？　そんな話が出るほどの付き合いだったの？」

タリアはさらに強く手を握りしめた。爪がやわらかな手のひらに食いこんだが、その痛みがむしろありがたかった。

「ティリー、心配してくれるのはうれしいけれど、その話はしたくないわ。あの人のことはもう言わないで。それよりも、トムの学校生活のことをもっとくわしく教えて」

マチルダはタリアをしげしげと見て、ため息をついた。「わかったわ、もう詮索しない。でも話したくなったら、いつでも話してね」

「ええ」

タリアはカップを手にとり、冷めた中身を銀の容器に捨ててから、新しい紅茶を注いだ。カップを口に運んで熱い紅茶を飲むと、体のなかの冷たい塊が少しだけ溶けた気がした。レオが出ていった日から、その塊が完全に消えたことはない。

「さあ、トムの話をして」タリアは努めて明るい声で言った。「元気にしているの？」

31

色とりどりの四月の花が咲きほこり、木々は舞踏会に向かう若い女性のように、緑の葉のドレスをまとっていた。暖かな風が、残っていた寒気を追いはらっている。ロンドンの街は生気にあふれていた——春がやってきたのだ。

だが混んだ通りを歩くレオの目には、なにも映っていなかった。いらだちと絶望で全身に力がはいっていた。

タリアの離婚条件をくつがえすため、あらゆる道を探ったが、最後はかならず行き止まりに突きあたる。挫折の経験がほとんどないレオは、敗北することに慣れていなかった。でもここに来てついに、現実を受けいれるべきだという気になっていた。

タリアは再婚できない。

そしてケンプのこととは関係なく、自分と別れるという。

この数カ月、子どもができなくてもかまわないから一緒になろうとタリアを説得してきた。

しかし彼女は、たとえいまはそう思っていても、いつかそのことが障害になるときが来ると言って譲らなかった。

あまりにひどい裏切りを経験したせいで、簡単に信じられないのも無理はない。タリアは自分のまわりに壁を築きあげ、そのなかに閉じこもっている。そしてレオはその壁を崩すことができずにいた。

六週間近く前、屋敷を訪ねてタリアと会った。約束の婚約指輪を持っていけなかったことが、くやしくてならなかった。

レオは今回もフレッチャーに追いかえされることを覚悟していたが、その日はちがっていた。屋敷のなかにはいることを許され、居間に通された。

まもなくタリアが現われた。相変わらず美しかったが、少し痩せてやつれたように見えた。自分と同じだ。

「もうやめて、レオ」タリアは抑揚のない声で言った。「手紙も書かないで。訪ねてくるのもやめてちょうだい。いまさら話すことはないわ。わたしは自分の意思をはっきり伝えたはずよ。わたしたちは終わったの」

「ぼくを愛しているかい?」

タリアは表情を変えなかったが、目を合わせようとはしなかった。「愛していてもいなくても、いまとなっては関係ないわ。会うのはこれが最後よ。もうあなたからの手紙は受けとらないし、訪ねてきても——」

「訪ねてきても?」

タリアはようやくレオの顔を見たが、その目は冷ややかだった。「あと一度でも訪ねてきたら、二度とここに来られないようにするわ」

「ほう」レオは腕組みした。「どうやってぼくを止めるつもりなのかい」

「あなたを止める必要はない。この屋敷を売って、ロンドンを離れるのよ」

「なんだって」レオは衝撃を受けた。「でもここはきみの家だろう」

「また別の家を見つけるわ。黙って遠くへ行くのよ。そうすれば二度とあなたと顔を合わせることもないでしょう」

タリアに別れを告げられたとき、これ以上つらいことはないと思っていた。

だがそれはまちがっていた。

そこでレオは、二度と訪ねてこないし、連絡もしないと約束して、タリアの屋敷をあとにするしかなかった。

それ以来、彼女がロンドンからいなくなってしまうのが怖くて、しかたなくその約束を守ってきた。同じ街に住んでさえいれば、遠くからでも姿を目にすることがあるかもしれない。

社交シーズンが本格的にはじまり、家族もみなロンドンに戻ってきた。エズメは宮殿へ挨拶に行き、デビューを祝う豪華な舞踏会も開いた。はじめて足を踏みいれた社交界を、妹は楽しんでいるようだ。独身の紳士が列をなし、ダンスを申しこんでくる。そのなかにだれか気に入った相手が――結婚してもいいと思う相手が――見つかったかどうかは、まだわからない。

レオは兄として、晩餐会やパーティなどの催しにたびたびエズメをエスコートした。ところが人生ではじめて、人の集まるにぎやかな場所にいても楽しいと感じなかった。友人と夜の街へ繰り出したときでさえそうだった。心の半分が別のところにあるのに、どうして楽しいと思えるだろう。頭にあるのは、タリアはいまなにをしているのか、だれと一緒にいるのかということだけだ。

レオはブーツで舗道を踏みならし、両手を握ったり開いたりしながら大股に歩いた。周囲の人が避けるようにして通りすぎるところを見ると、きっとおそろしい形相を浮かべているのだろう。

なにかを蹴りつけてやりたい気分だ。

思いきり。

自分でも気がつかないうちに、〈ジェントルマン・ジャクソンズ・ボクシング・サロン〉に足が向いていた。レオはしばし入口をながめたのち、建物のなかにはいった。

レオは――ローレンスも――このサロンの常連なので、ふいに訪ねても練習相手《スパーリングパートナー》に困ることはない。

だが二十分後、二試合を終えても、レオの鬱憤《うっぷん》は晴れていなかった。

左右のグラブを打ちつけ、素手で戦ったら少しはすっきりするだろうかと考えた。だがジャクソンは、客が安全対策をとらずに戦うことを認めない。客や専属のボクサーがけがを負い、あざを作って流血する事態をよしとしないのだ。

次の打ち合いをはじめようとしたとき、ふと耳にはいってきた声にレオの全身が凍りついた。頭に血がのぼり、激しい憎しみに駆られた。

くるりと向きを変え、ケンプ卿に目をやった。

そしてにやりとした。

今日は運が味方しているようだ。

レオは練習相手のボクサーを残して歩きだした。ボクサーはレオの顔に浮かんだ表情を見て、不安そうな目をした。

だがレオはもう彼のことなど眼中になく、ケンプだけを見ていた。

ケンプは練習相手にパンチを繰り出しては、あざけりのことばをかけていた。ジャクソンは軽量級のボクサーを雇わない。専属のボクサーは全員、戦いかたを心得ている。正々堂々とふるまうことを忘れず、気の短い客に挑発されても冷静さを失わない。ケンプはそれにつけこんで、およそ紳士らしくない打ち合いをしていた。

だが爵位こそ持っているものの、ケンプが紳士などではないことをレオはよく知っていた。

しばらく見ていると、ジャクソンのボクサーがケンプのあごに見事なアッパーカットを食らわせた。数秒後、ケンプが相手のみぞおちに二度ジャブを出し、すでにあざになりはじめている脇腹にもパンチを見舞った。

ボクサーは震えながら後ろに下がり、両手をあげて痛みをこらえた。

「なんだ、もう降参か」ケンプが鼻で笑った。「わたしの母が片手で戦っても、おまえよりまだ強いぞ。ジャクソンに別のボクサーを連れてくるよう言ってくれ。こんな弱いやつが相手では時間がもったいない」

「その必要はない」レオは言い、グラブをはめた左右の手を腰にあてた。「ここのボクサーはみな強くて公正だが、おまえの望むような打ち合いはしてくれないだろう」

ケンプ卿はさっと首を後ろにめぐらせ、冷笑を浮かべた。声の主がだれであるか、わかったらしい。

「これはこれは、タリアの生意気な若い愛人じゃないか。バイロンだったな」

「そうだ」

ケンプ卿はにやにや笑った。「妻は元気にしているかい。まだ人様の子どものゆりかごに手を突っこんだりして毎日を過ごしているのかな」

「おまえと別れたことを神に感謝する毎日のようだ」

ケンプ卿の顔から笑みが消えた。レオのことばが胸に突き刺さったらしい。「なんの用だ。

自分よりすぐれた人間に教えを乞いたくなったか」

「もしそうなら、おまえと戦ったりなどしない」

「わたしと戦う？」ケンプ卿は大きな胸をふくらませてひとつ息を吐き、それから声をあげて笑った。「おもしろいことを言うな。でもおまえを相手にしても時間の無駄だ。わたしは本物の男と戦いたい」

「また言いわけをしてわたしから逃げようというのか。ところで、首の調子はどうだ」

ケンプ卿はあごを突きだして険悪な表情をした。敵意もあらわにレオを見る。「殴られたいのか、若造」リングをあごで示した。「だったら相手をしてやろう」

「もっとおもしろいやりかたをしようじゃないか」

ケンプ卿はいったん間を置いてから言った。「どういうことだ」

「素手でやるのさ。グラブははめない。おまえとわたしだけで、介添人はつけない。ここのボクサーが相手では物足りないと言ってたじゃないか」

何人かのボクサーと客が集まり、興味津々の顔でレオとケンプ卿の会話に耳をそばだてている。さっきレオの相手をしたボクサーが近づいてきた。心配そうに濃い眉をひそめている。

「閣下」低い声で言った。「おやめください。素手での試合はお勧めできません。深刻なけがをする危険があります。打ち合いをなさりたいなら、グラブを使っていただきます」

「そうだ、バイロン」ケンプ卿が唇をゆがめて言った。「彼の言うことを聞いたほうがいい。

けがをするぞ」

けがをするのはおまえだ、とレオは思った。ケンプは残酷で横柄で、けだもの同然の男だ。あのにやけた顔をこの手で打ちのめしてやる。

「忠告は聞いた」レオはボクサーに言った。「でもわたしの気持ちは変わらない」一方の手を口もとへ持っていき、歯でグラブのひもをほどいて脱いだ。もう片方のグラブは手ではずした。

「どうする、ケンプ。おまえが言うところの、本物の男の試合をしようじゃないか。それとも尻尾を巻いて逃げる気か？」

ケンプ卿の顔に一瞬ためらいの表情が浮かんだのを、レオは見逃さなかった。ケンプはごろつきだ。そしてごろつきは、自分の勝利を確信できるときしか戦わない。

だがうぬぼれの強いケンプは、自分に勝てる相手はだれもいない、ましてやレオなどに負けるわけがないと思いなおしたようだった。

しかも周囲には人垣ができている。今回は野次馬を味方につけるのはむずかしいだろう。前回、劇場で会ったとき、ケンプは大人の対応とやらをして身を引いた。もしここでまた背中を向けたら、周囲からは怖くて逃げたと思われるにちがいない。

ケンプ卿は薄ら笑いを浮かべ、使用人のほうへ両手を突きだしてグラブのひもをほどかせた。

「せめて手に布を巻いてください、閣下」ジャクソンの部下は食い下がった。「あなたもです、ケンプ卿」

「いいだろう」レオは言った。

この悪党の硬い頭を殴って手を骨折するのは本意ではない。

数分後、レオは両手を開いたり閉じたりして、ぴったり巻きつけられた布の強さとしなやかさを確かめた。向こうでケンプも同じことをしている。

あたりが騒々しくなってきた。ふたりを取りかこむ男たちが、どちらが勝つか賭けをしている。このサロンがこれほど混雑しているのを見るのははじめてだ。

レオは雑念を頭からふりはらい、目の前の試合に集中しようとした。早くはじめたくて体がうずうずしている。

ケンプが近づいてきた。レオよりずっと体重が重そうで、顔つきもおそろしい。一見しただけなら、だれもがレオに勝ち目はないと思うだろう。

だがレオには強みがあった。

激しい怒りと正義だ。

繰り出すパンチのひとつひとつが、タリアの受けたむごい仕打ちへの復讐だ。

流れる血も、感じる痛みも、すべてが正義の報いとなる。

レオは不敵な笑みを浮かべ、ケンプ卿にかかってこいと合図した。

ケンプ卿は群衆を見まわして気どった姿勢をとったかと思うと、いきなりこぶしを突きだしてレオのあごをしたたかに打った。

レオの首ががくんと後ろに倒れた。

どこか遠くから笑い声が聞こえる。

だがレオはほとんどなにも感じていなかった。氷のような復讐心と燃えさかる怒りが、痛みの感覚を鈍くしていた。

ケンプ卿に鋭い一瞥をくれてから、横を向いて口に溜まった血を吐いた。それからふたたびケンプ卿を見て微笑み、血で赤く染まった歯をのぞかせた。

勝負がはじまった。

レオはケンプ卿のみぞおちに、立てつづけに強いパンチを見舞った。ケンプ卿は息ができず、顔を青くしたり赤くしたりしながら、空気を求めてあえいだ。

レオは相手に呼吸を整える暇を与えず、顔を二発殴ってから、さっき練習相手に対して集中的に狙っていた脇腹を攻めた。

ケンプ卿は身を守るようにこぶしをあげ、ふらふらした重い足どりで後ろに下がった。頭をふり、冷静さを取り戻して体勢を立てなおそうとしている。

レオはケンプ卿に近づいた。だが今回は反撃され、顔とみぞおちにパンチを食らった。それでもひるむことなく、息も整わぬまま相手を攻めた。何度もくり返し脇腹にこぶしを突きたてる。パンチの衝撃で腕の筋肉が震え、手が血で濡れた。

だがやはり痛みは感じない。頭にあるのはタリアのことだけだ。彼女の気持ちをケンプに味わわせてやりたい。うずくまって命乞いをさせるのだ。タリアと同じように、死の恐怖を感じさせてやる。

「女性を殴るのとはわけがちがうだろう、ケンプ」レオは相手だけに聞こえるように言った。「わたしはそれほど簡単にやられないぞ。獣のように打たれるのはどんな気分だ？　殴られる側になった感想を聞かせてくれ」

ケンプ卿の腫れた目がはっとしたように見開かれた。そこに浮かんでいるのは恐怖と憎しみだ。

後悔の色は見当たらない。

それはケンプの赤くなった肌にあざが広がりはじめたのと同じくらい、たしかなことだった。

レオはすべてを忘れ、夢中でパンチを繰り出した。ケンプ卿はよけることも、反撃することもできなかった。最後に一度、弱々しくこぶしを突きだしたあと、床に崩れ落ちてうめき声をあげた。

レオは相手が息の根を止めるまで殴ってやりたかった。

だがそのとき、頭のなかでタリアの声が聞こえた。〃わたしの話を聞いても、絶対になにもしないで〟

レオはありったけの侮蔑の念を込めて、ケンプ卿の顔につばを吐きかけた。

それから背中を向けて立ち去った。

32

「レディ・フロストがお見えです」フレッチャーがおごそかに言った。

タリアは顔をあげ、刺繍の布に急いで針を刺して立ちあがった。「ジェイン！　うれしいわ。訪ねてきてくれるとは思わなかった」

ジェイン・フロストがかすかに衣擦《きぬず》れの音をたてながら、部屋にはいってきた。薄紫色のシルクのドレスに身を包み、波打つ茶色の髪を美しくまとめている。その上にかぶっているのは、ドレスと同じ色合いのシルクの花飾りがついた麦わら帽子だ。

結婚して十五年がたち、五人の子どもに恵まれたジェインは、腰のあたりが少しふっくらしてきた。だが同じ年に社交界にデビューして知りあった少女のころと変わらず、いまでもきらきら輝いている。

ふたりは抱擁を交わした。ジェインのつけているクチナシの香水のにおいがタリアの鼻をくすぐった。まるでこの屋敷に春を連れてきてくれたかのようだ。

「今朝、あなたのことを考えていたの。それで訪ねてみることにしたのよ」ジェインは椅子に腰をおろした。

「お茶の用意をお願いできるかしら、フレッチャー」タリアは言った。

「かしこまりました」

タリアはフレッチャーがいなくなるのを待ってから椅子にすわった。「それで、今日はどんな話があるのかしら」

「どうして話があると思うの？」

タリアはわかっているというように片方の眉をあげた。

「まったく、あなたに隠し事はできないわね。いつだって本を読むみたいに、わたしの心を読むんですもの」

「いつもおもしろい物語だからわくわくするわ。さあ、話してちょうだい」

ジェインはスカートのしわをなでつけた。「お茶の用意ができるまで待ちましょうよ」

「早く聞きたい。まさか悪い話じゃないでしょうね」

「ええ、その反対よ。少なくとも、あなたはそう思うんじゃないかしら」

「どうぞ話して」タリアはひざの上で両手を組み、ジェインが切りだすのを待った。

「昨日の午後、〈ジェントルマン・ジャクソンズ・ボクシング・サロン〉で騒動があったらしいの。街じゅうがその噂で持ちきりよ。朝食のとき、ジェレミーが一部始終を話してくれたわ。昨夜、クラブで聞いたんですって」

ジェレミーというのはジェインの夫だった。噂話は嫌いだと公言しつつも、なぜか社交界でのできごとをなんでも知っている。

タリアは眉根を寄せた。「それがどうかしたの？　わたしには興味のないことだわ」

ジェインは身を乗りだして目を輝かせた。「ケンプ卿がからんでいるのよ」

タリアは体をこわばらせた。「そう」

「あなたがあの人の名前も聞きたくないと思っているのはわかってるし、それも当然だわ。でもきっとこれを聞いたら胸がすっとするわよ。素手での勝負を挑まれて、意識を失うまで殴られたんですって」

「なんですって！」

ゴードンはむかしからボクシングに自信があり、折りに触れてそのことを自慢していた。対戦相手がおびえる顔を見るのが好きなのだ。タリアに対してもそうだったように。

「嘘みたいな話でしょう。とても荒っぽい勝負で、ケンプ卿も何度かいい攻撃をしたんだけど、結局は完敗したらしいわ。相手の男性はミスター・ジャクソンと同じくらい強かったみたい。ケンプ卿を倒したあと、つばを吐きかけて立ち去ったそうよ」

タリアはことばを失い、ジェインの顔をまじまじと見た。

「ジェレミーによると、ケンプ卿は意識不明のまま自宅に連れて帰られたの。お医者様の話では、肋骨が三本とあごの骨、それに歯が一本折れて、目のまわりにも黒あざができていたんですって。そうそう、ひどい頭痛もするみたい。残念なことに、少しよくなってきたみたいだけれど。でも、あの悪党にもとうとう天罰がくだったのね」

どこかの男性がゴードンを殴った？　しかも、自分で歩いて帰れなくなるほどひどく？

タリアはみぞおちのあたりがざわざわするのを感じた。「ジェイン、その男性の名前は？」

「どうして？　お礼状でも書くつもり？」

「名前を教えて」タリアは言った。

「バイロン。レオポルド・バイロン卿よ」ジェインはしばらくタリアを見つめ、首をかしげて言った。「なぜそんな顔をしているの？」

「そんな顔？」

「ねえ、わたしに話してくれていないことがあるんじゃない？」

タリアはため息をついた。「話すつもりだったけど、もう終わったの」

「なにが終わったの？」

「去年の冬、ある男性と付き合っていたのよ」

「あなたが男性と付き合っていた？」ジェインは目を丸くした。

タリアはうなずいた。「ええ。レオポルド・バイロン卿と」

ジェインが帰ったあと、タリアは長いあいだ書斎の窓から外をながめていた。

レオとのことを親友に打ち明けはしたが、すべてを話したわけではない。いまでもまだ彼の話をするのはつらかった。レオがいなくなってから、自分の一部が欠けたようだ。心にぽっかり空いた穴は、どんなものも、どんな人も埋められない。一緒に過ごした日々がつかのまの幸せな夢だったように思える。人生でいちばん輝いていたひとときだ。

レオがわたしのためにゴードンと戦った——そして勝った。

そのことを思うとタリアはうれしかった。

だが一方で不安でもあった。

勝負の結末がどうであれ、レオはそんなことをするべきではなかった。

ゴードンは簡単に忘れたりしない。

いますぐレオのもとへ行き、抱きついて愛していると言いたい。会えなくなってどれほど寂しかったか訴えたい。そして、もう二度と自分のために戦わないように釘を刺さなければ。

手紙を書いたほうがいいだろうか。

いや、そんなことをすれば、まだ癒えていない傷口がさらに大きく開いてしまう。レオに自分のことを忘れて前へ進んでほしいなら、どんなにつらくても、二度と近づいてはいけない。

あの夜、彼に言ったように、やはりロンドンを離れたほうがいいのかもしれない。屋敷を売りはらって田舎へ行くのだ。

ダービーシャー州はどうだろう。

あるいはウェールズ地方へ。

どこか遠いところ、レオが捜そうとは思わないようなところへ行こう。

いっそヨーロッパ大陸に移り住むのもいい。でもレオから遠く離れた外国に住むと考えただけで、タリアは立っていられず、かろうじて残っていた力も抜けてしまいそうだった。

あの人と永遠に会えないところに引っ越したら、わたしはおかしくなってしまうかもしれない。

やはりレオには連絡しないでおこう。彼はゴードンに正面から対決を挑んだ。大人の男性なのだから、自分の面倒は自分で見られるだろう。

わたしが心配することではない。

レオにはレオの人生がある。そして彼のために、わたしは自分の人生を生きるのだ――ひとりの人生を。

「行かないなんて言わないでくれよ、バイロン」それから二週間近くたったある夜、友人のひとりが言った。「新しくできた〈プリチェット〉はロンドン屈指の賭博クラブだ。ゲームは興奮するし、女も最高だ。一緒に行こう。きみがいないとつまらない」

ほかの四人の友人も口々にそうだと言い、楽しい夜のつづきをしようと誘った。そのなかにローレンスの姿はなかった。今日はレオたちとは別に、仕事仲間と連れだって夜の街に出かけている。

だがレオは気乗りがしなかった。もう時間も遅いし、これ以上、楽しいふりをして陽気にふるまうのはうんざりだ。ギャンブルをする気分ではないし、いくら〝最高〟でも、香水をつけすぎた女たちの誘いをかわすのも面倒くさい。

自分が欲しい女性はたったひとりだけだ。でももう彼女に会うことはできない。

レオは内心で顔をしかめた。

だが表面では笑みを浮かべてみせた。「名残惜しいが、それは次回の楽しみにしておくよ。今日はもう帰る」

「帰る？　本気か」別の友人が言った。「まだ一時を過ぎたばかりだぞ。お楽しみはこれからだ」

「ああ。でも残念ながら、明日の朝早く、母と妹と朝食会に行く約束をしてるんだ。寝不足と飲みすぎで目を充血させて、パーティのあいだじゅう、痛むこめかみをさすっているわけにはいかないだろう。きみたちは楽しんできてくれ。また今度、一緒に行こう」

友人たちはなおも引きとめようとしたが、やがてあきらめ、貸し馬車を探しに通りへ出ていくレオに手をふった。今夜は自分の馬車がない。三人の友人と乗りあわせて夕食に行き、そのまま街へ繰り出したのだ。

でも友人たちの言うとおりかもしれない。最近のレオはめっきり元気をなくし、内に閉じこもっていた。日常生活を送るのすら億劫《おっくう》で、できれば一日じゅう、部屋で悲しみにひたっていたかった。タリアはレオに、自分のことを忘れて前へ進むようにと言った。すぐにまた愛する女性が見つかるから、と。

だがそれはまちがっている。

タリア以外の女性に興味はない。

彼女のことを忘れられるはずなどない。

レオはのどにこみあげた苦いものを飲みくだして歩きつづけた。貸し馬車が一台、通りかかったが、それをやりすごした。次の馬車に乗ることにしよう。あるいはその次でもいい。深夜にもかかわらず、通りはまだ多くの人でさんざめいていた。夜風は夏のにおいをはらんでいる。

通りをわたって次の通りにはいると、すぐ左手に暗い路地があった。そのときふたりの男が暗がりから現われ、レオの前に立ちふさがった。レオはふたりの横をまわって通りすぎようとしたが、男たちはまたしても行く手をふさぎ、路地に追いこもうとした。

ふたりとも荒っぽそうな大男だ。都会の真ん中よりも波止場のほうがよく似合う。

「金が目的なら、あいにく二、三ポンドしか持ちあわせがない」レオは言った。「それにいまはけんかをする気分じゃない。そこをどいてくれ」

ふたりはなにも言わず、いきなり駆け寄ってきてレオの腕をつかむと、路地の奥にひきずりこもうとした。

レオはひとりめの男にひじ鉄を食らわせ、ふたりめの向こうずねを蹴って手をふりはらった。逃げようときびすを返したところで、路地の出口にふたりの大男が立っているのが見えた。ちらりと後ろに目をやると、新たにふたりの男が立っている。

レオは自分が取り囲まれたことに気づき、こぶしを握った。「ふつうの強盗ではなさそうだな」

大声で助けを呼ぼうとしたが、その暇もなく、男たちが飛びかかってきた。レオをひきずって暗い路地の奥に連れていき、いっせいにこぶしを浴びせはじめた。

レオは懸命に身を守ろうとしてこぶしをふりまわし、手あたり次第に相手を蹴った。何発かパンチがあたり、ひとりが丸石を敷きつめたでこぼこの道に倒れた。だが敵の数はあまりに多すぎた。男たちのこぶしが金槌のようにレオの体に打ちおろされた。

頭と言わず背中と言わず、全身に痛みが炸裂した。レオは地面に倒れ、体を小さく丸めた。顔から流れた血が口に溜まり、激しい耳鳴りがする。このまま死んでしまうのかとぼんやり考えた。

やがて永遠とも思える時間が過ぎたころ、男たちが殴るのをやめた。

すぐに立ち去るだろうと思ったが、そのなかのひとりが身をかがめてレオの耳もとでささやいた。「ケンプ卿がよろしくとのことだ」

レオは路地を歩き去る男たちの笑い声を聞いた。まもなく意識を失い、なにも聞こえなくなった。

33

三日後、タリアがダイニングルームの日のあたる席にすわり、摘みたてのイチゴと生クリームの朝食をとっていると、扉をそっとたたく音がした。

フレッチャーだった。

「失礼いたします。お客様がお見えになりました」

タリアは眉をあげた。「いま?」

午前八時は人を訪ねるには早すぎる。こんな時間に訪ねてくる相手といえば、ひとりしか思いつかない。

タリアはフォークを置いた。心臓が早鐘のように打ちはじめた。「レオポルド卿ね」

フレッチャーの顔を奇妙な表情がよぎった。「いいえ。弟君のローレンス・バイロン卿です」

よりによってローレンス卿が訪ねてくるなんて、いったいなにごとだろうか。

タリアは少し間を置いたのちうなずいた。「お通ししてちょうだい」

前にも会ったことはあるが、部屋にはいってきたローレンス卿を見て、タリアは思わず息を呑んだ。あまりにもレオにそっくりで、一瞬、本人だと錯覚しそうになった。しかしよく見ると、瞳の色が微妙にちがっていた。

ローレンス卿はお辞儀をして背筋を伸ばした。レオとまったく同じ背丈だ。「レディ・タリア、おはようございます。朝早くお邪魔して申しわけありません」

「かまいませんわ。フレッチャー、食器をもうひとりぶん用意してもらえるかしら。どうぞ朝食を召しあがってください、ローレンス卿」

「いいえ、結構です」

「ではせめて紅茶だけでも」

ローレンス卿はうなずいた。「わかりました。いただきます」

ローレンス卿がタリアの左の席に腰をおろし、フレッチャーがその前に新しいティーカップを置いた。

フレッチャーが出ていった。

タリアはティーポットを手にとって紅茶を注ぎ、ティーカップと受け皿をローレンス卿に渡した。

ローレンス卿はひと口飲み、カップを置いた。

「今日はどんなご用でしょうか、ローレンス卿」

ローレンス卿の眉間に深いしわが刻まれた。口もとに笑みも浮かんでいない。「残念ながら、今日は表敬訪問ではありません。兄のことでお話があってまいりました」

「まあ」タリアの心臓が激しく打った。

まさか、こちらがまたレオと付き合おうとしていると勘違いして、近づかないでほしいと言いに来たのだろうか。そのことなら心配におよばない。彼のことはとっくにあきらめているし、ふたたび会うつもりもない。

ローレンス卿の顔に浮かんだ表情を見て、タリアの胸の鼓動が激しくなったが、それはさっきとはちがう理由からだった。「どうなさったんです？　なにかあったんでしょうか」

ローレンス卿の表情がさらに険しくなった。「三日前の夜、レオはごろつきの一団に襲われて重傷を負いました。襲撃から何時間もたってから、路地に倒れているところを発見されたんです」

タリアの呼吸が止まりかけ、全身が凍りついた。「そんな！　まさか――」

「だいじょうぶ、生きています。でも容態は深刻です。レオはあなたを呼んでいます。わたしと一緒に来ていただけませんか」

タリアは頭が真っ白になった。のどが締めつけられ、驚きと恐怖で胸が詰まった。

レオが重傷を負った？

深刻な容態？

目の奥がつんとして視界がぼやけた。タリアはまばたきをしてはっとわれに返り、ナプキンをテーブルにほうって立ちあがった。

「もちろんですわ。すぐに行きましょう。いま執事に伝えてまいります」

「ありがとうございます、レディ・タリア」ローレンス卿は安堵の表情を浮かべた。ふいにその顔に強い疲労の色がにじんだ。きっと何日も寝ていないのだろう。レオとそっくりの顔に、タリアはまた涙ぐみそうになったが、しっかりするのだと自分に言い聞かせて外出の準備をした。


レオはもうろうとした意識のなかで痛みにあえぎ、できるだけ体を動かさないようにしていた。綿のシーツとシルクの上掛けが肌にあたるだけでも痛い。時間の流れがゆがんだように感じられる。生々しい感覚をともなってゆっくり過ぎることもあれば、なにもない真っ暗な空間に吸いこまれるように、ぷっつり途切れることもある。

だが真っ暗闇のなかでも、痛みはつねにそこにあった。けがは全身におよび、傷のないところはないほどだった。あざと骨折。切り傷と腫れ。目は片方しかあかず、もう片方は完全に閉じている。あごはかろうじて少量の水やスープを飲める程度にはあけられるが、どのみち食欲はない。

それでも、絶え間なくつづく背中の激痛と血尿のことがなければ、いずれ治ると確信できただろう。

内臓の損傷だと医者がささやきあうのを聞いた。腎臓が傷つき、肋骨が折れているらしい。あまり芳しい状態ではない。

医者たちは瀉血をしようとしたが、それを拒否できる程度には、レオの意識は鮮明だった。ローレンスもレオに賛成した。そこで医者は呼吸をさまたげないように注意して肋骨を固定し、チンキ剤をいくつか処方した。アヘンチンキも置いていった。レオは久しぶりにアヘンチンキを服用した。このかみそりの刃のように鋭い痛みをやわらげてくれるものなら、なんでもいいから飲みたかった。

二十四時間、だれかがつねにベッドのそばにいた。それは母だったり、姉や妹や兄弟だったり、義姉だったりした。一度など、義兄のアダムが付き添っていたこともあった。

だがそこにはたったひとり、足りない人がいた。いちばんそばにいてほしい人、夢にまで見る人だ。

心から恋焦がれる人。

自分の救いとなる人。

タリア。

夜明けの少し前、その名前をつぶやきながら目を覚ましたことがあった。

そばにローレンスがいて、不安に押しつぶされそうな、憔悴しきった顔をしていた。あんな弟を見るのははじめてだった。いくつかことばを交わした気がするが、内容は憶えていない。

それからまた暗闇に吸いこまれ、タリアの夢に安らぎを求めた。

やわらかい手がレオの髪をなでつけた。冷たい指先が、頰の傷ついていないわずかな箇所と額をやさしくなでている。かすかに花のにおいがした。温かくて、心を揺さぶる懐かしいにおいだ。きっとまたタリアの夢を見ているのだろう。

それともここは天国だろうか。レオは彼女の唇がそっと自分の唇に触れるのを感じた。

その瞬間、痛みを忘れた。

「ああ、レオ」タリアは打ちひしがれた声で言った。「わたしの愛しい人。なんてひどい目にあったの」

温かな涙がレオの手を濡らした。

まぶたをこじあけると、タリアが天使のように寄り添い、自分の手を握っているのが見えた。

「タリア」レオはかすれた声でつぶやいた。

目を凝らしてタリアを見た。泣いていたのだろうか。褐色の瞳が濡れたように光り、悲しみの色をたたえている。

「静かに」タリアはささやき、レオの髪をなでた。「しゃべらないで。眠るのよ」

「これは夢だろうか」レオはいっとき間を置いて言った。「ほんとうにきみかい？」

「ええ、わたしよ。今朝、ローレンス卿がうちにいらして教えてくれたの」

タリアの頬にまたひと筋の涙が伝った。

「泣かないで。きみの涙は見たくない」

「わかったわ」タリアは頬をぬぐって微笑んだ。「ほら。もう泣いてないでしょう」ふたたびレオの髪をなでる。「なにか欲しいものはない？　食べ物か飲み物は？」

レオは痛みをこらえて首をふった。「欲しいのはきみだけだ」

「わたしならここにいるわ」

〝ああ、でもいつまで？〟

レオはタリアの手を引き寄せ、ベッドにすわるよううながした。タリアは細心の注意を払ってレオの横に腰をおろした。

「行かないでくれ」

「ここにいるわ」

レオの胸に痛みが走り、呼吸が苦しくなった。「行かないと約束してほしい」

「次に目を覚ましたときも、わたしはここにいるから」

〝もしいなかったら？〟彼女は前に、ロンドンから姿を消すかもしれないと言っていた。これがタリアの姿を見る最後の機会になったら、どうすればいいのだろう。

「約束してくれ」

「ええ、約束するわ。そんなにうろたえないで。あなたがいいと言うまでそばにいる」

レオは長いあいだタリアの目を見つめ、やっと落ち着きを取り戻した。だがその手を放すことはしなかった。「一生そばにいてほしい。ずっと一緒にいたいんだ。きみを愛している」

「わたしも愛してるわ。さあ、目を閉じて。眠るのよ」

しかしレオは眠りたくなかった。いつまでもタリアを見ていたい。美しい輪郭、上品な顔立ちをまぶたに刻みつけたい。

レオにはもうひとつ、するべきことがあった。タリアに伝えなければならない大切なことがある。

「ローレンスから聞いたかな」

「なにを?」

「遺言書を作ったことを」

タリアはぞっとした。「遺言書なんて必要ないでしょう」強い口調で言った。「あなたは死んだりしない」

「断言はできない。医者が話しているのを聞いたんだ」

「なにを聞いたか知らないけれど、お医者様はよくまちがったことを言うものよ。あなたはまだ二十五歳でしょう。ゆっくり休養すれば元気になるわ」

「それでも、もし――」

「元気になるに決まってる。絶対に」

「万が一のときのために準備をしたから、そのことを覚えておいてほしい」

「準備？　なんのこと？」

「きみに財産を残したい」

タリアは目を丸くした。「やめてちょうだい。お金なんていらない」

レオはタリアのことばを無視して言った。「数カ月前、ぼくに別れを告げたのは、それがぼくのためだと思ったからだろう。きみはぼくの幸せを願って身を引いた。でもそれはまちがいだ。きみがいなければ、ぼくは幸せになれない。きみがいないと生きていけない」

「いまはそう思ってるかもしれない」タリアはつないだ手に視線を落とした。「でもいつか、わたしの言ったことが正しかったとわかる日が来るわ」

レオはタリアの手を握る手に、ぐっと力を入れた。「そんな日は来ない」

タリアはふたたび視線をあげた。

「きみを愛する気持ちは止められない。永遠に」レオは言った。「バイロン家の男の共通点を知ってるかな」

「共通点？　なにかしら」

「みな若いころは放蕩な生活を送るが、運命の相手と出会うと、その女性ひと筋になる」息継ぎをしてつづけた。「きみと結婚できないことはわかっている。でもぼくはそれでもかまわない。心のなかで、きみはもうぼくの花嫁だ。ぼくはきみの花婿だろうか」

「レオ」タリアは小声で言った。

「答えてくれ」

タリアはしばらく黙っていた。やがて口から出たことばは、結婚の誓いと同じくらいおごそかで真剣だった。「ええ。心のなかで、あなたはわたしの夫よ」

レオは満足げに小さくうなずいた。「夫は妻を養うものだ。たとえ死んだあとでも」

「あなたは死んだりしない。不吉なことを言うのはやめて」

「きみの生活が安泰だとわかるまで、ぼくは安心できない。もうなにも心配はいらないよ、タリア。ぼくの財産はすべてきみのものだ」

「言ったでしょう、お金なんかいらないと。わたしが欲しいのはあなただけよ」

タリアの目にみるみる涙があふれた。

レオは胸や背中の痛みをこらえて手を伸ばし、親指でタリアの涙をぬぐった。「キスしてくれないか。愛のあかしに」

「でも体が痛むでしょう」

「だいじょうぶだ」レオは嘘をついた。

「愛してるわ。これほどだれかを愛したのは人生ではじめてよ。これから先も、夫として

「ずっと愛してる」

タリアは唇を重ね、甘くやさしいキスをした。レオは目を閉じて、その温かな唇の感触に身をゆだねた。このまま死んだとしても本望だ。

やがて暗闇が忍び寄り、レオをひきずりこもうとした。レオはタリアの声をどこか遠くで聞きながら、必死であらがった。だがそれも無駄なことだった。まもなく大きな波に呑みこまれるように、無意識の世界へ落ちていった。

34

　だれかに肩に触れられ、タリアはびくりとして目を覚ました。顔をあげると、クライボーン公爵未亡人のやさしく澄んだ緑色の瞳にぶつかった。口もとに心配そうな笑みが浮かんでいる。

「寝室で横になって休んだらいかが？」レオの母は言った。「しばらくわたしが付き添っているから」

「いいえ、だいじょうぶです」タリアは頭を左右にふって眠気を追いはらい、椅子の上で背筋を伸ばした。「目を覚ましたとき、そばにいると約束しましたから」

　公爵未亡人はタリアをじっと見た。「わかったわ。わたしも一緒にいてかまわないかしら」

「もちろんですわ。いま椅子を持ってまいります」

「いいの、自分でやるから。あなたも疲れたでしょう。それに、わたしはまだおばあさんじゃないのよ。たとえ成長した八人の子どもと、想像もしてなかったほどたくさんの孫がいてもね」

公爵未亡人はひじ掛けのない小さな椅子を引き、腰をおろした。

ふたりはベッドに横たわるレオに目をやった。

タリアがここへ来てから三日がたった。昼も夜も眠れず、絶え間ない不安とじわじわ忍び寄る絶望が胸を締めつけている。レオの容態は悪化する一方で、部屋は沈痛な空気に包まれていた。

しかしタリアは絶対に治ると信じていた。疲労は極限に達していたものの、片時もレオのそばを離れなかった。

そしてようやく今朝、快復の兆しが出てきた。心拍が正常な速さになり、死人のように青白かった頬に血色が戻った。

碗一杯の牛肉のスープを平らげたときは、安堵のあまり涙が出そうになった。それからすやすやと眠るレオを見て、またしても涙ぐんだ。これほど安らかな寝顔を見るのは、この三日間ではじめてだった。

数時間後、医者がやってきて、うれしい驚きに目を丸くし、これでもうだいじょうぶだと告げた。屋敷じゅうが静かな喜びに包まれた。

それでもタリアはレオに付き添いつづけていた。ずっとそばにいると約束したのだから、離れるわけにはいかない。

タリアと公爵未亡人はしばらく無言でレオの寝顔を見ていた。

公爵未亡人は——バイロン家の人びとは全員——タリアが思っていたよりずっと親切だった。ここへ来たばかりのころは落ち着かず、元愛人がそばで看病しているのを見たら、みんな険しい顔で非難するにちがいないと覚悟していた。だがバイロン家の人びとはやさしい笑みを浮かべ、心の痛みを分かちあおうとしてくれた。タリアがここにいる理由を尋ねた人はだれもいない。みな敬意を持って接してくれる。

「息子を深く愛しているのね」公爵未亡人のことばが静寂を破った。

タリアは顔をあげず、愛しいレオの顔を目でなぞった。こみあげる感情で胸がいっぱいになった。

「はい」短く答えた。

「そして息子もあなたを愛している。ローレンスから事情を聞いて、やっとわかったの。この数カ月、ずっと様子がおかしかったから心配していたのよ。ロンドンに帰ってきてから、一度もレオの笑顔を見なかった。兄弟のなかでも、レオはとりわけ陽気で、いつも笑っていたから。あなたが原因だったのね」

タリアはなにかがのどに詰まったような気がして、ごくりとつばを飲んだ。「傷つけるつもりはなかったんです」

「あなたは自分が最善だと思うことをしたんでしょう。でも息子にとってそれは、胸が張り裂けるほどつらいことだった」

「結婚したいと言われました。でも、できないんです」タリアは暗い声で言った。「ローレンス卿からお聞きになりましたか」

「ええ、聞いたわ。ローレンスとレオとエドワードの三人で、あなたの離婚条件をなんとかしてくつがえそうとしたけれど、だめだったということも」

タリアはさっと公爵未亡人を見た。「公爵がわたしのために？　ローレンス卿も？　知りませんでした」

公爵未亡人はうなずいた。「あなたとの結婚が法的に不可能だとわかって、レオはひどく取り乱していたそうよ。でも、それであなたへの気持ちが揺らぐことはなかった。遺言書のこともローレンスから聞いたわ。あなたたちが話しているのを、たまたま耳にしたんですって。法律上の夫婦になれなくても、あなたのことを花嫁だと思っている、と」

タリアはひざの上でぐっと手を握った。「まさかローレンス卿が立ち聞きなさるなんて」

「ねえ、気を悪くしないでちょうだい」公爵未亡人はタリアの手を軽くたたいた。「ローレンスはわたしが母親だから話してくれたのよ。もともと口が軽いわけじゃないの。それにあなたのことを姉のように慕っているわ」

「わたしのことをあまりお気に召していないと思ってました」

「ローレンスは愛するレオに幸せになってもらいたいの。そしてあなたはレオを幸せにしてくれる。わたしもローレンスと同じ気持ちよ」

タリアは公爵未亡人の目を見た。「ご子息とわたしが同棲しても許してくださると?」

公爵未亡人は眉根を寄せた。「そうね、たしかに理想的な状況とは言えないし、後ろ指をさす人もたくさんいるでしょう。でもわたしは反対しない。ほかの家族、少なくとも身近な家族はみんなそうだと思うわ。バイロン一族はしょっちゅう世間を騒がせているの。あとひとつやふたつスキャンダルが増えても、たいしたちがいはないでしょう」

公爵未亡人のことばに、タリアの全身から力が抜けた。「本気でおっしゃっているんですか? レオの名誉を傷つけるのはわたしの本意ではありません」

「ええ、わかっているわ」

「それにわたしは、レオを父親にしてあげることもできないんです」タリアはかすれた声で言った。「レオは気にしないと言っていますが、この人はまだ二十五歳です。いつか気が変わるかもしれません」

「息子にわかっていることがひとつあるとすれば、それは自分の気持ちよ。自分自身の心だけ。それを決めるのはあなたではないわ」公爵未亡人はやさしく微笑んだ。「子どものことはお気の毒に。どんなにつらいことか。でも神様の祝福があるかもしれない。先のことはだれにもわからないわ」

タリアは微笑みかえした。「そうであることを祈ります」

公爵未亡人は身を乗りだしてタリアの頬にキスをした。「素敵なかたね。レオがあなたを好きになったのもわかるわ」

ふたたび沈黙があった。タリアは必死で涙をこらえた。

ベッドの上でレオが身じろぎし、ゆっくり目をあけた。「タリア？」

タリアはレオの手をとった。「ここよ。わたしはここにいるわ」

レオは心配そうな目をした。「疲れた顔だね」

レオの意識がはっきりしているのがわかり、タリアはうれしさのあまり笑い声をあげた。

「あなたもね」

レオは母親に視線を向けた。「母さん？」

公爵未亡人はぱっと顔を輝かせた。「おはよう。気分はどう？」

「悪くないよ」レオは一考してから言った。「ずいぶんよくなった」

「よかったわ。またあとで話しましょう。タリアとふたりでゆっくりなさい」

レオは母親が部屋を出ていき、扉が閉まるまで待った。「ふたりでなにを話していたんだ？」

タリアは立ちあがり、上体をかがめてシーツの乱れを整えた。「お母様の了解を得たの」

レオは眉をひそめた。「了解？　なんのことだ？」

「同棲してもいいと言ってくださったわ」

「ほんとうに？」レオの眉が今度は高くあがった。「きみ自身はどう思う？」

タリアは身をかがめて軽くくちづけた。「ぜひそうしたい。あなたさえよければ」

「いいに決まってるだろう」レオは声をあげて笑ったかと思うと、折れた肋骨に手をあててうめいた。「ここへおいで」

「どこへ？」

レオはタリアの手をとった。「ベッドに。母はぼくたちが祭壇に立たなくても一緒に暮らすことを認めたんだろう。だったら同じベッドを使っても文句を言うはずがない」

「でもあなたの体が」

「だいじょうぶだ」レオは隣りに横たわるよううながした。「ただ、もう二度とぼくの前から消えないでくれ」

タリアは慎重にベッドにあがり、レオの隣りに横になった。羽のように軽いキスをする。

「心配しないで。これからはずっと一緒よ。もうどこにも行かないわ」

ふたりは枕の上で頰を寄せあって眠りに落ちた。

35

「ほんとうに行くの？　また次の機会でもいいのよ」

レオはタリアの隣りの御者席にすわり、手綱を手にとった。この六週間で体は順調に快復し、いまは多少の痛みとあざが残っているだけだ。

訳知り顔でタリアを見る。「いまさらなにを言ってるんだ。〈ガンター〉でアイスクリームを食べようと、ずっと前に約束しただろう。社交界のうるさいご婦人がたを、ぎょっとさせてやりたくないのかい」

「あなたのお屋敷に引っ越してきたときに、充分ぎょっとさせたと思うわ」

タリアは手袋をした手で、さくらんぼ色とクリーム色の縞柄の新しいアフタヌーンドレスとそろいの上着、麦わら帽子をさっとなでた。法律上は別として、いまや夫婦も同然だったので、レオはタリアにドレスを新調すると言って聞かなかった。そしてアシーナをタリアに返し、外出用の馬車も買った。さらに、息を呑むほど美しいダイヤモンドのティアラも贈った。家族の集まりや、ホランド卿夫妻など、気のおけない人たちとのパーティにつけていくためのものだ。はじめはなにもいらないと言っていたタリアだが、レオの愛情の深さに打たれて、最近では素直に受けとるようになっていた。

どこに行っても人びとの視線とささやき声がつきまとうが、それはいまにはじまったことではなかった。でもレオが快復して一緒に外出するようになると、社交界はさらに色めきだった。

「この前ティリーが、とんでもない噂がたっていると教えてくれたわ。あなたとローレンスが交代でわたしとベッドをともにしてるって」

レオは吹きだした。「半分でも脳みそがある人間なら、そんな話はでたらめだとわかるだろう」

「あなたたち兄弟が高潔な人柄だから?」

「いや」レオはのどの奥で低く笑った。「ぼくは自分のものをだれとも分けあったりしない」身を乗りだして情熱的にくちづけた。

タリアは人目のある通りにいることも忘れて、熱いキスを返した。ほんとうのことを言うと、いまはもうだれにどう思われようと気にならなかった。幸せすぎて、そんなことはどうでもいい。こんなに幸福なのは人生ではじめてだ。

ようやく顔を離したころには息が切れていた。

「このまま〈ガンター〉に行くかい、それとも屋敷に戻ろうか」レオはかすれ声で訊いた。

「〈ガンター〉よ」タリアは一瞬、間を置いてから答えた。「肋骨がまだ痛むでしょう。ひどくなったら大変だわ」

「ぼくが下になるから、あとはきみにまかせるよ」レオは耳もとでささやいた。「手の使いかたが驚くほどうまくなった。もちろん口も」

タリアはレオの目を見つめた。「優秀な先生がいるもの。さあ、〈ガンター〉に行くの、行かないの？　急に噂好きな人たちを啞然とさせてやりたくなったわ」

レオはまた声をあげて笑い、手綱をふって馬車を動かした。

「きみの頼んだクロフサスグリのアイスクリームだよ」レオは彩色を施した磁器のカップを給仕から受けとり、タリアに手渡した。「そしてこれはぼくのメープルヘーゼルナッツだ」

夏になるといつもそうであるように、何組もの男女が馬車の座席にすわったまま、甘いデザートを食べながらまわりをながめている。

タリアはまっすぐ顔をあげ、ちらちら盗み見る周囲の視線を無視して、レオと一緒に絶品のアイスクリームを味わった。

ずっと前に〈タッターソール〉で言ったとおり、〈ガンター〉に来るのは久しぶりだ。案の定、口うるさい年配の婦人が非難がましい顔で見ているが、思いきって来てよかった。自分でも驚いたことに、タリアは周囲の目がまったく気にならなかった。自分の人生なのだから、自分の好きなように生きればいい。

タリアは解放された気分で、くすくす笑った。

「なにがおかしいんだ？」

「なんでもないの。ただ幸せなだけ。アイスクリームってこんなにおいしかったのね。すっかり忘れていたわ」

「来てよかったよ」

タリアはにっこり笑い、スプーンを口に運んだ。

さわやかなそよ風が吹き、六月下旬の蒸し暑さを払った。女性の帽子の羽が揺れるのが、ふとタリアの目をとらえた。

その下の顔を見て、タリアははっとした。淡い金色の髪がゆるやかに波打ち、頬はばら色に染まっている。まだあどけない若い女性だ。

あまりにあどけない。

タリアは眉をひそめて目をそらした。

「どうしたんだい」

「なんでもないわ」タリアはアイスクリームをもうひと口食べた。

レオは片方の眉をあげた。「もう一度訊くよ。どうしたんだ？　隠し事はしないという約束だろう」

タリアは内心で嘆息した。レオに言うべきだろうか。こうなったら言うしかないだろう。

その若い女性を見たのは、二、三週間前、マチルダと一緒にボンド・ストリートで買い物をしているときのことだった。ある仕立屋にいるとき、店員がふたり、声をひそめて話すのが聞こえてきた。ケンプ卿の新しい婚約者のリディア・ダックスワースが、元妻レディ・タリア・レノックスの右隣りの試着室にいるという。

タリアはリディアと直接、顔を合わせないように気をつけた。それでもさりげなく見ていると、彼女がおとなしくてやさしい性格で、支配的な母親の言いなりになっていることがわかった。

お金だ。リディアはなにも知らないかもしれないが、婚約の理由はそれ以外にないだろう。ゴードンは口がうまい。若いリディアは、自分が愛されていると錯覚しているかもしれない。もしかすると、ゴードンも多少は彼女に愛情を感じているのかもしれない。でも……。

離婚によって評判に傷がついたのは、タリアだけではなかった。上流階級の母親は、娘をゴードンに近づけないようにしてきた。いくら財産があっても、離婚した男性と進んで親戚になりたがる名家はない。そしてゴードンにとって、優れた血筋の妻を持つことには大きな意味がある。だから自分より身分の低い女性と再婚せず、いままで待っていたにちがいない。

離婚から六年以上が過ぎて、おそらくそれなりの金銭と引き換えに、ゴードンは名家の女性との婚約を手に入れたのだろう。これでようやく念願の跡継ぎもできるはずだ。

ゴードンはその相手として、リディア・ダックスワースを選んだ。

タリアはレオが返事を待っているのに気づいた。

ため息を呑みこんで切りだした。「かっとしないと約束してくれるなら話すわ」

レオは眉間にしわを寄せた。「なんだい？」

「もう不機嫌になってるじゃないの」

「それはそうだろう。前回もきみに同じような約束をさせられて、いざ話を聞いてみたら、激怒せずにはいられない内容だった」

「わかったわ。だったら話さない。まだ体が完全にもとどおりになったわけじゃないもの」

「ぼくは元気だ。でもきみがそうやっていつまでもじらすなら、卒中を起こして倒れるかもしれないぞ。いいから話してくれ。怒るか怒らないかは、話を聞いてから決める」

タリアはふたたびレオを見つめ、通りかかった給仕に、アイスクリームの少し残ったカップを渡した。「あそこに若い女性がいるでしょう」リディア・ダックスワースを示した。

「金髪の娘かな」

「ええ」

「彼女がどうしたんだ」

「ケンプ卿と婚約したらしいの」

「なんだと！」レオの大きな声に、何人かがこちらを向いた。ありがたいことに、そのなかにリディア・ダックスワースははいっていなかった。あの人の名前を聞いただけで、あなたがかっとすることがわかっていたから」

「当たり前だろう」レオは関節が白く浮きでるほど強くこぶしを握った。「体が治ったらすぐに、あいつを追いつめておくべきだった。きみとローレンスがなんと言おうと」

「お兄様たちも全員、反対なさったじゃないの。ゴードンと直接対決しても、お互いへの憎しみが深まるだけで、ひとつもいいことはないわ。それにまた危険な目にあうかもしれない」タリアは手を伸ばし、レオの手を握った。「あの人のためにもう少しであなたを失うところだったのよ。もうあんな思いをするのはごめんだわ。あとは法の裁きにまかせましょう」

「法律がなにもできなかったら?」レオは険悪な声で言った。

「だいじょうぶよ。信じましょう。あなたのご兄弟は全力で襲撃犯の一団を捜している。いずれ捕まったら、だれかひとりぐらいはゴードンに雇われたことを白状するはずだわ」

「だが、やつは貴族だ。貴族は殺人以外では起訴されない」

「あの人がしたことは殺人未遂よ。それだけじゃ不充分だったら、罪を償わせる方法をほかに考えればいい」タリアはいったんことばを切った。「もちろん、なにもしないでほうっておくこともできるわ」

レオはあごをこわばらせた。「ぼくが忘れられるとでも――」

「忘れるのでも、許すのでもないの。ただ、過去のことにするだけ。わたしたちの人生はまだ長いのよ。ゴードンの悪意に幸せを邪魔されるのは、もううんざり」

レオはリディア・ダックスワースを見やった。「あの娘はどうなる？　純情そのものに見えるが。あの男がどういう人間で、きみにどんな仕打ちをしたか、彼女がほんとうにわかっていると思うのかい？　あいつがとつぜん聖人に生まれ変わって、新しい妻にやさしく接するとでも？」

タリアは眉根を寄せた。そのことは自分も考えたし、すでに答えはわかっている。だからこのところずっと悩んでいた。心配で眠れない夜もあるほどだ。

「ありえなくはないわ」タリアは言ったが、そんなことは自分でも信じていなかった。

レオは険しい表情でタリアを見た。「もしそうならなかったら？　きみは良心が痛まないのか？」

「痛むに決まってるでしょう。でも、どうすればいいというの？　あの女性に真実を話したところで、絶対に信じてもらえない。みんなから、わたしがゴードンへの恨みを晴らすため、話をでっちあげていると言われるわ。わたしだってあなたに負けないくらい、あの女性のことを心配しているけれど、どうすればいいかわからないのよ」

レオは口をつぐみ、考えをめぐらせた。「きみはなにもしなくていい」しばらくして言った。「ほかの人にまかせよう」

「花屋が花を持ってまいりました」一週間後、フレッチャーが言った。「どこに運ばせましょうか」

タリアは居間の小さな書き物机について手紙を書いていたが、執事のことばに顔をあげた。キャベンディッシュ・スクエアの屋敷にもすでに執事がいたが、タリアはここに引っ越してくるとき、フレッチャーとミセス・グローブとパーカーも一緒に連れてきた。フレッチャーはタリアの個人秘書に昇格し、もともといた執事が休みの日には、使用人頭も務めることになっている。いまのところそれでうまくいっているが、料理人をふたりかかえることになった厨房は別だ。だがタリアは、その問題もなんとかして解決するつもりだった。一緒に暮らすことになったとき、タリアとレオは話しあって、どちらの使用人もひとりとして解雇しないことを決めた。

タリアは、八月にブライトベールに行くときに、ミセス・グローブを連れていくことを考えていた。ロンドンとブライトベールの屋敷にひとりずつ料理人を置けば、すべて丸くおさまるのではないか。

「ああ、よかった」タリアはペンを置いた。「今夜の夕食会のためのお花なの。バラとユリを活けた飾り皿はダイニングルームにお願い。タチアオイとアヤメは、玄関広間とこの居間に運ばせてちょうだい」

家のなかにまた生花を飾れるようになったことが、タリアはうれしかった。レオはとてもやさしくて、タリアが望むものをなんでも買ってくれる。それでもタリアは、あまり贅沢をしないよう自分を戒めていた。

でも生花に関してだけは、自分を甘やかすことにしていた。とくに今夜の夕食会のように絶好の口実があるときは、迷わず屋敷じゅうを飾っている。今夜はレオの家族が集まり、内輪の夕食会を開くことになっている。みんなで食事をとったあと、ゲームや音楽を楽しむのだ。タリアはわくわくしていた。音楽やゲームを楽しむなど、いったいいつ以来だろうか。

レオとローレンスは二、三時間前、ロンドン市内で用事があると言って出かけていった。まだしばらく帰ってこないだろう。

フレッチャーがお辞儀をして居間を出ていき、タリアはふたたびペンを手にとった。

十分後、玄関広間から大きな声が聞こえてきた。

「申しわけありません、閣下。先ほどお伝えしたとおり、レディ・タリアはどなたともお会いになりません」

「わたしは特別だ」その太い声に、タリアの背筋が凍った。「そこをどけ、フレッチャー。けがをしたいのか」

タリアは立ちあがり、椅子の背をつかんだ。暖炉の火かき棒を見やったのち、机の上の銀のペーパーナイフに目を留めた。それをつかんでポケットにすべりこませた数秒後、ゴードンが部屋にはいってきた。

立ち止まってタリアの全身に視線を走らせる。嫌悪と激しい怒りに満ちた、ぞっとする目だ。

この目をいままで何度も見たことがある。

「タリア。またのこのこと世間に出てきたわけか。あの若造をうまく言いくるめたものだな。あいつはどこにいる？　暴漢に襲われたらしいが、まだ床にふせているのかい」

ゴードンはにやにやした。得意げで冷酷な笑みだ。この表情もタリアはよく知っていた。

「レオポルド卿は元気だし、もうすぐ戻ってくるわ。あなたがここにいるのを見たら機嫌を損ねるでしょうね。その前に帰ったらどう？」

ゴードンは笑みを浮かべたまま足を前に進め、部屋のなかをのんびり見まわした。

タリアはポケットのなかで、ペーパーナイフの柄を握りしめた。

ゴードンはタリアの六フィート手前で立ち止まった。「用がすんだら帰るさ」

タリアはひるまずにあごをあげた。「なんの用？」

「とぼけるな」ゴードンの声音がさらに険悪になった。「でしゃばったまねをしやがって」

「出ていって」

タリアは声を張りあげて従僕を呼んだものの、だれも姿を見せなかった。なにがあったのだろう。

ポケットからペーパーナイフを取りだし、胸の前に掲げた。

ゴードンは笑った。「そんなものでわたしを脅せると思ってるのか。結婚生活からなにも学ばなかったようだな」

「いろいろ学んだわ。あなたが人間のくずであることも含めて」

「彼女にもそう言ったのか？　答えろ」

「だれに？」

「だれに？」ゴードンはタリアのことばをくり返した。声がどんどん大きくなり、ほとんど絶叫になった。「だれにだと？　ミス・ダックスワースに決まってるだろう。今朝、婚約を解消すると言ってきた。おまえがなにを言ったのかを聞きに来た。彼女にどんな嘘を吹きこんだ？」

「わたしはなにも言ってない。会ったこともないわ」

実際のところ、リディア・ダックスワースに会いに行き、ケンプ卿と結婚するのは危険だと忠告したのはマチルダとジェインだった。どうやらふたりの訴えはリディアの胸に響いたらしい。

「何者かがあの娘に考えなおせと言ったことはまちがいない。それがだれであれ、話の出所がおまえであることははっきりしている」

「だとしたら嘘なんかじゃないでしょう。その人がなぜ考えを変えたかはともかく、賢明な選択だわ」

ゴードンの顔と首が真っ赤になった。

さらに一歩、足を前に進めて言った。「二年かけて近づいたんだぞ。二年間、向こうの両親や友人の機嫌をとって外堀を埋めてきた。それなのにおまえは、たった数日でわたしの入念な計画をぶちこわした。どれだけ苦労したかわかっているのか。あの娘は花嫁として非の打ちどころのない相手だった。おまえが産めなかった跡継ぎも産ませるはずだったのに」

ゴードンは怒りで目をむき、胸や肩をこわばらせた。「殺してやる。あのとき殺しておけばよかったよ。そのほうがずっと簡単だった。だがいまからでも遅くはない」

「彼女から離れろ、ケンプ！」

レオの声だ。その横にローレンスが立っている。

ゴードンはゆっくりふりかえった。「英雄のご帰還か。どうするつもりだ、バイロン。またわたしを殴るのか？」

「ああ、そうできたら気分がいいだろうな。さっさと彼女から離れろ」

「わたしに命令する気か。この青二才が」ゴードンは自分の胸を示した。「わたしは世襲貴族だ。おまえは家族が守ってくれると思っているかもしれないが、わたしが侮辱罪で訴えたら終わりだぞ」

「訴えられるとしたら、おまえのほうだ」レオはゴードンを指さした。「招かれてもいないのにわたしの家に押しいり、使用人を暴行して愛する女性を脅迫した。さあ、いまのうちに出ていけ。それとも力ずくで追いだされたいか」

ゴードンは耳障りな笑い声をあげた。「やってみろ。おまえはつまらぬ人間だ。ちやほやされていい気になり、目上の人間に敬意を払うことも知らない。あれだけ痛めつけてやったのに、まだなにもわかっていないようだな」

レオはあざけりの表情を浮かべた。「脳みそが足りないのはおまえのほうだろう、ケンプ。さっき婚約を解消されたとタリアに詰め寄っているのを聞いたが、責める相手をまちがえているぞ。ミス・ダックスワースにおまえの正体を教えるようにはからったのは、このわたしだ。おまえが血も涙もない、へどの出るような男だと教えてやった。いまではミス・ダックスワースも、おまえがタリアを虐待し、でたらめを吹聴したことを知っている。今後いっさい、タリアの名前を口にすることも許さない」

ゴードンは口を開いたり閉じたりした。両手をこぶしに握り、脇におろした腕が震えている。

レオは足を二歩前へ踏みだした。「ミス・ダックスワースは社交界じゅうにおまえのことを触れまわり、今度はみんながそれを信じるだろう。適齢期の女性に片っ端から、おまえには近づくなと忠告するにちがいない。おまえは鼻つまみ者になり、まともな女性からは相手にされなくなる。再婚は無理だ。これで欲しがっていた跡継ぎもできないな、ケンプ。庶子には爵位も領地も引き継ぐことができない」

レオはさらにゴードンに近づき、秘密を打ち明けるような口ぶりで言った。「おまえのように練られた計画とやらも謀略も、タリアを離縁したことも、すべて無駄だったというわけだ。おまえにはなにも残らない。もしミス・ダックスワースがおまえを社会的に葬れなくても、わたしと家族がとどめを刺してやるから安心しろ」

ゴードンは獣に似た声を出し、指が折れそうなほど強く両手を握りしめた。肌が熟したリンゴのように赤くなり、首から髪の生え際までじっとり汗がにじんでいる。大きく見開かれた目はいまにも飛びだしそうだ。

「生意気な小僧が」わめくように言った。「わたしに勝てると思っているのか？　おまえを破滅させてやる。その女も」タリアを指さす。「おまえたちはいつか――このことを――後悔――うぐっ、い、――」

ゴードンはとつぜん胸を押さえて、ぜいぜいと息をしはじめた。足をふらつかせ、空気を求めて口を大きくあけている。ベストやタイを指でかきむしる。まもなくのどが詰まったような奇妙な声を出したあと、床に崩れ落ちて動かなくなった。

タリアとレオとローレンスは茫然としてそれを見ていた。

最初に口を開いたのはタリアだった。扉に駆け寄って大声をあげる。「フレッチャー、お医者様を呼んで。早く！」

「タリア」レオが静かに言った。

タリアがふりむくと、レオはゴードンのそばにひざまずいていた。

「医者を呼ぶ必要はない」

「なにを言ってるの。倒れたのよ。この人がなにをしたにしても、このままほうっておくわけにはいかないわ。助けを呼ばなくちゃ」

レオはローレンスと目を見あわせてから立ちあがった。「呼んでも無駄だ、タリア。もう死んでいる」

36

「だいじょうぶかい」数時間後、寝室に隣接した居間のソファの上で、レオはタリアに尋ねた。

ヘラが新しく見つけた窓際のお気に入りの場所で丸くなっていた。タリアの古いショールをベッド代わりにしている。

「ええ。今日はいろいろあったから、少し疲れただけよ」

「夕食会を中止すればよかったね」

「いいえ、みなさんが来てくださってよかったわ」

夕食の席は静かで、ゲームや音楽を楽しむこともなかったが、タリアはまわりに人がいるだけでほっとした。ゴードンがとつぜんやってきたこと、その場で衝撃的な死をとげたことに、なかなか動揺がおさまらない。

結局、検死のために医者を呼んだ。死因は卒中だった。心臓がとつぜん打つのをやめたのだ。すぐにゴードンの近親者に連絡し、遺体はケンプ邸へ運ばれた。

亡くなったことを気の毒に思うべきなのだろうが、タリアがいちばん強く感じているのは安堵だった。長い苦しみが終わった。ゴードンはいなくなり、二度とタリアやレオの前に現われることはない。

レオはタリアの肩を抱き寄せ、額にくちづけた。「紅茶を持ってこさせようか」

「いいえ。飲みたかったらどうぞ」

「じゃあブランデーは？」

「ううん、いらない」

「飲めば眠れるだろう」

「飲まなくても眠れるわ」タリアはレオの疑わしげな視線に気づいた。「ほんとうよ」

「わかった」レオはタリアにキスをし、少し間を置いてからまたくちづけた。「今回の件がなにを意味しているか、きみはわかってるかな」

「どういうこと？」

「きみは自由の身になった。法律上、いまや未亡人だ」

タリアは立ちあがり、レオに向きなおった。「つまり――」

「ああ。結婚できる」

心臓の鼓動が速まり、胸になにかが詰まったような気がした。「あなたの言うとおりだわ」

沈黙があった。

「だったらどうして笑顔で抱きついてこないんだ?」レオは言った。「ぼくと結婚したくないのかい?」

「結婚したいに決まってるでしょう。ただ……」

「ただ?」レオは眉根を寄せた。「なんだい」

「あなたはどうなのかと思って。あなたは高潔な男性よ。だからこうなった以上、しかたなくわたしと結婚しようとしているのかもしれない」

タリアは短く息を吸い、レオが口を開く前につづけた。「問題はまだ残ってる。わたしはあなたより年上だし、跡継ぎを産むこともできない。離縁された女という汚名はずっと消えないわ。ゴードンが死んでも、それは永遠につきまとうでしょう。人びとはわたしたちのことをひそひそささやき、あなたの名誉を傷つけようとするかもしれない。すべてわたしのせいよ。もっと時間をかけて、じっくり考えたほうがいいんじゃないかしら」

レオの顔に、いままでタリアが見たことのない怒りの表情が浮かんだ。「タリア・ジェニーヴァ・レノックス。ぼくはきみの知性をずっと高く評価していた。でもいまは確信が持てなくなったよ。ふたりでたくさんの試練を乗り越えてきたから、きみはとっくにわかっているはずだと思っていた。どうやらそうではなかったようだね。

ぼくを愛しているかい?」

「それとこれとは——」

レオは金色と緑のあざやかな瞳でタリアの目をのぞきこんだ。「きみは、ぼくを、愛している？」

タリアの心臓がひとつ大きく打ち、のどが詰まった。「ええ。自分がこれほどだれかを愛するなんて思ってもみなかった」

「ぼくもきみを愛してる。それを信じてくれるかい」

タリアはレオの瞳の奥を見つめ、心に静けさが広がるのを感じた。「ええ」小声で言う。

「信じるわ」

「よかった」レオは満足そうにうなずいた。「だとしたら、するべきことはあとひとつだけだ」

そう言うといきなり床におりてひざまずき、タリアの手をとった。「レディ・タリア・レノックス、きみにぼくのすべてを捧げる。心のなかだけでなく、ほんとうの花嫁になってほしい。ふたりでともに生きていこう」

タリアは、今回はためらわなかった。レオの首に抱きついてくちづけた。「さっきはばかなことを言ってごめんなさい。答えはもちろんイエスよ！　あなたの妻になるわ」

レオは情熱的なキスをして彼女を強く抱きしめた。タリアの体が火照り、頭がぼうっとしてきた。幸福のあまり、唇を重ねたまま笑った。

レオも同じように笑った。

そのまま立ちあがり、たくましい腕でタリアを抱きかかえた。

もうなにも怖くない。彼と一緒なら、すべてがうまくいく。

タリアはレオの顔を引き寄せて、とろけるようなキスをした。レオはタリアを抱いて寝室に連れていき、ふたりだけの至福の世界へといざなった。

エピローグ

「もうすぐできるわ」一カ月後、マチルダ・キャスカートが言い、タリアの黒い髪に自分のサファイアの髪飾りをつけた。「はい、これは〝借りたもの〟よ——ヘンリーからの贈り物だからあとで返してちょうだいね。公爵未亡人からいただいたダイヤモンドと金の靴の留め金は〝古いもの〟。その手袋は〝新しいもの〟で、ドレスは〝青いもの〟ね。結婚式に必要なものはすべてそろったわ」

タリアは片方の眉をあげて口もとに笑みを浮かべた。「新郎も必要だと思うけど」

ティリーはにっこり笑った。「だいじょうぶ、上等のオービュッソン絨毯に穴があくほど、部屋のなかを行ったり来たりなさっているみたいよ。ここへ来ないよう、ご兄弟が見張ってるわ。結婚式がはじまるまで、あなたに会ってはいけないから」

「一緒に暮らしているんだから、考えてみるとおかしな話よね」

「だから昨夜、あなたはこのクライボーン邸に泊まったんじゃないの。しばらく離れて過ごすのもいいものよ。そのほうが結婚式と初夜への期待が高まるわ。あなたの姿を見たらレオポルド卿は息を呑むでしょうね。とてもきれいよ。

これほど美しい花嫁はいないと思いませんか、みなさま」

「ほんとうにきれいだわ」マロリーが満面の笑みで言うと、その場にいた女性たちがそのとおりだと口をそろえた。

マロリーは椅子に腰をおろした。たったいま、男の赤ん坊にお乳を飲ませて寝台に寝かしつけ、上階の子ども部屋から戻ってきたところだった。

部屋にはほかにもバイロン家の女性がいた――メグ、グレース、クレア、セバスチャン、エズメ、そして公爵未亡人のアヴァだ。友人のジェイン・フロストの姿もある。今日はティリーと一緒に、花嫁の付添人を務めることになっている。

これで結婚式を挙げるのは二度めだが、タリアにはすべてが新鮮で、はじめてのことであるように感じられた。だが不安はなく、ただ喜びで胸がいっぱいだった。

この結婚は前回とはまったくちがう。

心から愛する男性と、永遠の誓いを交わす。

タリアはレオが自分の花嫁姿を美しいと思ってくれることを願った。選んだのは白ではなく、足首のまわりですそが揺れる空色のドレスだ。ボディスと短い袖にはベルギーレースが縫いつけられ、薄手のオーバースカートも軽やかな雰囲気をかもしている。頭の高い位置で結いあげられた髪を飾るのは、ティリーから借りた髪飾りと、ドレスとそろいのレースのベールだけだ。

エズメが前へ進みでて、スズランと忘れな草のブーケを渡した。甘いにおいが鼻をくすぐった。

タリアは微笑み、もうすぐ義妹になるエズメにお礼を言った。

レオの家族のことはまだよく知らないが、みな感じのいい人ばかりだ。そのなかでもエズメは特別な存在だった。動物好きでヘラをとてもかわいがってくれるし、家族のなかでいちばん若く、好奇心いっぱいの初々しい目で世界を見ている。はじめて会ったとき、タリアをぎゅっと抱きしめて、長年の友人であるかのように温かく迎えてくれた。

「次はわたしがあなたにブーケを渡す番かもしれないわね、レディ・エズメ」タリアは言った。「今年はほんとうにお眼鏡にかなう男性がいなかったの？」

エズメは笑った。「ええ、ほんとうよ。ハンサムな男性は何人かいたけれど、だれにも興味が持てなかったわ。本音を言うと、早くブラエボーンに帰って、動物たちと遊んだり絵を描いたりしたい。この季節の田舎ほどすばらしいものはないもの」

「じゃあ来年の社交シーズンに見つかるといいわね」

エズメは肩をすくめた。多くの若い女性とちがって、早く結婚したいとは思っていないらしい。

「そろそろ時間よ」公爵未亡人がタリアに声をかけて微笑んだ。「準備はいいかしら」

タリアはうなずき、階下から聞こえてくる音楽に耳を澄ませた。ブーケを握りしめて、みなのあとにつづいて部屋を出た。

レオは付添人のローレンスの隣りに立っていた。心臓が木槌を鳴らすように激しく打ち、手袋をした手がかすかに震えている。

「指輪は持ってるか」小声でローレンスに尋ねた。

「ああ」ローレンスはため息をついた。「ポケットにちゃんとあるよ。その質問はもう十回めぐらいじゃないか。落ち着くんだ。もうすぐ花嫁がやってくる」

「口で言うのは簡単だ。自分の番になったらわかるさ」

ローレンスは小さく鼻を鳴らした。「さあ、それはどうかな。結婚にはまるで興味がない。年をとって白髪頭になったら考えるよ」

「運命の相手に出会ったら、がらりと気が変わるぞ。いままで彼女なしでどうやって生きてきたのかと思うようになる」

「どうだろうな」

まもなく音楽がはじまり、ふたりは扉のほうに目をやった。

こちらに向かって歩いてくるタリアを見た瞬間、レオの頭からすべてが吹き飛んだ。もともと美しいタリアだが、今日はまばゆいばかりに輝いている。褐色の瞳が幸せと愛できらきらしている。レオがタリアの手をとると、牧師が誓いのことばを復唱するよううながした。

「誓います」レオは言った。

「誓います」タリアはレオの目を見つめたまま言った。

レオはタリアの左手の薬指にダイヤモンドの指輪をはめた。

「ここに汝《なんじ》らを夫婦とする」

家族や招待客が拍手をし、歓声があがった。だがレオの目にはタリアしか映っていなかった。ウエストに手をまわし、その体を引き寄せる。

「レオ」タリアはかすれた声で笑った。「みんなが見ているわ」

レオはにっこり笑って首をかがめた。「別にかまわないさ。ぼくは花嫁にキスがしたいんだ」

そしてみなが見ている前で唇を重ね、うっとりするようなキスをした。

訳者あとがき

トレイシー・アン・ウォレンの新シリーズの第一弾をお届けいたします。

本作のヒロイン、タリア・レノックスは三十一歳。身に覚えのない不倫の罪を着せられて夫に離縁されてから、財産のほとんどと社交界での居場所を失い、数少ない友人や愛猫とのふれあいにささやかな慰めを見いだしていました。孤独に押しつぶされそうになりながらも、自分への誇りだけを支えに、背筋を凛と伸ばして生きている健気《けなげ》な女性です。

そんなタリアがある夜、久しぶりに出席したパーティで若い貴族の男性と最悪の出会いをしたところから、運命の歯車が動きはじめます。その相手こそ、なにを隠そう〈バイロン・シリーズ〉でおなじみの、あの双子のかたわれのレオポルド・バイロン卿でした。五つの作品から成る〈バイロン・シリーズ〉が終了し、八人のきょうだいのうち、残った三人はその後どうなったのだろう……と気になっていた読者のかたも少なくないのではないでしょうか。訳者もそのひとりでした。そんなファンの願いが届いたのか、ウォレン女史は新たなシリーズとして残る三人――レオ、ローレンス、エズメ――の物語の執筆に着手しました。その一作目として発表されたのが、本作『真珠の涙がかわくとき』（原題“*The Bedding Proposal*”）です。バイロン一家のなかでもひときわ破天荒なレオが、いったいどんな相手とどんな楽しい恋をするのだろうとわくわくしながら原書を読みすすめたところ、年上のヒロインの心と体の傷を癒やしていく過程が胸に沁みるしっとりした作品で、いい意味で予想を裏切られました。これまで茶目っ気たっぷりの愛すべき脇役として兄や姉の恋を応援していたレオが、包容力のあるたくましい男性に成長して帰ってきたのです。

年上の女性と年下の男性の恋。ふつうならば、経験豊かな女性が男性をリードするところでしょうが、このふたりはちがいます。ひどい裏切りにあったせいで人を信じられず、ひっそりと生きてきたタリアの心を、レオは辛抱強くほぐしていきます。はじめは同世代の女性にはない大人の魅力にあふれた彼女を口説き落としたい一心で近づいたものの、その内側にある魂も外見と変わらないくらい美しい輝きをはなっていることに気づき、いつしかタリアを生涯の伴侶として意識するようになりました。生まれてはじめて本気で女性を愛し、七歳の年齢差を超えて結婚しようと決意するレオ。一方のタリアも、最初はあの手この手でレオを遠ざけようとしましたが、生きる喜びを教えてくれた彼に少しずつ惹かれる気持ちを抑えることはできませんでした。ところがタリアには、二度と結婚できない理由があったのです。そしてそれこそが、彼女をずっと苦しめてきた過去の亡霊なのでした。まだ若いレオの未来を奪うようなことだけはできない——愛しているのに、いや、愛しているからこそ、別れを決意するタリア。人を愛する心の美しさ、せつなさを描かせたら右に出る者がない作者ですが、その手腕は本作でもいかんなく発揮されています。とくに離ればなれで過ごすクリスマス、ふたりが自分のほんとうの気持ちにあらためて気づくシーンは抒情的で美しく、読んでいて胸がいっぱいになります。甘くてやさしくてほろ苦い大人のロマンスを、どうぞ心ゆくまでご堪能ください。

また、公爵家でありながら、窮屈な社交界のしきたりよりも人間らしさを大切にするバイロン一家の面々が再集合していることも、本作の大きな魅力です。前シリーズを読んでくださったかたなら、同窓会に顔を出したようななつかしさを感じること請け合いです。それぞれ自分の手で幸せをつかんだエドワード、ケイド、ジャック、マロリー、ドレークのその後の様子をご覧いただければと思います。もちろん、単独でも充分楽しめる作品ですから、はじめてのかたもぜひ手にとってみてください。

『あやまちは愛』で鮮烈なデビューを飾ってからわずか十年弱、ウォレン女史はつぎつぎと個性豊かな作品を発表しています。最近ではコンテンポラリーの分野にも挑戦しており、今後の活躍がますます楽しみです。

最後になりましたが、今回もまた的確なアドバイスで支えてくださった二見書房編集部のみなさんに、この場をお借りしてお礼を申しあげます。どうもありがとうございました。

二〇一五年十一月

ザ・ミステリ・コレクション

真珠《しんじゅ》の涙《なみだ》がかわくとき

著者　トレイシー・アン・ウォレン

訳者　久野郁子《くのいくこ》

発行所　株式会社 二見書房
東京都千代田区三崎町2-18-11
電話 03(3515)2311［営業］
03(3515)2313［編集］
振替 00170-4-2639

印刷　株式会社 堀内印刷所
製本　株式会社 村上製本所

落丁・乱丁本はお取り替えいたします。
定価は、カバーに表示してあります。

ISBN978-4-576-15199-1
http://www.futami.co.jp/

薔薇のティアラをはずして

トレイシー・アン・ウォレン
久野郁子［訳］〔プリンセス・シリーズ〕

小国の王女マーセデスは、馬車でロンドンに向かう道中何者かに襲撃される。命からがら村はずれの宿屋に辿り着くが、彼女が本物の王女だとは誰も信じてくれず…!?

昼下がりの密会

トレイシー・アン・ウォレン
久野郁子［訳］〔ミストレス・シリーズ〕

家族に人生を捧げた未亡人ジュリアナと、復讐にすべてを賭ける男・ペンドラゴン。つかのまの愛人契約の先にふたりを待つ切ない運命とは…。シリーズ第一弾！

月明りのくちづけ

トレイシー・アン・ウォレン
久野郁子［訳］〔ミストレス・シリーズ〕

意に染まない結婚を迫られたリリーは、自殺を偽装し冷酷な継父から逃れようとロンドンへ向かう。その旅路、ある侯爵と車中をともにするが…。シリーズ第二弾！

甘い蜜に溺れて

トレイシー・アン・ウォレン
久野郁子［訳］〔ミストレス・シリーズ〕

父の仇を討つべくガブリエラは宿敵の邸に忍びこむが、銃口を向けた先にいたのは社交界一の放蕩者の公爵だった。しかも思わぬ真実を知らされて…。シリーズ完結篇！

あやまちは愛

トレイシー・アン・ウォレン
久野郁子［訳］

双子の姉と入れ替わり、密かに思いを寄せていた公爵の妻となったヴァイオレット。妻として愛される幸せと良心の呵責の狭間で心を痛めるが、やがて真相が暴かれる日が…

愛といつわりの誓い

トレイシー・アン・ウォレン
久野郁子［訳］

親戚の家へ預けられたジーネットは、無礼だが魅惑的な建築家ダラーと出会う。ある事件がもとで〝平民〟の彼と結婚するはめになり…。『あやまちは愛』に続く第二弾！

夢見るキスのむこうに
リンゼイ・サンズ
西尾まゆ子［訳］
〔約束の花嫁シリーズ〕

夫と一度も結ばれぬまま未亡人となった若き公爵夫人エマ。城を守るためある騎士と再婚するが、寝室での作法を何も知らない彼女は…？ 中世を舞台にした新シリーズ

めくるめくキスに溺れて
リンゼイ・サンズ
西尾まゆ子［訳］
〔約束の花嫁シリーズ〕

母を救うため、スコットランドに嫁いだイリアナ。〝こぎれい〟とは言いがたい夫に驚愕するが、機転を利かせた彼女がとった方法とは…？ ホットでキュートな第二弾

約束のキスを花嫁に
リンゼイ・サンズ
上條ひろみ［訳］
〔新ハイランドシリーズ〕

幼い頃に修道院に預けられたイングランド領主の娘アナベル。ある日、母に姉の代役でスコットランド領主と結婚しろと命じられ…。愛とユーモアたっぷりの新シリーズ開幕！

愛のささやきで眠らせて
リンゼイ・サンズ
上條ひろみ［訳］
〔新ハイランドシリーズ〕

領主の長男キャムは盗賊に襲われた少年ジョーンを助けて共に旅をしていたが、ある日、水浴びする姿を見てジョーンが男装した乙女であることに気づいてしまい!?

ウエディングの夜は永遠に
キャンディス・キャンプ
山田香里［訳］

女主人として広大な土地と屋敷を守ってきたイソベルは、弟の放蕩が原因で全財産を失った。小作人を守るため、ある紳士と契約結婚をするが…。新シリーズ第一弾！

黒い悦びに包まれて
アナ・キャンベル
森嶋マリ［訳］

名うての放蕩者であるラネロー侯爵は過去のある出来事の復讐のため、カッサンドラ嬢を誘惑しようとする。が、彼女には手強そうな付添い女性ミス・スミスがついていて…

眠れない夜の秘密
ジェイン・アン・クレンツ
喜須海理子［訳］

グレースは上司が殺害されているのを発見し、失職したうえとある殺人事件にかかわってしまった過去の悪夢にうなされ始める。その後身の周りで不思議なことが起こりはじめ…

愛の炎が消せなくて
カレン・ローズ
辻早苗［訳］

かつて劇的な一夜を共にし、ある事件で再会した刑事オリヴィアと消防士デイヴィッド。運命に導かれた二人が挑む放火殺人事件の真相は？ RITA賞受賞作、待望の邦訳!!

ひびわれた心を抱いて
シェリー・コレール
藤井喜美枝［訳］

女性TVリポーターを狙った連続殺人事件が発生。連邦捜査官ヘイデンは唯一の生存者ケイトに接触するが…？若き才能が贈る衝撃のデビュー作〈使徒〉シリーズ降臨！

危険な夜の果てに
リサ・マリー・ライス
鈴木美朋［訳］

医師のキャサリンは、治療の鍵を握るのがマックという国からも追われる危険な男だと知る。ついに彼を見つけ、会ったとたん……。新シリーズ一作目！

朝まではこのままで
シャノン・マッケナ
幡　美紀子［訳］
〔マクラウド兄弟 シリーズ〕

父の不審死の鍵を握るブルーノに近づいたリリー。情報を引き出すため、彼と熱い夜を過ごすが、翌朝何者かに襲われ…。愛と危険と官能の大人気サスペンス最新刊！

この夏を忘れない
ジュード・デヴロー
阿尾正子［訳］

高級リゾートの邸宅で一年を過ごすことになったアリックス。憧れの有名建築家ジャレッドが同居人になると知るが、彼の態度はつれない。実は彼には秘密があり…